白色罕达犴

海勒根那／著

天津出版传媒集团

百花文艺出版社

图书在版编目（CIP）数据

白色罕达犴 / 海勒根那著. -- 天津：百花文艺出
版社，2024. 8. -- ISBN 978-7-5306-8840-3

Ⅰ．I247.7

中国国家版本馆 CIP 数据核字第 2024T1J186 号

白色罕达犴
BAISE HANDAHAN

海勒根那　著

出 版 人：薛印胜

选题策划：徐福伟　**责任编辑：**王亚爽

美术编辑：任　彦

出版发行：百花文艺出版社

地址：天津市和平区西康路 35 号　**邮编：**300051

电话传真：+86-22-23332651（发行部）

　　　　　　+86-22-23332656（总编室）

　　　　　　+86-22-23332478（邮购部）

网址：http://www.baihuawenyi.com

印刷：山东临沂新华印刷物流集团有限责任公司

开本：880 毫米×1230 毫米　　1/32

字数：219 千字

印张：10.25

版次：2024 年 8 月第 1 版

印次：2024 年 8 月第 1 次印刷

定价：56.00 元

如有印装质量问题，请与山东临沂新华印刷物流集团有限责任
公司联系调换
地址：山东省临沂市高新技术产业开发区新华路 1 号
电话：(0539)2925886　邮编：276017

序

收录到这本书集里的短篇小说，三分之二以上是我近几年所写，其余几篇旧作也为精挑细选。把它们集结在一起，是缘于风格相近，至少在我看来，它们都与中国北方的草原、森林，与新时代林牧区生活，与时下的"生态文学""自然写作"息息相关。

或许读者朋友已然发现我对短篇小说的迷恋，我喜欢这种讲短故事的文体，喜欢它在有限篇幅内所呈现的文学张力、感染力和爆发力。短篇小说就像一把蒙古刀，因为短小而更易于把握，更适合"贴身肉搏"，更会轻快灵活、出其不意。而它的底蕴一如草原上的小河，虽无浩荡奔腾之势，但那种九曲蜿蜒和时隐时现，却有着一种节制和含蓄的美，有着虚怀若谷、以小见大的气度。

小说集的名字源自书中的同名小说《白色罕达犴》。罕达犴，又名驼鹿，这种泰加森林里个头最大、长有最美犄角的动物，曾经一度在大兴安岭销声匿迹，那是过去滥捕滥伐的结果，好在随着生态环境保护意识的增强，近些年它雄伟的身姿又重现于崇山峻岭。这是时代对自然之美的召唤。事实证明，只要我们觉醒，只要转变观念，一切还为时不晚。

可是，转变固有观念何其不易，哪怕一个小小的认知，皆需付出代价，做出牺牲。而举步维艰中，人文学家们会发现，社会的每一次进步，似乎都能看到文学的身影，都会有文学参与其中，尽管那力量微不足道，但却必不可少。而我小小的愿望，只是为这微茫的文学火堆，再添一把柴草，助其在晨曦前燃烧。

海勒根那

2024 年 5 月

目录

白色罕达犴

这是一片白桦与落叶松的次生混交林,林子快有几只松鼠的叫声那么高了,尖尖的树冠已能遮住天空上的鹰隼。护林员纳卡穿山入林,狠吸着春天让人迷醉的草木香气,在这万千芬芳里,他也嗅到了一股别样的味道,那该是落叶松毛虫和白桦尺蠖的尿液味。林子生虫害了,纳卡望了望树枝上那些蠕动的小东西,有两条虫甚至拉着细线落到了他的脖颈上,他小心地捏起来放进标本瓶。要抓紧为林子喷洒农药。纳卡想着这些,不知不觉来到一条溪水边,从林中山上流下的泉水可真清冽,让他忍不住喝上几捧,淙淙的水声牵住了他的脚步,他索性躺卧下来。再起身时他就望到了那个不远处蹲坐的人,正不停地往溪水里投掷石子。纳卡与陌生人打了声招呼,对方头也不抬,也无回应。纳卡好奇地走近他,嚯,好多年没看到有人穿着猎装了,那古旧的式样只有博物馆里才有,并且又脏又破。

"老乡,你在这里干什么?"

男人这才转过头来,他的脸黑漆漆的,仿佛好久没洗过。"我吗?

我在听水花的声音呢,也在这里等你。"

"等我?"

"是的,豁牙。"

"豁牙"是纳卡的小名,他少年时被野猪撞飞过,摔掉了两颗门牙,现在嘴巴里还空洞洞的,不过这个名字可有些年没人叫了。"你怎么会知道我的小名?"纳卡好生奇怪。

"当然知道啦,我是你的舅舅阿日坤哪。"

"阿日坤?舅舅!"纳卡越发惊诧起来,"您不是……"

汉子竖起食指,示意他不要说下去:"豁牙,我知道你们早就放下了猎枪,现在不时兴打猎了,而且你还做了护林员,所以我一直在等你路过这片树林,想给你讲讲过去的故事……"

纳卡望着眼前的舅舅,从他模糊的脸颊上倒能辨别出母亲家族的模样,可又有几分不真,像遥远的梦。"您在等我?要与我讲您的故事?"

"确切点说,是我和一头罕达犴的故事。"

"一个狩猎的故事?"

"就算是吧。"汉子眼里飘忽着一团雪絮,他的声音一点也不混浊,好似林子里的风,"那是一头又高又大、浑身雪白没有一点杂色的犴,连睫毛、颌囊、四蹄和犄角都是白色的,它穿行在林子里就像一座会移动的雪山,谁见到它都会惊讶,都会赞叹。你不知道,我还亲手摸过它像雪一样干净的皮毛呢。"

"嘿!可真神奇。"

"猜你就会感兴趣,我的外甥。"阿日坤抓了抓乱糟糟的头发,

"不过,这会儿要是有口烟就好了。"

"口烟?"纳卡连忙掏了兜,还没等递给黑脸汉子,他便一把夺了去,动作敏捷得令人惊异。转瞬,一捏烟末已被他抿在嘴巴里,他舒坦地闭上眸子。待他重新睁开山猫似的眼睛,黑脸汉子就冲纳卡谦卑地笑一笑,接着,清了清喉咙,就像风清了清林子,他的故事便似脚下的溪水哗哗啦啦地流淌起来了……

那年冬末快开春的光景,乌力楞(氏族公社)的几个男人——图嘎、乌讷、尼日特和我,带着猎狗牵着十几头驯鹿去呼玛河狩猎。这个季节是"鹿胎期",幸运的话会收获上等的鹿胎膏。先前"阿额小组"根本不想带我,按他们的话说,我是那种用铁锥都扎不出血的人。的确,与这些"老猎"相比,我干起行猎的活计总是不够利落,拖泥带水,而且我的枪法也不够准,明明有三只狍子,我用枪一打竟然能逃掉五只,其实那是我不忍心击中怀孕的母狍,故意放的空枪。再有就是我的胆子小,从不敢一个人钻林子,怕遇到凶猛的野兽和游魂。可这些并不是我的错,要知道我从小是个孤儿,和乌娜吉姐姐一起长大,没有父亲的引领,我的性格只能像冬天的柳条一样脆弱。而且,我在学校里学的是兽医,毕业后干的也是给驯鹿治病的活计,这本身就与打猎无关。不过这次,我是向塔坦达(组长)图嘎保证过的,绝不会拖他们的后腿,所以,出发前我就笨鸟先飞,早早穿好猎装,把行囊捆绑在驯鹿背上,我还坚持和他们一样,要牵上两头驯鹿上路。看到我急匆匆、满头是汗的样子,乌讷和尼日特两人直撇嘴。"冬天的公棒鸡还下蛋了呢。"乌讷说。"那一定下在了纳卡的裤裆里。"尼日特到我的屁股后头摸了一把,两人笑得像公棒鸡打鸣似的。图嘎看不过去，虎下脸训斥他俩："打猎是要闭上嘴巴的，你俩懂不懂规矩？"

这个季节，风硬得像刀子，割得林子咔嚓咔嚓地响，山岭上的雪表面融化又冻结，一点也不松软，就连负重的驯鹿踩上去也只会留下浅浅的蹄印。我们天明赶路，夜宿篝火旁，差不多走了两天，第三天中午才到达呼玛河畔。几个人冻得直哆嗦，嘴都张不开了，没人再说话，怕牙齿像冰块那样掉落下来。图嘎选了林中一片空地作为额吐（露营点），我们卸下行李，打发驯鹿去密林里觅食。这边吊锅里已煮起奶茶，在炭火里埋了列巴和几只灰鼠。烤了半天火，图嘎的腮帮子才松动了些，话语也融化开了，开始慢声慢语和我们商议，饭后怎么分头行动，谁往哪边走。图嘎用目光问我打算跟谁一起行猎，我摇了摇头，闷头啃着灰鼠肉，半天才和他们说："我谁的尾巴也不当，这次我要一个人去打猎。""咳儿咳儿，阿日坤兽医，林子里可有大老虎。"乌讷做张牙舞爪状。"拉戈达博如坎（狼神）来了，我也不会怕。"我斩钉截铁地说。

是啊，阿日坤，你这次争着来打猎就是要历练一下自己的胆量，二十几岁的男人再不能胆小如鼠，让乌力楞的姑娘们瞧不起了，特别是自己的心上人妞日卡。那个有一双泉水般眼睛的姑娘，望到她我就口渴，我的心里就想下一场大雨。那天下午，我是第一个背起猎枪和背夹上路的猎人，并且拒绝了图嘎让我带上猎狗的好意。

"记得不要往远走，天黑前回来！"图嘎在后边喊我，我连头都没有回。

我们之所以这么远来呼玛河狩猎，是因为它的两岸还存有兴安岭最后的原始森林，而距离我们较近的金河、得耳布尔河流域的成材林差不多都被砍光了，很难见到狍子、马鹿、野猪这些大型野生动物的踪影了。我朝着东南方向的山林爬去，透过一人高的灌木丛能俯瞰到冻结成冰的呼玛河，像一条弯弯曲曲的蓝玛瑙闪闪发光。钻林子时，我还不忘用砍刀在树后留下记号，以便原路返回。再往山顶就进入一片白桦林了，林下杂生着密密的达子香丛。一只飞禽不知从哪儿惊飞出来，落到不远处的树杈上，吓了我一跳，仔细一瞧原来是只松鸡。我举枪瞄准，一声清脆的枪响过后，松鸡扑棱棱地跌落下来。嘿，这家伙足有一只狍皮靴子重，我拾起它来，放到背夹里。接下去我又找到了一只灰鼠的足印，在树隙的雪地上，不过我把它的行迹方向弄反了，跑了好长一段冤枉路。不知不觉，我钻过了差不多两座山岭，真没白费工夫，我的背夹里又多了三只飞龙。这么顺手的行猎对于我来说还是第一次，以至忘记了时间和疲累。

　　天色朦朦胧胧地黑下来，我以为到了傍晚，其实那是阴天造成的。正准备返程的时候，山岭忽然刮起了呼啸的北风，整个森林都跟着披头散发地摇曳起来，地上的雪屑像游蛇似的四处乱窜，我来时的脚印很快被抹掉了。真糟糕，我想找到自己留下的返程标记，却因为天黑辨认不清树上的刀痕，等我莽莽撞撞地进入一片落叶松林里，便彻底迷失了方向。那些挨挨挤挤的树木都瞪着陌生的眼睛瞅着我，像是不欢迎我这个人类，进而排列成一座偌大的迷宫，我往哪里走，哪里前面都挡着不见尽头的黑森林。长了尾巴的雪就是那一刻从天而降的，不一会儿就把大森林变成了一锅粥。因为长时间爬山，我的棉衣棉裤都被汗水湿透了，外面套的狍皮猎装也冻成了盔甲,此时浑身的寒冷可想而知……我开始惊慌起来,不知该往哪里走,又不能原地不动,一种无助的恐惧把我死死抓住,我只能凭着感觉胡乱地往松林外摸索。

林子彻底黑下来了,手电筒照见的只有纷乱的雪花和树林,望不见一米外的东西。风雪很快把我变成了雪人,脸上和手脚又麻又胀,时而一阵刺痛,像被蛇咬了似的。

白纳查(山神)救救我,给我指指路吧。我心里不断哀求着。

不知走了多久,又似乎在原地踏步,我始终不能走出森林的围困,两条腿比整座山还沉,眼睛也不停地被雪片封冻住。有那么一阵,我仿佛嗅到了死神的气息,带着甜滋滋的腐肉味道,正拼命地拖着我的腿,要把我拉进它长满獠牙的嘴里……恍惚中,我又被一股热烘烘的困意包裹住,一步也不想再走,那是一口温柔的陷阱,向我暧昧地招手,让我无法自拔。我就背靠一棵大树坐下来,那会儿猎枪早已不知去向,我放下袖口,像刺猬一样蜷缩成一团,任凭大雪噗噜噗噜地将我覆盖,顾自昏昏沉沉地睡去。

你问我睡了多久?这个我真不记得了。后来,我是被一股温暖的气息唤醒的,像是星神奥伦的手指在触摸我的脸、我的耳鼻。我睁开眼睛,看到一团模糊又晶亮的白,像闪电的光芒突兀在大雪中,把雪色都比得暗淡了。对,你猜得没错,就是那头白色的、高得像雪丘似的罕达犴,就是它,这头神兽,用它的鼻息、它的嘴唇、它热热的舌尖和火炭一样的躯体唤醒了我,然后不声不响地转过身去,待我爬起身跟上它,它就一耸一耸地走在前面,不紧不慢,带我在林中穿行。它在冬天脱掉的犄角刚刚长出新枝,偶尔碰到两旁树木就会发出啪唧的声响,震落一树积雪。这么走了不久就钻出了落叶松林,此刻雪似乎停了,天地间一片幽暗又静谧的雪光,我朝四周望了望,发现呼玛河就在山坡下,被雪覆盖的河床像条白哈达飘在那里。一个死里逃生的人禁不住泪湿眼眶,等我再去看那头白狍,它已转身入林,只留下一片空茫,要不是森林间传来稀里哗啦的响动,我还以为刚刚的一切只是梦境。

有了呼玛河的指引,我很快找到了方向,沿着河岸走不多时,就听到远处有人呼唤我的名字,那是图嘎他们在找我呢。

我后来是被图嘎他们架回额吐的。他们三个人帮我剪掉冻成冰坨的猎装和棉衣棉裤,拽下靴子,接着轮番用雪揉搓我的全身,直到血液重新流淌在我的血管,他们还挺奇怪呢。"阿兽医还真行啊,竟然没被冻死。""真是奇迹啊,白纳查神显灵了。"

乌讷和尼日特两个人又扛来了站杆,将篝火加旺,我就这么背靠篝火,闻着热烈的人间烟火味,身上覆满毛皮和羽绒被,死睡了半宿,直到第二天天光大亮才醒来……我福大命大,只冻伤了两只耳朵和半边脸,外加三根脚趾,几个伙伴已为我涂上了冻伤膏,没什么大碍。雪后的天气平和得像什么也没发生过一样。图嘎给我端来肉粥,我的棉衣棉裤也被他烤干缝好,他可真是个好塔坦达。这会儿,乌讷带着一身霜雪和寒气从外面回来,他不知从哪里找回了我的猎枪,从肩上卸下来,放在我身旁。

我能活着归来,"阿额小组"的几个人都很钦佩,一改过去对我的鄙视。乌讷摸摸我的额头,问我:"大英雄,还记得你是怎么找回营地的吗?"

这个我当然记得，可冥冥中似乎有个声音告诉我不能说破，那是白犴和我之间的秘密，于是我支支吾吾地对他们说："我在一片林子里迷路了，睡了一会儿又醒来，谁知道后来是怎么钻出林子来到呼玛河边的。"

"阿兽医，你一定隐瞒了什么，不是吗？我为了找回你的枪一早就码着你的脚印走了一趟，那片林子我也钻了进去。我想问你的是，那个大家伙的蹄印是怎么回事？我看好像是它把你引出林子的。"乌讷眯缝着一只眼睛定定地瞅着我。

"没、没有什么大家伙。"我避开他的目光。

"到底是怎么回事？阿日坤，有什么不能说的吗？"图嘎走过来，"我们身边可点着篝火呢，猎人是不能当着拓博如坎（火神）撒谎的。"

图嘎的话戳中了我，此时我心里就像揣了只乱跳的兔子，好吧，说出去又怎么样呢？那确实是事实啊……于是我试着坐起来，把昨天雪夜里的遭遇一股脑地对他们讲了。当我说到是一头罕达犴救了我，把我引出险境的，乌讷和尼日特都瞪圆了眼睛。"你确定是一头犴带你走出林子的？"我使劲点点头："这个千真万确，我发誓。"

乌讷瞅着我，忽然咧开嘴哈哈大笑，笑得弯腰撅腚的，口水都流出来了。

"这有什么好笑的吗？"我羞恼地说。

"阿兽医，我看你的脑子也被冻坏了。一头犴能救个猎人，你的意思是山鼠也可以给狐狸带路啦？"乌讷说。

"你看走眼啦，肯定不是什么白犴，怕是白胡子老头儿（白纳查神的俗称）救了你。"图嘎噗噗地吹着奶茶。

"我看他是做了个梦。"尼日特一脸不屑，"我昨晚还梦见一个白胖的姑娘跟我好了呢。"

"好吧好吧，就算我做了个梦。"我不再和他们争辩，跟几个没见过飞机的人就不能说房子可以在天上飞。我重又躺回睡袋里。雪后的阳光真耀眼，在树隙间挂了一串又一串的彩色光环，仿佛轻轻一摇就能发出驼铃似的叮当声。他们三个人喝过驯鹿奶茶准备打猎去了，图嘎临走前又加了几块木段在火里，和我说："今天你就别乱动了，看好火，暖好身子，等我们回来。"

做一个莫日根（好猎手）真是磨炼意志啊，不仅要有好枪法，还要禁得起翻山越岭、爬冰卧雪的考验。我琢磨着这些，又想起那头白犴，想起它身上的松雪气味、天鹅绒似的皮毛和它在黑夜里闪着绿宝石光亮的眸子……乌讷、尼日特，你俩能相信风神、雷神、火神，却不相信一头真正的犴神在森林里存在着。不，那也不该是什么神，而是一头真正的罕达犴，与我们族人一样善良的罕达犴。

那天晚上星星出齐时图嘎他们才回来，好好的几个人去打猎，回来的时候竟然两个抬着一个。

"尼日特怎么了？"

"他从雪坡上滑了下来，摔断了腿。"乌讷呼哧带喘，没好气地说。

我上去帮忙，把尼日特从桦树杆做成的担架上抬下来。图嘎剥开他的裤管，尼日特的右腿错折着，骨头都支在了皮肉外面。塔坦达一边示意我和乌讷摁住他，一边将猎刀柄塞进他嘴里，让他咬紧，自己则灌了一大口白酒喷到伤处。猛地，图嘎将那断腿捋直抚平，疼得尼日特浑身像触电一样颤抖，差点没把刀柄咬断。

接连的倒霉事让大家都没了兴致。露营地像冷雾一样沉闷，只有呼呼猎猎的篝火苗伸长舌头舔着夜空，也舔着几个猎人疲惫的身影。我那会儿已经煮好了飞龙汤，盛了满满一碗肉递给尼日特，尼日特推开了，只顾哼哼唧唧地呻吟。

从湿透的猎装看，图嘎他们应该走了很远的路，却两手空空，什么也没带回来。

"你们什么也没打着吗？那怎么还伤到了？"我问。

图嘎瞥了我一眼。

"最起码也该打到几只松鸡、灰鼠啊。"我仍不识趣地说。

乌讷不耐烦起来："我们当然不会像你一样放空枪了，小的猎物我们根本不稀罕。"

"那你们打到了什么？"说完这话不知怎么的，我忽然心头一紧，盯着图嘎的眼睛，"告诉我，塔坦达！"

"没有，"图嘎慌乱地摇头，"我们就是去打猎了，你没看到吗？我们今天不走运，什么也没猎到。"

"乌讷说你们没放空枪。图嘎，你说过，猎人是不能当着火神撒谎的！"

乌讷和图嘎的目光开始躲躲闪闪，好半天，图嘎才抬起头："好吧，阿日坤，实话和你说了吧，我们找那头罕达犴去了。"

图嘎话音刚落我就惊呆了："你们、你们真的去找白犴了？"

没人再答话，大家都闷不作声。

我一把抓住图嘎的衣领："告诉我，你们把它怎么了？"

"放开手！"图嘎以他塔坦达的威严命令我。

"不！"那一刻我的眼泪不争气地流下来了，"你们这几个骗子，是不是杀了它？"

图嘎忍耐着没说话。乌讷这时走过来使劲掰开我的手，他力大无比，把我推倒在地："它又不是你的女人。要知道我们是猎人，别说一头犴，就是一头熊我们也要替乌鸦啄了它。"

"可是，你们不是说那只是个梦吗？为什么还要去找它？"我满脸是泪，冲他们愤恨地嘶喊。

"行啦，一个大男人哭什么呀！"图嘎往嘴里抹着口烟，"真懦弱，连一头犴都可怜！告诉你吧，我们只是打伤了它，那头白犴可真够强壮的，中了两颗子弹竟然还逃掉了，我们三人真没用。"

那天夜里我一宿都没怎么合眼，眼前都是白犴遭受枪伤痛苦挣扎的情形，它忍痛逃去，是死是活都未可知。可怜的罕达犴，是我害了你啊。我不断地自责，又不断以萨满的方式为它祈祷。第二天天还没亮，我忍着脚趾的疼痛，跛着足，爬起来准备去寻白犴。

"阿日坤，你要去哪儿？"图嘎叫住我。

我没搭理他，昨晚我就发过誓，再不会与这几个骗子说话。在我看来，他们比狼还凶残。

"你受了冻伤，不要一个人进山去，那样你会死掉的。"图嘎抓住了我的肩膀，我抖开他，他的声音严厉起来，"我说不让你去就不能去，要不然我就用枪打断你的腿，像尼日特那样，把你俩一起拖回去，省得连个尸首都找不见。"他咔嚓几下给枪上了子弹。

那次行猎我们无功而返，就这么灰头土脸地回去了。要不是尼日特大腿骨折需要马上救治，图嘎和乌讷还会去追猎那头受伤的罕达犴。他们血管里流淌的是猎人的血，也流淌着一堆冰碴子。归途中，图嘎牵着驯鹿拉着雪爬犁，尼日特被捂得严严实实躺在上面，一路哎哟哎哟地叫。我故意落在最后，离他们远远的，看着他们奔拉着身体，真像下不出蛋的公棒鸡。

回到乌力楞的那段日子里，我仿佛得了场大病，总是魂不守舍，吃饭睡觉都不安稳。我甚至出现了幻觉，总听见有人在叫我，那声音像盘山小路一样悠长又曲折，隔着重重雾霭。那是罕达犴的叫声，它分明在叫我的名字"阿——日——坤——"

乌娜吉姐姐扭着鼻子问我："你怎么了？不是得萨满病了吧？"她的鼻头是酒后卡到树桩上撞歪的，说话鼻塞得很。

"我在悔恨，我想那两枪应该打在我的身上……"我痛苦地说。

"你会在梦里见到它的，把你的话和它说说吧，它会原谅你的。"

乌娜吉姐姐打小就疯疯癫癫的，整天胡说八道，不过，她的脑子一点也不糊涂，预测起事情来比莫日根的枪口还准，祖母活着时就说她是做萨满的料。

那天晚上，真如乌娜吉所言，我梦见了那头白犴，在一片郁郁葱葱的樟子松林里，我望到它闪电一样白的身影，我放声呼唤它："呼嘿呼嘿。"它听见了我的呼声，转过头看我，闪着那对星星似的眸子，那里边没有怨恨，也没有敌意，但距离遥远，远得真像星星……

天蒙蒙亮的时候我从梦里醒来，却想再回到梦中去。那个梦好真实啊,就像刚刚发生过似的,我揉了揉眼睛,发现手指缝里挂着一缕犴毛,白如银针的犴毛,我惊讶极了,难道白犴真的光临过我的梦吗?

我的心上人妞日卡住在另一处斜仁柱里,她刚刚大学毕业,就成了驯鹿饲养能手。我走到她的门前,犹豫着要不要进去和她说会儿话。她看到了我,像只百灵鸟似的飞出来。

我帮她和额沃(祖母)给驯鹿喂盐,驯鹿乱哄哄地挤来挤去更让我心乱。

"怎么,有什么不开心的事吗?"妞日卡问。

额沃是山林里最老的一棵树,也是族人们最敬重的老人,我正想解心里的疙瘩,就把心事与她俩说了。

"你一定要去找那头白犴,"妞日卡的眼睛里流淌着泉水,"阿兽医,你要去救它!"

"可图嘎说我懦弱,连一头犴都可怜……"

"不,你的心是用金子做的,所以才柔软,而他们的心是铁打的。"

"是啊,"额沃接过话,她脸上长满了老松树皮似的褶皱,头发白得像银丝,话音里有股浓浓的松香味,"山林里连一根小草都有灵魂,都要人去尊敬,阿日坤,我们族人打猎,就像从河里舀水喝一样,够用就可以了,从来不会浪费一滴水,因为猎杀的都是生命。祖先早就规定了像星星一样多的禁忌,什么可以打,什么不可以打,说得和清水里的石头一样清楚,可现在的年轻人都被教坏了。"

老人一边说着话,一边展开枯树枝似的手,掌心里摊满了盐,两头驯鹿争相舔舐,眼睛要鼓冒出来似的。

听过妞日卡和额沃的话,我的心像被细雨淋过一样清爽,而妞日卡的话就是细雨里淋湿我心口的那几滴。

晚上我睡不着觉,捂着怦怦跳动的心去敲妞日卡的门,她在斜仁柱里面问:"你是谁?"

"我是——罕达犴。"我抖着嘴唇说。

妞日卡打开门,伸手拥抱了我:"我猜就是你,白色的罕达犴……"

那晚的月光可真干净,透过木帐的烟囱口洒在我俩身上,像珍珠的光亮。

四月的山岭里已能嗅到潮湿的泥土味,那是春天的气息,更是妞日卡身上的气息。我备了三头驯鹿,驮了铺盖、白面、豆油和卷心菜,带了兽医箱和一袋子盐,唯独没带猎枪。

乌娜吉刚好从河边背冰块回来,看到我驮了那么多东西,问我:"你这是要去贝加尔湖吗?"

"不,我要去找那头受伤的白犴。"

"我劝你不要去,阿日坤,我做了一个不吉利的梦,你最好不要出门,特别是不要去山林里。"

"乌娜吉,我也做了一个梦,"我和她说,"我的梦可是好兆头,我要去救那头白犴,否则天气转暖,它伤口腐烂会死掉的。"

乌娜吉摇了摇乌鸦窝似的头,嘴里叨叨咕咕,我已走出很远,她又叫住了我:"阿日坤,我忘了和你说,昨天我在林子里遇到了图嘎和乌讷,他们两个人又背着枪去山上打猎了。"

"天!"我惊叫了一声,不用说,他俩一定贼心不死,又去追猎受伤的罕达犴了。

头两天,我一直码着运材路前行,油漆公路很狭窄,来回的运材车辆尘土飞扬,咣咣当当,我和驯鹿时不时要靠边站,以躲避那些冒烟咕咚的家伙。第三天我远离了公路,又翻过几道山岭就进了呼玛河深处的泰加森林。鹿铃叮叮咚咚,布谷鸟这儿叫一声那儿叫一声,我牵着驯鹿走在越来越稠密的树林里,却没有心思流连这初春的景色。下午的光景,一辆皮卡越野车从左侧的自然路斜插过来,与我相遇。车上下来几个男人,大声地说话、吐痰,一个剃寸头的人脖子上拴着驯鹿才戴的链子,冲我打着招呼:"哎,老乡,你这是要去打猎吗?"

他们身上有股猪饲料味,那是山里没有的味道,很陌生。我摇了摇头:"我不去打猎。"

"那你进山干什么?"

"闲、闲逛。"我说。

几个人听了嘻嘻哈哈地笑起来,寸头说:"你真逗乐,你们猎人都这么逗乐吗?"

另一个戴墨镜的,嘴角叼着烟卷问我:"大兄弟告诉我,这附近哪儿能打到熊瞎子?老犴也中,我们转悠两天了,嗐,只打到了这些不够塞牙缝的小东西。"他指了指后车厢,里边堆满了松鸡、飞龙、灰鼠、雪兔。

听他说这话我眉头紧锁,头摇得像萨满鼓一样,说:"这个我不知道。"

"哎,都说你们猎民实在,你这么说就不厚道了。"戴墨镜的那人又吐了一口痰。

我的脑门冒着汗，想了想便给他们指了与呼玛河相反的方向。

"那是回镇子的路，你搞错了吧，老乡！"

"算了，咱们还是自己探探路吧，多绕点弯子总能打到大家伙。现在猎民老乡也学奸了，生怕咱们抢了他们的生意。"

"真有意思啊，猎物又不是他们养大的。"

几个人大大咧咧地说着话，对着一棵粗树墩胡尿一气，顺手把烟头抛在尿窝里，转身上了车。

"咳儿！"我冲戴墨镜的招手，示意他回来。

他扒着车窗摘下墨镜。

我指了指他尿窝里的烟头。"把它弄灭，"我对他说，"这是森林，会失火的。"

"老乡，你还是看好自己的驯鹿吧。"他乜斜我一眼，丢下这句话，皮卡越野车一溜烟去了。

我心里一边祈祷，一边弯腰拾起那枚烟头，弄灭后扔进垃圾袋。这些不守规矩的人，他们还朝树墩尿尿呢，那可是神灵坐的地方，还叫什么熊瞎子、老犴，族人可不敢这么乱叫，我们把熊都尊称为合克（爷爷）、额沃，熊神的耳朵灵着呢，它什么都能听见。这些强盗，他们亵渎了神灵，什么都别想得到，萨满可说过——贪婪的眼睛什么也不会看见。

呼玛河还没解冻，但已有了鱼腥味。我沿着河岸寻觅露营点，无意中瞥见了最不想看到的。那是一处新额吐，从掩埋炭灰的方法和露宿痕迹看，那该是族人里的"老猎"留下的。我心事重重，刨了冰块煮饭,并烧了狍子肩胛骨做占卜,测下白犴的凶吉。烧裂的骨缝呈神秘的闪电状,我把它举在篝火前,透过火光,影影绰绰的,我看到了那头白犴,它在一片漆黑的森林里左冲右突,好像陷入了什么困境……这么说它还活着,这足以让我宽慰。我又仔细观察了骨裂的走势,判断白犴的方位,不出意外的话,它应该在呼玛河左岸的山岭里。

太阳还没升起,山林铺满了厚厚的白银,到处闪着亮晶晶的光,那是早春的雾凇。我揣了砍刀,背了医药箱钻入林子。

你不知道那时盗猎者有多猖獗,我磕磕绊绊穿越了几片森林,就发现了十几个"捉脚"和钢丝套。这些可不是真正的猎人做下的,再坏的莫日根也不会干这种伤天害理的事。我咬着牙,见一个拆一个。

如果不是神灵相助,在重重密林中要想找到一头犴真像在大海里捞针。我又进入一片白桦林,拿出狍骨比对,发现上面的裂纹一如眼前的山脉,凸起的骨脊像极了森林背后那座巍峨的雪山。林间的冰雪还没融尽,一片肃冷与寂静,风蹲在树梢上不声不响,反倒是衣物剐蹭树枝和脚踩冰雪的声音传了很远。我把砍刀镶嵌在一棵树的枝杈间,举起双手,猎人相信神示,白犴就在其中。我尽量将脚步放缓,不知搜寻了多久,林子里什么都没有,甚至听不见鸟叫,只有稀疏的阳光不时从高空的树隙间泼洒下来,把林地弄得斑斑驳驳。

突然,白桦林深处传来一个微弱的声音,我侧耳谛听。没错,那是罕达犴的叫声,曲曲弯弯地传来,像一只大鸟粗憨的嗊鸣。顺着声音的方向寻去,透过密密匝匝的林木间隙,我望到了那个耀眼的身影，如同梦境一般浮现在那里……喜极的泪水一时迷蒙了我的眼睛。

我小心地走近了它，生怕它受到惊吓起身逃掉。可眼前的罕达犴却不像我二十几天前见到的那头大兽了，它满身泥土、血迹……我看到了它身上溃烂的枪伤，正流着脓水，散发着腥甜的味道，而它的身躯似乎也缩小了一半，瘦削得就剩下了一把骨头。它望着我，眼神像烛火一样暗淡，没有惊恐也没有喜悦。嚯，原来它想逃也逃不得了，一根粗如手指的钢丝套勒紧了它的脖颈，深入血肉里去了。它的周边，所有能够到的树皮都被它啃食光了，包括地上的积雪、腐叶……"我的白纳查神啊！"我颤抖着手，试图给它松绑，可钢丝套似乎连针都插不进去。我手忙脚乱地掏出了铁钳、锤子、钢锥，白犴见到这些亮晃晃的工具惊恐起来，一股逃生的力量让它像条被抛到岸上的大鱼，好一阵狂蹦乱跳，直到钢索让它窒息，让它皮开肉绽、鲜血淋漓。它喘吁着，嘴里喷吐着白沫，绕到一棵白桦树后躲避着我。我要救下它，否则它会随时死掉……我急得满眼是泪。"妞日卡，帮帮我吧！"我呼唤着心上人，此时她若在该多好啊，她会给我智慧和力量的……我努力向罕达犴证明自己只是一个施救者，没有一点恶意。终于，白犴似乎听懂了我的话，剧烈起伏的身体渐渐平复下来，我趁机上前，费好大劲才将铁钳嵌入钢丝套里……白犴重获自由，却头也不回地一瘸一拐地逃去。可它的枪伤还没处理呢，我招呼着它，紧跟在它的后面。

它虚弱不堪，颠跑不动了，费力地走着。我与它保持着距离，有时故意绕到它的上风头去，让它远远地嗅到我的气味，慢慢熟悉我这个没有危险的人；在它停下歇息时，我还要咳嗽几声，弄出一些响动，让它感知到我的存在。但白犴从不用正眼瞧我，也不吃不喝，对一切都充满警惕。等钻出白桦林，它就进入一片红柳和榛丛遮蔽的山涧，那儿有一条细细的从高山泻下的不冻泉，仿佛山谷唯一流动的血脉，飘散着袅袅雾气。渴坏了的罕达犴急迫地把泉水衔在嘴里，饮罢又使劲抖了抖躯体，似要把那一身的脏污、屈辱与伤痛都抖搂掉。它扭过头来看了看我，像是看到了一个不太亲近的同类，然后默不作声地离去了……它嘴巴像一把唰唰作响的镰刀，开始掠食红柳枝和山毛榉。不远处就是一片密不通风的原始冷杉林了，我判断它应该会在那里过夜，此时天色已晚，我不得不反身去寻我的驯鹿和露营地。

可原路返回的我又遇到了什么？一口陷阱！一心想着白犴的我差点掉进去。它的两边横着木杆，留着的唯一"通道"覆满厚厚的腐叶。要不是一只棒鸡从旁边飞出来惊吓到我，我肯定会朝那个"通道"走去。我用棍子撬开了陷阱，看清它的真容——足有一间房子那么大的狰狞的"嘴巴"，就是一头大象掉进去也休想活命。

第二天，我是牵着驯鹿进山的，为了不弄出声响，我解下了鹿铃。我有备而来，心中便有了主意，脚步也轻快了一些。伤口溃烂的白犴应该不会走远，它还会来不冻泉饮水，我将在那里等候它。

不出所料，傍午，阳坡那边传来了响动，像一股缓慢的风从远到近摇曳着树丛，犴齿剪枝的咔嚓声越来越清晰。我盯着那个方向，在红柳丛和榛树林的掩映下，那头白犴来了，它的身后是起伏不定的针阔叶混交林，混交林的背后是高入云端的雪山。那是怎样一幅泰加森林的美景啊，我赞叹着，心想，就是画家也难以画出来啊。

白犴似乎嗅到了林中驯鹿的气味，这让它多少放松一点，再往前走，我就暴露在它的视线里了。它迟疑了一番，却闻见了我撒在泉边的几把盐巴的气味，那是反刍动物无法抗拒的美味，而且它没感到威胁，胆子大起来，等它捡食干净我就再丢下一些，引它不断靠近……后来我就打了几声口哨，那是呼唤驯鹿吃盐巴的声音。不一会儿，三头驯鹿从林子里钻出来，走近我身边，我抓了盐，像额沃那样摊开手掌让它们舔食，这么做是为了让罕达犴在一旁看到。

第三天下午，白犴已经探着大鼻子和粗糙的舌头在我的手里吃盐了，它眯缝着赭石色的小眼睛，四条细腿绷紧肌肉，做着随时逃跑的准备。我感受着它温热的鼻息和嘴唇上松针似的长须，用手轻轻地抚摸它的皮毛，为它挠痒。它懂得了我的好意，或许把我当成了一截树桩，干脆将身体蹭过来。我趁机察看了它的伤口，那里溃烂得差点露了骨头。

我用驯鹿的铁挠给它梳理皮毛，精精细细地从上到下、由里到外，像玉石匠洗刷一件珍贵的玉器。白犴接受着这一切，偶尔转过头看我，目光里满是温情。它喘着粗气嗅着我的气味，甚至伸出舌头舔了舔我的手指，这或许是在表达一种亲昵。

信任是一天一天建立起来的，等到我可以触碰它的伤口时，算下来我已在丛林里与白犴相处近一周了。它习惯了我的存在，更似乎依赖起我的陪伴，我、驯鹿和罕达犴，暂时就游荡在这片丛林之间，像几个伙伴相互依偎。驯鹿和罕达犴的食物不同，前者只在森林里翻找地衣和苔藓，而后者喜欢灌木丛的枝叶，所以它们更易相处，互不打扰。夜晚,我就陪在它们附近露营。白犴有独处的习性,它趴卧在朦胧的夜色里,像一艘停靠林中的大船,而我就枕着它嚯嚯的锉齿声入睡。

那几天我只顾着白犴,却不料驯鹿出了事。当天下午其实我听到了那两声枪响,距离很远,似从一口焖锅里隐约发出的,白犴惊愕了半天才缓过神来。到了傍晚,三只驯鹿反常地没回来饮水,我去找它们,却一无所获,直到夜晚三星打横时,一只驯鹿才慌慌地回到我的宿营点,另外两只仍不见踪影,这让我有种不祥的预感。第二天我顺着枪声的方向去搜寻,在冷杉林的背后,我见到了驯鹿,它俩已经变成了两张驯鹿皮,驯鹿皮上面洞穿着弹孔。盗猎者把它们当野鹿猎杀了。

我悲愤不已,又无可奈何。眼下,让白犴尽快离开这个是非之地是当务之急。回到宿营点,我便用火烧过手术刀和镊子,以挠痒痒的方式让白犴趴卧下来。在这之前的几天里,我曾不止一次用酒精给它的伤口消毒,为的是让它适应疼痛……白犴好像知道我要做什么似的,一动不动地任我摆弄……我先用手术刀一点一点地剔除伤口周边的腐肉,它浑身痉挛着,就是一个铁打的猎人也会疼得叫出声来,可白犴却没动弹一下……一颗带血的弹头被我夹出来,接着我又开始处理下一个伤口。我的手心和额头全是汗水。"好了,就要好了。"我不断安慰它,好像它是个乖顺听话的孩子。等取出第二颗弹头时,我已禁不住内心的激动。谢天谢地,让我与一头白犴这么亲近,而我拯救的仿佛不是这头白犴,而是我自己,还有族人犯下的错……

去除了弹头的罕达犴行动自如起来,在我身边顽皮地蹦跳了几下,左挑右挑地摇晃犄角,最后定定地瞅着我这个施救的人,目光像五岁的孩童那么清澈,里面充满了情感,原来不只是人类才懂得爱啊。

罕达犴去丛林里觅食,我点火做饭,掏出一瓶老白干酒放在火旁温热,准备犒劳一下自己。如果这世界真像人们祈愿的那样该有多好啊,白犴的伤口隔不了多久就会愈合,它奔入泰加森林深处就脱离了危险境地,而我也要返回乌力楞去,从此不会再摸一下猎枪,我不能阻止别人打猎,可我能做好我自己,可以逢人就讲一讲白犴的故事,我还要把自己所做的一切告诉妞日卡。其实这些时日,我无时无刻不在想她,在我最束手无策时,都是她附我耳边说:"阿日坤,你是好样的!阿日坤,坚持下去,你能做到!"独自在山林的夜晚寂寞又寒冷,我也是枕着妞日卡的温暖入眠的,虽然她不在我身边,但我与她有说不尽的话。谁知就在那天中午,一场突如其来的森林火灾烧毁了这一切……

大火来临时我还丝毫没有察觉,我以为那呛人的烟雾是身边的炉火造成的,等到烟雾越来越大,把我呛得鼻涕一把泪一把时,我才意识到情况不对。这时北方的山林上空已烟雾弥漫,凭经验我已想到出什么事了,山火正向这边袭来。天!一定是那些肆无忌惮的家伙弄失了火!慌乱中的我已找不见剩下的唯一的驯鹿,好在白犴就在不远处,我拼命地呼喊它,给它警示,让它离开。后来我看到了白犴奔逃的身影,它早预知了火情,我提着的一颗心放下一半。那天风力不大,我辨别了一下呼玛河的方向,宽阔的冰河应该是最好的隔火带,我便奔向那里逃生。

我呼哧带喘一刻也不敢停歇,不知跑了多久,天空已被升腾的灰烬笼罩,变得灰蒙蒙的,分不清是黄昏还是什么时辰。等我爬上一道草坡,便望到了前面那几棵巍巍的樟子松树,那是接近呼玛河的标志,我这才手扶膝盖喘一口气。忽然间,我听到有野鹿的叫声从身后传来,回头看正是那头白犴,它抬着前蹄停在不远处的白桦林外面,歪着犄角望着我。原来它并没有自顾逃命,而是追随了我一路。我的鼻子一酸,反身回去,迎向它,它一颠一颠地向我跑来,我拥抱住它的脖颈,就像拥抱离散又重逢的亲人,我对它说:"傻瓜,你应该自己逃走才对啊,怎么跟着我来了……"我这么说它,它也不显委屈,一个劲用头蹭我的身体。它那么高大,脖颈就有一棵大树那么粗,在我面前竟像个孩子似的撒欢,笨拙地蹦跳,与我使劲亲昵,那会儿我的眼泪都流下来了。

可是,纳卡,不幸的事情就在此刻发生的。两声枪响也不知是从哪个方向发出的,把森林的耳朵都震疼了,我整个人随着瘫跪下来……我的后背遭到不明物的痛击,强大又尖锐无比的力量让一口鲜血喷涌出我的口鼻。罕达犴一定嗅到了那股熟悉的火药味——差点要了它性命的味道,它惊恐万状,撒腿狂奔,却又忽地停下来,它该是想起了我这个伙伴,随即转过身来,而我却向它最后挥了挥手,要它离开。罕达犴犹豫着,可枪声又起了,击飞它脚下的冰屑,刮过它高仰的脖颈……后来我的意识就模糊了,眼中仿佛有一大团雪花向远方飘去,直到融化在山岭间……

转瞬间,几个杂沓的脚步声来到我的身边,他们将我乱哄哄地围住说:"糟了,打死人了。""怎么回事? 明明是两头老犴,怎么一头变成了人啊?""是啊,真见鬼了。""我们弄失了火,现在又打死了人……"

听话语好似图嘎、乌讷他们,似乎又不是,口音里带着一股猪饲料味……我的大脑一片空白,只感到几个人影在头顶上晃动,随后一切又恢复了平静,森林里一片肃穆,连冰雪融化的声音都听得见……

讲到这里,阿日坤语调低沉起来,继续往下讲述。

那场大火烧掉了不少林子,和我判断的一样,呼玛河挡住了火势,后来人们用了好几天时间才将它扑灭……大火过后,乌娜吉姐姐和族人带着猎狗找到了我,先前他们还以为我是被烟熏死的,后来发现我背部有两个弹孔,好似两个冰窟窿……不久,来了很多警察,可是现场早被山火破坏掉了,警车来了又走走了又来,折腾了好多天。

妞日卡也来了,其实我不想让心上人见到我的不幸而伤心。按照族人的规矩,在外面遭遇不幸的人要风葬,好在高冈上的那几棵樟子松还幸存着(团团火簇从它们的头顶飞过,落到河水里熄灭了),人们就把我安葬在了那里。妞日卡仰起头望着树上的我,只听见风刮树梢的呜呜声,那么单调、枯燥。她从驯鹿脖颈解下一副鹿铃,爬上树去,把它系在我的耳畔,这样,风一吹我就听到驯鹿的声音了,那也是乌力楞的声音、家的声音……妞日卡发现我睁着眼睛正痴痴地看她,说:"睡吧,阿日坤,睡着就不痛了。"她为我盖住了从背部穿透过来的冰窟窿,可我还舍不得闭上眼睛,妞日卡把头贴在我的胸口，却瞥见了我眸子里飘忽的那团白，她说："我看到你的影子了，白犴，你没有走远，还在林子里呢……"说完，妞日卡哭了，眼睛里的泉水涓涓不断地流下来，像这条不冻泉似的，绕过山涧，一直流进呼玛河里去……

是的，正如妞日卡所说，我没走远，也不会走远，我记挂着这片山岭呢，而且就要住到高高的树上去，放眼就能看到大片山林和呼玛河，当然也可以看到那头白色的犴达犴了。它一定逃出了山火和盗猎者的魔爪，强健的身影还会出现在这片山林，那是大兴安岭的魂魄。

···········

"阿日坤舅舅。"纳卡叫了一声。关于舅舅的故事，他从小就听家族的人说起过，不过那只是一棵树简单的主干，现在它枝繁叶茂了，而且所有的叶片都清晰可见。纳卡表情忧伤，还未从故事的重重雾霭里走出来，但他急切地对舅舅说："您知道吗？整座兴安岭二十几年前就不许采伐了，所有的猎人都放下了猎枪，您看到了吧？岭上的树木又多了起来，包括野生动物，一切都在变好。"

"我当然看到了，豁牙，烧光的林地又长满了新树，没事干的时候我会从樟子松上爬下来，整天钻林子，漫山的绿染透了我的眼睛。去年秋天，一头棕熊带着两只幼崽路过这里，在我的樟子松树下蹭痒痒，梦中的我还以为是地震了呢。"阿日坤忍不住笑起来，树林也跟着呼呼啦啦响过一阵，"还有一群群狍子总是从我眼前蹿过，翘着一个一个的白屁股，要不是它们嘟嘟地放臭屁，我还以为那是遍地开放的野百合花呢。"

说话间，树林上空的流云变成了铅灰色和绛紫色，转眼已是黄昏。阿日坤舅舅吐掉嘴唇上最后的烟末，抬起屁股与纳卡告别："我就要回樟子松树上去了，之所以和你讲以上这些，是因为这些年来我左望右望，看到许多消失的鸟兽都回归了，却始终没见那头白犴的身影，可我分明嗅到了它的气味，听到了它的叫声，我就想到了你。豁牙，你做护林员常年巡护山林，没准能见到它，到时别忘了来告知我一声。"

纳卡使劲点点头，算是回应。他想起应该再问问舅舅的近况，可阿日坤像头诡秘的野鹿一般，在茂密的枝叶摇动处，转眼隐没了踪影。纳卡告别的手势还停在空中，榛莽的林子却已恢复平静，那一刻只有溪水匆匆赶路的细碎声响。难道刚刚的一切是一场梦境？可为何又像日光刺目那么真实？纳卡爬起身，胡噜胡噜屁股，怅然若失地钻出了眼前这片梦幻般的树林。

春天是护林员最忙碌的季节。回到护林站的纳卡，那两天打了一通又一通的电话，又来到瞭望塔爬上爬下。第三天下午，新调任的中心站站长随同两个工作人员来到纳卡的驻地，了解森林病虫害情况。一行人驱车去实地考察。

随同人员给纳卡介绍年轻的新站长："咱们白犴站长可是林业专家，和你一个民族，大家都管他叫白博士。"

纳卡一怔，问："站长叫什么名字？"

站长笑了笑，露出一口整齐的牙齿，说："我来自巴依格家族，叫白犴，额宁（妈妈）说，她生我的时候梦到了一头白色的罕达犴。"

纳卡张着的嘴巴半天没合拢……

白犴博士名副其实,谈起生态学、森林动植物保护学头头是道。从林中一走一过,他就能讲出每一棵不起眼的小草的名字、门属,以及哪些动物爱吃它。这会儿他弯腰拾起几块兽类粪便,用手指捏一捏,放在鼻子前嗅一嗅,兴奋地和随同人员说:"这是原麝的粪便,它们可是林中稀客啊。"

"对了,白博士,前些天你不是用红外线摄像机拍到了六头犴吗?那是一家六口呢。"随同人员说。

"六头罕达犴?"纳卡惊讶着,"那里边有白色的吗?"

"这个没有。"白博士摇摇头说,"我想,它只会在额宁的梦里出现。"

转天,在储木站改造成的飞机场里,纳卡、白犴博士与几个穿迷彩服的护林员登上了一架小型飞机,随后一溜烟向森林深处飞去。

机舱里,他们俯视着重峦叠嶂的山岭,比照地图上的标记,为一片又一片的次生林、过火林喷洒灭虫药。太阳再抬高一些的时候,厚布幔似的晨雾也渐渐消散开去,裸露出莽莽苍苍的大岭。纳卡一边欣赏着机舱外的景色,一边有意无意地辨别飞机投在林冠上的影子。就在这时,他发现一团雪在丛林里飘动。嚯,那是一头白色的罕达犴,没错,它正穿行于茂密的灌木丛中,跨越银亮亮的小溪,进入一片大峡谷,宽阔的呼玛河正在那里静静地流淌。白犴沿着河岸跳跃、飞奔,像极了滑行在浩瀚绿海里的一叶白色扁舟……纳卡激动得不知所措,赶忙呼唤白博士来共享这一奇景。年轻站长扒窗下望,却只看到绿如烟海的山岭和将山岭一分为二的呼玛河,还有从空中掠过的三五对野鸭、几群飞鸟，再无其他。这就奇怪了，纳卡揉了揉眼睛，竟也未见那动物的踪迹，难道刚刚那一幕是自己的幻觉？挠头诧异间，忽见平如明镜的河面有个东西露出头来，如同白鲸一般漫游而去，看仔细了，确是一头白色大奸无疑。

白博士一时惊诧住了，嘴里喃喃自语："咪儿咪儿，这该就是妞日卡额宁的梦境啊。"

说者无意，纳卡听到站长的话却惊讶极了，问："您刚才说您的额宁叫——妞日卡？"

"是的，妞日卡是我的额宁，她很美，有一双泉水般的眼睛……"

那会儿，机舱里的人都在俯瞰山岭间这天地造化的一切，极力捕捉着那个强劲的自由自在的生灵。此时，唯独纳卡转过头去，泪水正模糊着他的视线……是的，他要把这所知所见禀告阿日坤舅舅，告诉他，兴安岭上日月常新，森林的魂魄犹在……

少年猎熊记

少年达瓦追踪那头棕熊已经有两天了,一直从金河到牛耳河的汇合处,再往前就是宽阔的贝尔茨河。达瓦不知道这头老公熊为什么只沿着河流走,钻过一片又一片次生林和砍伐殆尽的落叶松林。河床刚刚解冻,浩荡的冰排像成群结队的野犴拥挤过江,裸露着灰突突的脊背,一边发出震耳的轰响。山风还是那么冷硬,打战的牙齿根本嚼不动食物,达瓦的脸冻得又红又紫,狍皮猎装像冰一样贴在身上。这几天,他一直没吃过什么像样的东西,肚子瘪瘪的,两条腿比上了脚绊还要费力,再这么下去,达瓦肯定会被棕熊拖垮掉,而他距离乌力楞却越来越遥远了。

这次达瓦独自出猎,只带了猎狗皮球,并牵了驯鹿托嘎为他驮运行囊,干粮也没来得及准备充足。要知道乡里正在收缴猎枪,工作组说,大兴安岭要全面禁猎了,这叫"生态保护工程",以后再捕杀野生动物就属于犯法。达瓦一言不发,守着猎枪在乌力楞呆愣了两天,额宁塔利娅也愁眉不展,眼里都是灰蒙蒙的雾气。猎人没有了猎枪还能叫猎人吗？塔利娅嘴上不说，心里犯嘀咕，有几头驯鹿将要临产，她都懒得去管。红头文件上规定，缴枪限期三天……

第三天头上，天还没亮，达瓦忽然挺身坐了起来，和塔利娅说："额宁，我还要再打一次猎。"

"春天可不兴狩猎的，孩子，野物都在这个季节繁殖呢。"

"可他们会等到秋天才让咱缴枪吗？"达瓦直瞪着眼睛，瞳孔映着通红的炉火。

塔利娅往吊锅里放着猪肉，那是从山下买来的，吃饲料长大的猪煮起来腥味很重，熏得她直掩鼻子。"山里什么猎物都没了，这个你知道的，要不谁会吃这种肉啊。再说，你也没几颗子弹哪，想打几只灰鼠回来吗？"

"不，额宁，我刚刚梦见了几只乌鸦围在我的头顶嘎嘎叫呢。"

"那可不是什么好事。"

"怎么不是好事？你忘啦，这是反梦。乌鸦为啥叫啊？那是吃到熊肉啦……"

那天早上，达瓦信誓旦旦地与额宁说着这些，塔利娅耷拉着脸没一点兴致，却不得不为儿子准备行装。

"达瓦，一个人狩猎是有危险的。"

"能有什么危险，我手里有枪呢……"

"他们来找你，我该怎么说？"

"你就说我出门打工了。"

"问起枪来呢？"

"就说枪早就丢啦。"

达瓦牵着驯鹿走的时候,额宁一直望着他的背影。作为猎人,十七岁的达瓦看上去还稚嫩着呢,他穿的是阿爸列庞戈生前的猎装,与他单薄的身体相比显得过于肥大,那杆斜背在肩上的猎枪快有他的个头高了。达瓦就这么晃晃当当地走了,直到隐没在山林里。

在金河流域转悠了快两天,正如塔利娅所料,达瓦的背夹里只多了几只瘦瘦的、饿毛饿刺的灰鼠,连个狍子的白屁股都没见到。那又怎么样呢?总之达瓦不想就这么回乌力楞去,他宁愿一个人带着猎狗和驯鹿在林子里瞎逛。山岭的春天多好啊,到处都是万物复苏的景象,林地里厚厚的腐殖土踩上去像云朵一样松软,潮湿的空气充满松脂味和各种林草发芽的香味,真沁人心脾,恨不得舀上几碗喝上一气。

那头棕熊是达瓦出猎的第二天黄昏时遇到的。下午那会儿,猎狗皮球忽然警觉不安起来,它先嗅到了一坨黑乎乎的粪便,形状跟人屎类似,从软硬程度看,拉屎的家伙应该没走远。还有没缴枪的猎人哪?达瓦一边想着,一边寻找那人在沿途树干上留下的刀痕(猎人返程标记),除了几棵新折断的碗口粗的树,再没有什么异样。达瓦尾随着猎狗在黑白桦混交林里穿行,林地里尚有未融化的积雪。这时,跑在前面的皮球又传来吠叫,一片煤黑色的雪堆上印着几个硕大的脚印,湿漉漉的,辨不清掌纹。达瓦安抚住猎狗,持枪向林子外边摸索去——远远地,他望到了那个家伙,在密匝匝的灌木丛里隐着半个身子。达瓦放松了警惕,准备上前打个招呼,等他走近些,却不由得屏住了呼吸——天!它哪里是什么"老猎",分明是一头山丘般高大的棕熊,老得浑身毛发都泛了灰黑的棕熊,正守着蚁穴用树棍捕食蚂蚁……达瓦一时间心跳加速，不过猎人的本能还是让他下意识地端起猎枪……还没等他瞄准，棕熊却忽地站起身，张开獠牙大嘴，冲着达瓦瘆人地呼号了两声："嗷——呜——嗷——呜——"随后，被冒犯的它噗噜了几声鼻子，转瞬间消失在夕光渐暗的灌木丛林里。

时间仿佛凝固了似的，达瓦好半天才收回魂魄，要不是猎狗在身边狂吠，他还以为刚刚的一切是自己的幻觉。天就要黑下来了，达瓦定了定神，决定趁着傍晚的光亮，先安顿下自己。

金河在幽暗的山岭间缓缓流淌，不时发出冰排开裂的声响。夜风凛冽，达瓦寻了背风处露宿在河边，借着朦胧的月光，他找来干草垫在下面，再铺好犴皮褥子和狍皮睡袋，几天来第一次点燃了篝火。灰鼠在跳动的炭火里炙烤，发出吱吱的响声和诱人的焦香味，达瓦的脸被映得红灿灿的。望着忽明忽暗的火光，他想起三年前第一次随大人们出猎的情形，那年他十四岁，刚刚读完六年级。那天，额宁将阿爸的猎装和猎枪从箱子里翻出来，像捧着一捧金子般递给达瓦，那可是达瓦期盼已久的啊！作为猎乡的孩子，达瓦从小就像一头公犴似的独来独往，从不和同龄孩子一起玩耍，性格也沉默得好似饱经风霜的"老猎"。是的，与踢足球、看动画片、打电子游戏相比，他更向往背上沉甸甸的猎枪和大人们一起钻林子，哪怕风餐露宿、爬冰卧雪。

那天傍晚，额宁特意为第一次狩猎的达瓦点燃了白桦木火堆，让他背着父亲的猎枪从熊熊烈火上跨过去，经过圣洁之火的洗礼，少年达瓦就正式成为一个猎人了。塔利娅用目光抚摸着儿子的头、脸和小小的身躯,说:"去吧我的孩子,到山林里去,像你的阿爸一样,做个像样的莫日根吧……"话没说完,额宁已是满眼的泪水。列庞戈当年是多棒的猎人啊,身体强壮得像一头公熊,他猎杀的野物比别的"老猎"一辈子见过的还多。可就是这么一个猎神般的人,却在达瓦五岁那年的秋天失踪了。那次秋猎,塔利娅用冬天最冷季节打到的狍皮给丈夫做了一身崭新的猎装,列庞戈咧着大嘴乐呵呵地试穿了一下,说:"这个给我儿子达瓦留着吧,我还是习惯穿我那身'盔甲',钻再深的林子也不怕刮。"说完,他就披上那件脏得和铁打似的大氅,头也不回地去了。可任谁都没想到的是,这竟是列庞戈与家人的最后一别。同去狩猎的弟弟果佳说,列庞戈大概是失足从山崖上掉进贝尔茨河里被激流冲走了,生不见人死不见尸,单单把他的猎枪留在了崖顶……

　　达瓦与皮球一边分食着干巴巴的灰鼠肉,一边想着这些落满灰尘和枯叶的往事——那是怎样的一头棕熊呢?列庞戈阿爸又是怎么遭遇它的?当时到底发生了些什么,让一个最好的莫日根尸沉山涧?这些问号打懂事起就在达瓦的脑海里萦绕。他想念阿爸,那是他作为男人的榜样,直至今天,达瓦一听到"老猎"们讲阿爸的故事还难过不已。列庞戈的形象是达瓦自己用猎刀一刀一刀刻在心中的,可现实是,那个男人却只停留在猎业生产队的黑白照片的合影里,闪着一对公熊才有的又黑又亮的小眼睛,左耳上一只问号似的银耳环是他的标记。列庞戈为什么带着"问号",难道他也有不明晓的事情吗?不,不会的,他该什么都懂,天上的地下的,山岭和森林里的,他无所不知!阿爸要活着该多好啊,他会早早就教给达瓦所有狩猎的技术，包括眼下遇到的这头棕熊，他会告诉儿子该怎么将这个大家伙一枪毙命，而不是要一个少年独自面对这一切。更要命的是，少年的枪膛里仅剩下两颗子弹……阿爸，我能猎到它吗？达瓦抬头望向夜空，那里正有大半个土黄色的月亮像刚出炉的列巴似的，散发着焦煳的味道。我一定能的，阿爸，我要证明给你看，达瓦是列庞戈的儿子！

山岭刚升起晨雾，达瓦便背上猎枪收拾好行囊上路了。猎狗在前，驯鹿在后，达瓦不断用砍刀开道，斩断拦路的横枝乱杈。冷雾沉甸甸的，遮挡着视线，好在皮球引路，进入昨日遭遇棕熊的灌木丛后，很快就找到了它遗留下的气味，猎狗不断发出警示。达瓦兴奋起来，太阳辉煌的光芒透过树隙照在他身上，让他浑身充满力量，那是阿爸赋予的勇气。他气喘吁吁，不时用袖口擦拭额头上的汗水，一步也不停歇……待他再次窥见"老爷子"已是这天的下午，达瓦示意皮球止步，猎狗浑身抖成一团，呜咽着蹲坐下来，达瓦则一个人躬身潜行。

棕熊真的老得不成样子了，达瓦这次看清了它。许是漫长的冬眠消耗了所有脂肪，它体瘦毛长，像个穿着破大氅的病秧子，而且左后肢有残疾似的，走起路来身体失衡，总是栽楞着一侧肩膀。不过这些都没有影响它过河入林的速度，既不显得笨拙也不虚弱，忽左忽右，神出鬼没般地，有时竟让达瓦怀疑那不是什么棕熊，而是森林里的黑幽灵。无论那是什么，都没什么可怕的。达瓦为自己鼓气，子弹不能浪费任何一颗了，只有靠近目标有十足的把握时才能开枪。不过这也让达瓦狩猎有了难度，要知道，棕熊的嗅觉比猎狗还要灵敏，猎人只有逆风才能接近它。

接下来的两天时间里，少年猎手一直紧跟着棕熊，不知不觉翻越了好多道山岭，直至进入贝尔茨河流域。老家伙似乎早已注意到了达瓦这条尾巴，当达瓦在林隙间瞥见它的身影时，恰逢它也回转过头，像在定定地盯着跟踪者，达瓦能感觉到对方幽深的目光，里边有曲曲折折长满杂草的山间小路，和一棵大树圈圈绕绕的年轮。少年心头不由得一震，稍事休息，棕熊又像什么也没发现一样，若无其事，一瘸一拐地行去了……甚至有那么两次，达瓦在林中迷失了方向，差点与棕熊面对面撞见，那一刻少年猎手却不知所措了，甚至忘记了抄家伙，白白错过机会，而对方好似碰到一根碍事的木桩一样，随便绕开他，大摇大摆地与之擦肩而过。

达瓦头上罩了雾——假若老家伙真的有所察觉，为什么不甩掉要置它于死地的猎手？它嗅到猎枪里的味道应该仓皇逃去才对，可事实恰恰相反，这头棕熊始终保持着一头老熊的尊严，行动起来不紧不慢，一边沿途采撷杂食，一边四下里观风望景，左拍拍右闻闻，仿佛惬意享受春色的旅者；待危险逼近时又一忽儿隐入森林，与达瓦这个少年猎手捉迷藏似的若即若离，且总是在射程之外……这种姿态似乎带有某种轻视，更像挑逗达瓦，这让少年猎手好不羞恼。而且他感觉到，棕熊正将他引入贝尔茨河右岸，那里是人迹罕至的汗玛原始森林，一旦钻进那片浩瀚如海的天然屏障，达瓦再休想猎到它了……

夜晚再次降临。爬了一天山岭的达瓦疲惫不堪，连给托嘎上脚绊的力气都没有了。犴皮靴里除了汗水就是脚疱流出的血水，手和脸布满了伤痕，那是密林的枝杈为他留下的印迹。现在，少年猎手仰躺在贝尔茨河岸一动也不想动，猎狗皮球也累坏了，头贴地面趴卧着，委屈地呻吟。有那么一刻，达瓦昏昏沉沉睡着了。他梦见了一张脸，仿佛是用刀子刻在大树上的脸，由模糊到清晰。"白纳查神？"达瓦叫了一声，那张脸漠然地看着他，似一副生气的样子。"我做错什么了吗？"少年小心地问道，可转眼间那张脸竟变作了老棕熊的面孔，张着血盆大口，一对黑豆大的眼睛闪射着凶光，从喉咙里发出呜噜哇啦的低吼……达瓦一个激灵坐将起来。眼前，空阔的贝尔茨河依旧喧嚣奔流，一旁的猎狗紧张兮兮地望着主人。达瓦伸手摸了摸它的头，原来刚刚做了一个梦。

达瓦握了一天砍刀，手指僵硬得拿不住火柴，划了几次才勉强点燃了桦树皮，拢起一小堆火，放入一块硬邦邦的列巴和几个发了芽的土豆。这个季节在林子里是不能点明火的，好在守着河岸，随时可以取水灭火。几天里，达瓦和猎狗仅吃了三只灰鼠和携带不多的干粮，一路捡拾了些许去秋的浆果和松塔来充饥。夜更深的时候，河面吹来更冷的风，阵阵酸痛从骨头缝里钻出来，冒着气泡似的，又像无数老鼠撕咬着达瓦的肌体，让他无法入眠。猎狗不知去向，饿了几天肚子，许是觅食去了。

忽然，一个黑乎乎的东西从冰河里突现出来，那是一个人的身形，把落在水面的星星和月亮搅得哗啦哗啦地响……

"别怕，达瓦，我是你的阿爸列庞戈。"那个人说起话来，声音也像从水里捞出来似的，湿淋淋的，带着一股鱼腥的味道。

"阿爸？"达瓦紧皱眉头，满腹怀疑，乌黑的枪筒抖动着。

"是我,孩子。"

达瓦看不清男人夜空似的黑漆漆的面孔,却瞥见了他左耳那个"问号",在月色下闪闪发光……

"你真的是——列庞戈?"少年惊讶着。

"没错,我的孩子。"男人说,"你一进入这片山林我就看到了你,你长大了,很勇敢,很能吃苦……"

达瓦摇摇头,他还不能完全接受这个从河水里冒出来的人。

"我知道你的心里所想。"他说,"我的孩子,可现在的林子已不再是过去的了,一切都变得快认不出了。我像你一般大的时候,森林茂盛极了,到处都是野物。那时,每年秋猎、冬捕都有任务,上边要多少张犴皮狍子皮、雪兔皮,多少只野鹿茸、熊掌,多少头野猪、香獐子,我们每个生产队都能完成。有时为了过节给一些集体发福利,几天的工夫就会打回几卡车的狍子,它们在长长的拖车箱里摞得像山一样高,不过那不是我们猎人干的……"

说着话,黑脸男人往达瓦身边靠近些。他走路的样子很古怪,右肩上翘,腰也半弯着,他拣了根枯木杆坐下来,这样月光就照见他的前身了。达瓦惊异地发现,男人交叉在一起的两只手仿佛都没有大拇指。

男人接着讲:"那时候熊也真多,上山一次,随便就能遇到几头黑熊或棕熊。过去我们鄂温克人轻易不捕猎它们,认为那是天神为了惩罚犯错的人才让他们变成了熊。可这些传统后来被外来的风吹散了,我们也开始毫无顾忌地猎熊,光死在我枪口下的熊就有十几头。有一次冬猎,我和果佳两个人打死了三头冬眠的棕熊,那是一头母熊带着两头熊崽。生产队费了半天的劲才剥了它们的皮,割下厚达一拃的羊脂玉般的油脂,把头、蹄、下水和各部位的肉分割开来,再把这些分装在不同的布兜里,捆绑在十几头驯鹿的背上,一路驮回乌力楞。生产队将熊皮、熊掌和熊胆上交后,其余均分给了乌力楞的每家每户。于是我们开始庆祝,各家吃熊肉,喝熊油脂,每个人的脸都像涂满了熊血一样红。吃熊肉的时候,我们不停地学着乌鸦叫,那是在让乌鸦为我们替罪呢,让熊神误以为是这些食腐鸟在吃它们。我们还要比赛喝熊油,被火化开的泛着气泡的熊油像一碗碗金水,被猎人就着烈酒灌进肚里。那滚烫的液体让男人们彻底醉倒,癫狂到忘乎所以,接下来有哭的、笑的,有动刀子的、枪走火的……那是熊在猎人的肚子里发怒呢,不停地翻跟头打把式,不停地捶胸吼叫呢……"

"阿爸!"达瓦捂住耳朵,忍不住叫了他一声。

"达瓦,你听我说,阿爸猎杀的野物太多了。"男人颤抖着声音说,"我那时什么都不懂,只一门心思想着去山林里猎取,这是对天神滕格日的冒犯……最后一次猎熊又是我和弟弟果佳干的。那年秋天,我俩出猎遇到了一头老熊,一路追撵它到这条贝尔茨河边。我用枪打伤了它的后腿,结果它把我引向了悬崖,引向了不归路,这是天神对我的惩罚,孩子……"

"你、你打伤的是它的左后肢?"

男人摇摇头:"我记不得了。"

"它是黑棕色的?"达瓦又惊诧地问。

"也许是黑色,也许是棕色……不管它什么颜色,达瓦,你若遇到后肢瘸掉的熊,千万不要去碰它,听我的话。"

"可是阿爸,我想我已经遇到它了。没错,就是那头老熊,没想到
是它害了你,我一定要杀了它,替阿爸报仇……"达瓦咬着牙根说。

"达瓦,我说过,你千万不要那么做……"

"阿爸,和你一样,我不会做半途而废的事。"

黑脸男人还想说点什么,却听到不远处猎狗惊恐的狂吠,那是
皮球回来了……

"我把你的猎犬吓到了,达瓦。"男人说着,慌忙站起身离去,臂
膀一高一低地走了。

"阿爸,你的腿怎么了?"

"那儿受过伤,孩子。"男人回过头来,目光殷切地望着达瓦,"记
住我的话……"

随着一阵水声喧哗,男人已潜入河中,像一头水獭那样游去了,
直到沉没水底……

天亮前,一夜未眠的达瓦做出了自己的抉择。无论如何,他要用
光这最后两颗子弹,而且心里已有了盘算。是的,再不能让老家伙牵
着鼻子走了,那样即便追到贝加尔湖去,也只能做它的跟屁虫。贝尔
茨河的月牙形大甩弯就在脚下,按棕熊几日来的行迹,它只会继续
沿着河湾前行,达瓦要做的就是横插山岭,在"月牙"的末端截住它。

这是一次奔袭,也是一次阻击战。达瓦孤注一掷,他没有带碍脚
的驯鹿托嘎,在收拾必用的家什时,他看到列庞戈坐过的地方像被
雨淋过似的,出现一片水洼。

傍午,达瓦和猎狗皮球翻越了两道山岭,直抵目的地。淋漓的汗水湿透了猎装,像水洗的一样,达瓦索性把它脱下来披在肩上。达瓦曾经来过这个山谷,那时,他刚刚学会打猎,几个"老猎"带他来这里蹲夜——月亮刚挂在天上,一只狍子傻愣愣地来河边喝水,"老猎"把机会让给了达瓦,让他这个新人练练手法。达瓦眯着眼睛连开了三枪,枪枪跑空,连狍子的一根毫毛都没伤到,要不是旁边的"老猎"补了一枪,他真成了猎人的笑话。后来,"老猎"们嘲笑达瓦,给他起了个难听的外号,叫他"三空"。羞臊不已的达瓦那会儿就暗暗发誓,有一天他要让所有"老猎"都闭上乌鸦嘴……

山谷下是一片略显开阔的平滩,长满过人高的枯苇子,达瓦和猎狗隐在其间,四下窥视。这是棕熊进入原始林的必经之地,河段因为河面变宽而使流速变缓,一簇簇冰排也分散开去,不再拥拥挤挤;冷水鱼耐不住寂寞,趁机跃出水面,东一条西一条,鱼鳞闪闪划着银色弧线。据"老猎"们讲,过去一到冰裂季节,平滩的鱼跳跃起来就像放鞭炮一样,噼里啪啦地响,而且都是尺把长的大鱼,那场面热闹极了。不过如今就像列庞戈说的,一切都今非昔比了……

那簇黑点从远处浮现了,毫无遮挡,摇摇晃晃地渐行渐近。一路上饥肠辘辘的棕熊直奔平滩的鱼群而来,这会儿就张舞着四足潜入河水,水面刚好没过腰际,棕熊好一阵扑腾,像个淘气的孩子,一时水花四起。达瓦一直在准星里瞄准着猎物,不断调整靶心,一旁的猎狗忍不住低声呜咽。达瓦后来想,那天一定是熊神作怪,因为就在他将要扣动扳机时,没有任何理由和征兆,棕熊突然鬼使神差地奔向了河岸,连嘴巴里叼的小鱼都弃之不顾了……达瓦不会再放过这个机会,"砰——"一声震耳的枪响,声音冷得让天空裂出一道缝隙,老熊应声跌倒在地,子弹竟然再次击中了它的那条残肢。棕熊显然没有预料,一副茫然受惊的模样,许是怀疑被什么东西咬了一口,它呜呜哀叫,低头翻找,才发现伤口。它寻向枪声的来源,望定芦苇荡中的达瓦,灼灼的目光里有股说不清的意味,那该是一位老人忽然遭受孩童的一击而不知如何怪罪,满带着失望和责备。瞬息,它爬起身来,拖着那条伤肢,三足奔行,像团黑旋风般地刮向了山谷右侧的山崖……那一刻,不知缘于何故,达瓦竟忘记了枪膛里的最后一枚枪子,他没有射击,只是呆呆地望着棕熊远去……

达瓦后来不断否认自己与那头老棕熊有任何感情。是的,他追踪了它三天,嗅着它老松树般浓郁的朽香,踩着它的足迹,多少次亲眼见到它高大又瘦削的身影。那又怎么样? 它只是他眼中的猎物,不会是别的什么。可是,为什么没有在关键时刻补上一枪? 那样的话,或许老棕熊早已臣服在他的脚下,失去了所有的尊严、力量、生命,四肢坍塌,头颅垂地,连喘息和心跳都没有,成了一摊任人宰割的熊肉。它再不会奔跑、咆哮,或者愤怒,再不会噗噜噗噜地喷吐白沫,摇头摆臀抖落一身灰尘,凝神深沉地盯望着你……

少年猎手好不懊恼,现在他再想追击棕熊已没可能,它已跃上山崖,消失无踪。达瓦环顾四野,他望见了南面山岭上那座护林站的瞭望塔,列庞戈曾经的搭档——果佳叔叔已不做猎人,如今就在那儿。是时候补充给养让自己休整一下了,垂头丧气的达瓦带着猎狗朝那儿走去。

将近日落的光景,达瓦顺着一条窄窄的油漆路爬到岭上。一架涂着防火红的直升机停在护林站旁的空地。木刻楞的屋子里热气腾腾，行军床、保温壶、望远镜、电话机、锅碗瓢盆杂七杂八……

"达瓦，工作组正满世界找你呢。"果佳叔叔端了一盆米饭连同两盘炒菜递给他。达瓦狼吞虎咽，没一支烟的工夫全部下肚。

"再不缴枪可就惹麻烦了。"果佳拧开一瓶根河白，他一头黄卷卷的头发，眼睛和列庞戈阿爸的一样小，颧骨高高的，"你瞧我，自打列庞戈失踪以后，我就把猎枪放下了。"

达瓦瞅着叔叔："而且你还成了护林员。"

"是啊，森林就是我们鄂温克人的家，我要看好这个家。"

"可是你没看到吗？林子已经快被采伐空了……"

"现在禁止伐木了，所有的林子都不准再开发了，过去是过去，现在不让采伐就是进步。"果佳直接用瓶子往嘴巴里灌酒，酒水嘟嘟地冒着气泡，"达瓦，不要去追那头熊了，刚刚我听你讲，心里就犯嘀咕，现在我喝点酒想起来了。你追那头棕熊，从金河一直到牛耳河、贝尔茨河，然后你在山谷打伤了它的左后肢，真是见鬼了。你知道吗？我和你阿爸最后捕猎那只老熊时就是这个经历，一模一样！世界上有这么巧合的事吗？"

达瓦瞪圆眼睛，满脸震惊。

"没错，就是在那个河滩，你阿爸打伤了那头熊的后腿，和你一样，也只剩下了最后一颗子弹。而我的早打光了，还不小心扭伤了脚，肿得像黑面包。后来你阿爸一个人去追击受伤的熊，随它爬上了山谷旁的山崖……我等他到第二天早上也没见他人影，心里七上八下，挂着拐好不容易爬上崖顶，一瘸一瘸地寻遍了整座山，最后在靠近悬崖的一棵老刺柏树旁拾到了列庞戈的猎枪,枪膛里那枚枪子还在。我站在悬崖边朝下面望了望,只见百尺深的山崖下,贝尔茨河静止得像块铁,没一点动静。你阿爸就这么失踪了。后来生产队发动了所有猎人,山上、山下、沿河找了个遍,连个尸首都没找到……"

达瓦凝神望向窗外,窗口那儿挂着一把枪身斑驳的"半自动"。

"是贝尔茨河把你阿爸吞掉了,被熊吃掉最起码也能剩下骨头和衣物。"果佳叔叔表情迷离着,酒已经把他的眼神变得像木头一样僵直,"后来,我去山崖上祭祀列庞戈,在那棵刺柏树身上刻下了白纳查神像。你阿爸够可怜的,我只想让他和山神在一起……"

"叔叔,能给我几颗子弹吗?"达瓦打断他,眼眶像被火燎过似的,红红的,手上还用鹿皮擦拭着猎枪。

"不,"果佳把头摇得像风车一样,"我没有什么子弹……"

"你有,叔叔。"达瓦往窗口那儿看了看。

"那不是打猎用的,达瓦,现在已经禁猎了,我们用枪是为了护林……"果佳叔叔又咕咚咕咚喝了几口酒,"听我说,别再打那头老熊的主意了,这很危险,我担心你会像列庞戈一样……"

达瓦用异样的眼神看着果佳:"你已经不是猎人了,叔叔。"他不无失望地说着,和衣倒在行军床上。

"只要不离开林子,天天能嗅到它的气味,听到鸟兽的叫声就够了,懂吗达瓦? 无论是不是猎人,我的心都噙着山林的露水,长着密密实实的枝叶……"

"可猎人的血管是用熊油泡软的,眼睛也是用狍子皮、鹿皮擦亮的,不是吗?"

"过去是这样,现在不是了,雪和山涧的溪水一样能擦亮眼睛。"果佳眨巴着星星一样小的眸子。

达瓦困倦了,室内的炉火正舔着他的眼皮,让他昏昏欲睡。少年就这么怀抱着猎枪,生怕被别人抢去似的,转瞬便打起了鼾声。

果佳独自一人喝着酒,揪着头发,自己和自己说话,有一句没一句地唱歌,一夜没睡,就在凉板凳上坐着,守着达瓦。他看着达瓦那张稚气未尽的脸,睡梦里都散发着小樟子松那种辛辣味,这个鄂温克猎人的孩子多好啊,倔强得像块清水里的鹅卵石,要在过去,一定是个莫日根的料。天快亮的时候,果佳打了一个盹儿,等他再睁开眼睛时,达瓦躺过的床已空空荡荡……

漫山都是浓雾,使山岭显得神秘而寂静。达瓦和猎狗走得很快,雾气像长着天鹅绒毛,裹在达瓦的身上,摸起来凉丝丝、滑溜溜的。不到两个小时,少年猎手就和皮球重返了山谷。枪伤的血滴暴露了老熊的行踪,这使达瓦和猎狗顺着山崖毫不费力地寻到了它的气味。受伤的老熊明显放慢了逃离的速度,从东倒西歪的毛树丛和不断歇息的痕迹看,它已力不从心……

再往崖顶上去,虬曲的偃松长满陡坡,穿行起来十分费劲。一处山休滑坡拦在半山腰处,成堆的石块差点掩埋了几棵矮树。达瓦小心攀缘,猎狗停下来嗅着碎石上黑乎乎的尚未凝固的血。达瓦从中捻出一条皮肉,带着粗硬的兽毛,没错,那是老家伙黑棕色的长毫。

它真够倒霉的。达瓦猜想它肯定是在爬山的时候遭遇了泥石流,那是春天雪山融化的结果。这么说来,它更不会逃远。

一人一狗爬上崖顶时，正当日出岭上，七彩光束撩开山顶的重重雾霭，像是要把老棕熊最后的面纱揭掉……随着一大摊血迹出现，猎狗狂吠不止，达瓦也感受到了它——一头受伤巨兽才会散发的恐怖，让山风都紧张得呜呜作响。在一棵几搂粗的刺柏后面，"老人家"背靠树身，坐在那儿，大口大口地喘吁着。刺柏树正对达瓦的一面刻着一张人脸，那是他在梦中见过的白纳查神的脸，是果佳叔叔刻在上面的。达瓦举起猎枪，对准了棕熊半露的头颅……

"达瓦！"一个声音从刺柏那边传过来，瓮声瓮气又湿漉漉的，听起来那么熟悉。"达瓦！"那儿又叫了一声。达瓦愣住了，是那头棕熊在叫他，没错，声音是它发出来的。这怎么可能？一定是幻觉，是邪恶的致幻神在蛊惑自己……棕熊张合着嘴巴，嘴角泛着血沫，这会儿就扶着树干立起身来，目光直视达瓦，那是列庞戈的目光，平静得像一潭秋水……老熊晃动了一下双耳，达瓦明晓了它的暗示——它的左耳上正挂着那枚问号似的银耳环。达瓦不敢相信自己的眼睛，眼前一片梦境般的雾霭。

棕熊已狼狈不堪，蓬乱着脏兮兮的长毛，满身血污与尘土，像刚从战场的硝烟里爬出来似的。它呜啦着喉咙："我和你说过，达瓦，天神会把犯错的人变成熊。这是滕格日对我的惩罚……"

"阿爸！"达瓦喊了一句，浑身像被雷电击中了一般战栗，猎枪随之脱落在地。

"孩子……"棕熊蹒跚着向前走了两步，伸出熊掌来，想给少年以安慰。就在这时，仿佛参天的刺柏戛然断裂了般，那声响震得人心颤——棕熊浑身痉挛了一下，一股强大的力量撞击了它，让它向后退去,退去,连带着四起的尘土和纷飞的落叶,那副笨重的身躯像块坍塌的巨石,转瞬翻滚下了山崖……

达瓦的身后,果佳将端举着的枪放下来,枪口那儿硝烟还未散尽。果佳一副趔趔趄趄站立不稳的样子,他抖着手,掏出酒瓶子又猛灌了一口酒,顺便用衣袖抹了下瓶嘴,对达瓦说:"你不听我的话,孩子,我和你说过,这很危险……"

那一刻,达瓦惊呆了,待他冲到悬崖往边下望——正如果佳叔叔说的那样,只见百尺深的山崖下,贝尔茨河静止得像块铁,没一点动静……

山岭中最后一声枪响是达瓦扣动的扳机,枪口冲上,枪声直上云霄,震荡着莽莽苍苍的林海,仿佛是对老棕熊最后的祭奠。枪声散落下来,笼罩在达瓦和果佳的头顶。此刻,料峭而浩荡的春风中,原本高高的山崖忽然显得那么低矮,而崖上那两个人的身影似乎比蚂蚁还要渺小……

呼伦贝尔牧歌

那两匹马,一红一白,一前一后,一会儿后面的追过前面的,一会儿又并辔而行。马背上的人也随之并肩而行。

刚进六月,连绵的丘陵草原已绿得沁人心脾,那种一目九岭的重峦是摄影家们所喜爱的。昨夜刚刚下过一场透雨,空气好得没的说,春风空阔而浩荡,万顷草香从春风里倒出来,正沿着草地、山坡、沟壑四处流淌,迎面扑入鼻孔,人们就会被那稚嫩的草香熏晕,熏醉,熏出一把鼻涕、眼泪。这样的天气难得极了,阳光明媚又不耀眼,像泉水般清凉,又长着细小而柔软的天鹅绒羽。而天是深蓝的,是画家用纯粹的油彩涂上去的,被雨后舍不得离去的一簇簇青灰色的云朵拥挤着,像海的波澜一样涌在天空。而最接近那些波澜的,是远处丘陵峰巅之上的一排排高大突兀的金属物,那是一杆杆风力发电机,正在阳光下闪闪发亮,像极了高耸入云的银色风车,它们随着丘陵的跌宕起伏而错落有致,使得这片丘陵草原看上去更为瑰丽。此时行在其间,似乎感觉蒙古族人的细长眼睛有点不够用了,不能再贪婪地多装些景色。

那两个牧人打扮的骑手就在这壮美的丘陵间爬上爬下。

"这么多年，还以为你不会骑马了呢，没想到你还真行！"说话的是骑红马的汉子，宽肩厚背，短粗的脖子缩在一字形肩上。他戴着老式前进帽，帽檐压得很低，一双豹子才有的赭黄色眼睛眯成一条缝隙。

"不会忘记的，骑马就像吃饭一样，多少年也不会忘。"白马背上的汉子顶的是温州产的那种塑料编织的牛仔帽，帽檐下面，一张乌铜色的脸刀削一般棱角分明，一圈黑胡子连着双鬓。与骑红马的汉子相比，他更精瘦些，却是那种日行千里的马才有的结实。

"该把胡子刮一刮，把头发理一理才是。""前进帽"说，"这个样子，巴德玛都认不出你了。"

"你又没提前说，我洗了脸就算不错了，我可快一周没洗脸了。"

这会儿，空中不知悬停着多少只云雀，叫声一只比一只嘹亮，把两个汉子的耳朵都灌满了。两个粗声大气的汉子不得不再提高些嗓音，你喊上几句，我再喊上几句。

一条村村通公路像铁灰色的蛇盘旋在丘陵间，忽左忽右，一会儿又被丘陵遮蔽了，不时有货车呼啦啦驶过。临近公路的一顶彩条布帐篷里拴着五六匹马，靠路边的牌匾上写着"巴尔虎骑马场"。

"那是做什么的？""牛仔帽"问。

"你说的是那个拴马的地方？那是招揽游客骑马的，这会儿游客还没上来。等七八月份，一百匹马也闲不住。"前进帽说，"现在咱们呼伦贝尔旅游很火热，旺季大客车都得排队。"

牛仔帽沉默了一会儿，摸出兜里的矿泉水灌了两口。

"这些年变化大着呢，喏，邻近的满洲里城里，建的都是俄式洋楼，前些年贸易火的时候，满大街都是俄罗斯人。等过些天我休假，带你和巴德玛去城里喝几杯。"

"阿哈（哥哥），先别想那么远好吧，连人家的面都没见到呢。"

前进帽乐了乐。此时两人正爬上一道矮山梁。两匹马都是一顶一的好马，肌肉紧致得犹如石磙，皮毛如锦缎般油滑闪亮，随着颠簸，像波浪那样涌动，爬坡上冈如履平地。此时两匹马生龙活虎地打着响鼻，飘散着瀑布似的鬃尾，与马背上的汉子一样亲如兄弟。两个汉子则歪斜着身子，懒在马背上，随着马的步伐晃来晃去。这种骑法有点养精蓄锐的意思，假如一个人久不吱声，那一定会呼噜起一串鼾声。

"再往前面就是呼伦湖了。"前进帽说，"过去这里可是弘吉剌部落的营地，成吉思汗九岁的时候就是来这儿相的亲，半路遇到孛儿帖姑娘的阿爸德薛禅，便做了他的乘龙快婿。咳儿，对了，巴德玛的阿爸也和她一起放牧呢，我们没准会在呼伦湖边遇到他，那可是吉祥的征兆啊！"

"快别开我的玩笑了。"牛仔帽的脸再红也看不出什么来，他笑了笑，表情里却隐藏着几丝忧郁，"你确定巴德玛想见我？当年她可是对我有怨恨的，况且我也不是当年的那个小伙子了，而是刚刚释放的……"

"咳儿咳儿，今天咱不说那些。对了，巴德玛那儿，我已经和她说过你好多次。上次在甘珠尔庙遇到她，她还主动提起你，盯着我问东问西的,她还在关心你,这是她的眼神告诉我的。我说你一切都挺好,出狱后,村委会给盖了新房,村集体还以苏鲁克(代管畜群)的形式赊给你十几头牛和一群羊,人也今非昔比了,也不喝酒,一天到晚只知道干活赚钱,一门心思致富呢。"

"我可没你这个第一书记说的那么好,不过说真的,我已经十多年不喝酒了,年轻时总因为喝酒闯祸,我要长这个记性。"

"蒙古族男人不酗酒就不叫喝酒,那酒只是就餐的饮料。"前进帽笑笑,"都(弟弟),那时你年轻气盛,就像匹争强好胜的烈马,动不动就和人动手,比谁的拳头硬。不过,你倒是从来不欺负弱者,专门和那些臭鱼烂虾或者欺负别人的恶狼过不去。"

"我和他们打架,七八个人一起都不是我的对手,我照例打他们个屁滚尿流。那时我浑身有使不完的劲,抢扇刀打牧草可以一连抢上十几天不知疲惫。我也能吃能喝,一个人一顿能吃掉小半只羔羊,喝光塑料壶里所有的酒……你还记得吗?那年呼伦贝尔那达慕上,在一百八十多个搏克手(摔跤手)里我夺了魁,还赢得了一峰骆驼、十只羊呢。"

"还不是额么格额吉(祖母)把你喂养得好,总拿你当两个月的失孤羊羔嘛!"前进帽又笑。

"奶奶是世界上最心疼我的人,可我对不起她……"

"那时,每次你和别人打架回来,老人家又气又恨,拿着烧火棍狠狠地打你的屁股,可回过头来又看你哪儿受了伤,心疼地把你搂在怀里,又搽盐水又涂'马粪包'的,整夜不睡地看护你……"

"是啊,额么格额吉把我从小养大,她明明知道我不是她的亲孙子,是她从海拉尔医院门口捡来的孩子。我听别人说,包裹我的襁褓里有纸条,上面写的是汉字,是我的汉文名字和出生日,可额么格额吉从来都没和我说过这些,她生怕我知道我是她抱养来的。我四五岁的时候,她还让我裹她干瘪的奶子呢,虽然那里早已是干涸的河床,没有一滴奶。现在你瞧我的模样,小眼睛高颧骨,长得越来越像她老人家了。"

"你喝了呼伦贝尔的水,吃了这里的牛羊肉,晒了草原上的太阳,当然要长成牧人的样子。都,你的性格更像个蒙古族汉子,人们常说的'一方水土养一方人',就是这个道理。"

"我还会唱蒙古族歌呢,还记得奶奶教的那首长调吗? 那首呼伦贝尔牧歌还讲了奶奶的阿爸的亲身经历呢。"

"我当然记得,那个爱情故事凄美得让人落泪,奶奶总在睡前讲给我俩听——'阿爸'年轻时,给一个大户人家放马,那年春天他在牛泉和冷泉边游牧,遇到了一个总驾着牛车来打水的叫道丽格玛的姑娘。她是另一户大牧主家的雇工,除了放羊,每天有干不完的活计。先前,年轻羞涩的'阿爸'还不敢靠近她,不敢和她说话,只远远地望着她轻盈远去的背影,但心早被姑娘掳去了。后来是道丽格玛姑娘主动接近的'阿爸'……"

"我怎么觉得这段有点像我和巴德玛? "

"接下来更像呢。"前进帽打趣着,接着讲,"那年春天,一个牧马人和一个牧羊女就像天上的两只云雀那样相爱了。'阿爸'流连在牛泉和冷泉边,帮道丽格玛驮水、起圈、剪羊毛……'阿爸'每次骑马来时,人马未到他的歌声先到了。道丽格玛和她年迈的父母相依为命,她家又小又旧的蒙古包坐落在牧主家的夏营地里。'阿爸'骑马站在对面的山坡上，冲着姑娘家的毡房唱长调。他会的歌多着呢，能装满九辆勒勒车，一首接一首，直到心上人听见歌声远远地迎面跑来。"

"她手里一定挥舞着头巾，白色的羊绒头巾……"

"这个奶奶可没讲。"

"不，是我想起了巴德玛。"牛仔帽神情迷离着。

"后来的故事就悲情了……"

"阿哈你接着讲啊，我好久没听这个故事了，想听呢。"

"我不讲了，讲了心里会难过的。"

"那我来讲吧——后来两个相爱的人终成眷属了，贫苦人也有了家。一对恋人在姑娘家的蒙古包旁扎了同样的毡房，毡房后面唯一的一辆勒勒车的箱子里，装的是道丽格玛的嫁妆。两个相爱的人还没缠绵亲昵够呢，管旗章京前来征兵，'阿爸'只得与新婚妻子作别。送'阿爸'走的那天，道丽格玛跟着骑兵队伍小跑着，不断嘱咐丈夫别忘了写信，早点平安回来。她在马蹄掀起的尘烟里追出好远，直到马队将她抛在身后，她又跑到山冈上去泪目瞭望……'阿爸'去了远方，头两年还有鸿雁传书，等后来战争爆发，'阿爸'越走越远，便和道丽格玛断了音信。等他有一天历经九死一生终于回到草原，竟找不到自己的家了——牧主家的夏营地还是那个夏营地，可他所熟悉的那两个又小又旧的蒙古包却没了踪影，更不见朝思暮想的爱人和她的双亲。他以为他们转场走了，骑着快马还未到牧主家，半路遇到了老羊倌阿拉木斯大叔。老人见到'阿爸'，抓住他的马缰绳就老泪纵横了，原来道丽格玛和她的双亲已葬身于去年春天的一场草原大火……"牛仔帽不再讲述了,瘦削的脸抽动了几下,眼前一片朦胧。

"后来'阿爸'是在一片蒙古包的圆形废墟和灰烬里找到亲人的遗物的。那是他俩的定情信物——一枚镶嵌着呼伦湖岸蓝玛瑙的戒指,是'阿爸'亲手打制的。'阿爸'无家可归了,魔怔了似的,没日没夜地去他和妻子最初相恋的牛泉和冷泉边,那种痛心的思念化作了泉水般的歌声从心底流淌出来……"

"是啊,奶奶没事总哼起那首牧歌,声音又软又悠长,好似风吹锦缎那样,可真好听。里边的忧伤像雾似的,又像长长的鞭子抽打在心上。"说着话,前进帽轻声哼起了歌——

> 我离开湖边来到新的草场,
> 可是我的马群不肯吃草,
> 捧起盛满奶食的碗,
> 可是我却无法下咽,
> 我到处去寻找你的踪影,
> 我的心永远都无法安稳。
> …………

"这歌让我想奶奶了,可我没能为她老人家尽孝,我在监狱里每天晚上都会梦见她。阿哈,说到这儿,还得谢谢你,是你一直替我照顾奶奶!"

"别说这些客气话,你的额么格额吉也是我的奶奶,谁让我俩是从小一起长大的好伙伴呢！还记得小时候我阿爸阿妈在苏木(乡)忙工作，就把我送到额么格额吉的蒙古包里。阿爸年轻时在额尔敦苏木下过乡，当时就住在奶奶家，奶奶也胜似他的额吉(母亲)。他对奶奶说，这匹小马驹子就交给您了，把他和您的马驹拴在一起放养吧，让他也尝尝牛粪的味道，在草地里多打几个滚，见识见识狼长什么样，否则在城里只知道看《猫和老鼠》、闻汽车的臭气味。奶奶右手把我搂过来，左手搂着你，眯起眼睛上上下下地看，满是皱纹的嘴巴都合不拢了。两匹马驹子进了蒙古包可是要翻天的。我俩挤在一张床上睡，整天打打闹闹，玩呀乐呀，弄得所有家什和锅碗瓢盆都挪了位，就差把蒙古包顶掀翻了，可奶奶一点都不怪你我，还抿着嘴笑个不停。她老人家一辈子没儿没女，所以喜欢孩子，怎么看怎么喜欢。等玩闹累了，奶奶才重新将家什和锅碗瓢盆一一归位，然后变着花样给我们做好吃的，什么羊肉面条、巴尔虎馅饼、布里亚特包子、俄式列巴，就着山丁子、稠李子果酱，还有奶茶，真是好吃极了！"

听到这儿，牛仔帽落下了眼泪，雨点似的吧嗒吧嗒挂在胡子的尖梢上："可惜，奶奶临走时我都没能送上一程，我真不孝。"

"老人走得很安详，那些天我一直守在她身边，邻居们也在。奶奶生前做了太多善事，草地上的孩子有几个没受过她的百般呵护，没吃过她做的美食？包括当年那些城里来的知青，天天住在奶奶家，奶奶对他们就像对自己的儿女一样，吃的用的穿的，老人家倾其所有。"

"是啊，后来好多知青返城了，还会偶尔回来看望奶奶呢。"

"奶奶临终时说，她要回到草原上去。依照老人家的遗嘱，我和乡亲们把瘦削成小女孩似的她用被子包裹了,放在勒勒车上。那天是我赶的车。那会儿正是春天,山坡上的雪都化了,偶有残余也变成煤黑色,软塌塌的。裸露的草地湿润着,一片金黄中还看不出什么绿色,可浩荡的春风已裹挟了小草的气息,它们新发的嫩芽,正努力隐藏在去秋的枯草里。送行的人们赶着勒勒车沿着车辙走啊走,而奶奶躺在车上就像睡着了那样,她也一定闻到了春天的气息,听到了云雀和百灵子的欢叫……到达胡拉尔山一处阳坡时已接近傍晚,穹庐似的天空布满了杏红色、粉紫色、赭石色、青蓝色的云彩,山脚下刚融化的胡拉尔河淙淙流淌,额么格额吉就在那里'安身'了。她从勒勒车上轻轻地滚落下来,蜷卧在那片宁静的山冈上,太阳的最后一抹光就照在那儿……"

牛仔帽沉默着望向远处,山坡那儿有成群的马、牛、羊在忙不迭地埋头食草。那寸把高的鲜嫩且茂盛的青草是大地历经一个漫长的冬季孕育的,是长生天对牲畜的犒劳。这个季节,母畜的奶水也最为充盈,而那些欢叫连天的白羊羔、活蹦乱跳的黄白花牛犊,还有或棕或红或黑的四处撒欢的马驹,正你一帮我一伙,把绿意盎然的草原点缀得越发生机勃勃。

前进帽长叹了口气,说:"瞧见那些小畜了吗? 人和它们一样,也是一辈一辈传下来的。再说,奶奶最见不得我俩不开心,她看到你我这个样子一定会摇头生气的。"他停顿了一会儿接着说:"还是说说巴德玛吧。应该是你出事之后的第三年她才嫁的人,那时你的案子还没落定。她最后一次来找我打听你的消息,是因为人们都传说你的案子很重,出不来了。我不忍心欺骗她,只能告诉她。巴德玛听了,满脸的失望和哀伤,她打马走远的背影失魂落魄的。打那以后就失去了她的音信,直到有一天听说她与一个巴尔虎小伙子结了婚。这个也不能怪她,是你伤了她的心,如果没有后来的事情,你俩肯定是一对棒子也打不散的鸳鸯。"

"也许命运就是这么安排的,听说巴德玛已经是两个孩子的额吉了。"牛仔帽眼神怅然,"她现在怎么样?"

"岁月对谁都是公平的,不会落下一个人。巴德玛的容颜当然也会变。自从丈夫去世后,她一个女人家拉扯两个孩子长大,里里外外都是她,可想而知她有多么操劳、多么辛苦。可她的心一点没变,她的性格也是。"

"她的丈夫是怎么死的?"

"巴德玛生下小儿子的那年秋天,那时已经时兴捆草机了。那个巴尔虎男人和他弟弟去打牧草,不小心被捆草机的绳子带了一下。弟弟在前面驾驶室里,回头却看不见了哥哥,下车去找也没找见,最后在草捆里发现了他,他已经和草捆在一起了……"

"捆草机?这样的事故多吗?"

"嗯,每年草原上都会有人因为这个而伤。"

"机械上应该设有风险防控装置。"

"对了,你对机械在行,没事研究研究,没准能行。"

"我在里面也做农机修理,还是技术能手呢。试试吧,不能总让机械伤人。"

"那些年,巴德玛好不容易供两个孩子去镇上读了中学,她阿爸又因风湿病瘫痪在床了。为给阿爸治病,巴德玛家成了典型的贫困户。这几年好了,她所在的嘎查(村)一直把她家列为重点帮扶对象,驻村工作队帮阿爸办理了慢性病本、大病医疗保险,又协调北京义诊的专家给老人家治病,直到他老人家能拄拐下地走路。为了使巴德玛尽快脱贫,工作队还帮她跑来了贷款,买了五十只基础母羊,牧忙季节帮扶干部一起上门帮工,巴德玛有了奔头,干起活来也起劲。这不,牧闲时她还给镇上的一家外贸公司做民族服饰呢。"

"你们工作队真没少给牧民做好事,连相亲的事都管了。我就说你一大早牵马来找我,不会只为和我赛马。马背上的感觉真舒服,我可十多年没骑过马了,小时候我们俩天天在一起骑马放牧……"

"是啊,都,我很想和你找找少年时的感觉,让你看看我这个驻村干部还没忘本,还会骑马,还和牧民一样。"

"你不会忘本的,就凭你还没有忘记我。谁忘本你也忘不了。阿哈,记得你接我出狱的那天,我还以为奶奶不在了,自己会像'阿爸'那样无家可归呢。进了嘎查,你指着新房子给我看,说这就是我的家,我当时想,一定是你这个做第一书记的为照顾我'以权谋私'了,后来才知道,那一排新建房都是政府给老百姓盖的,当时我的眼泪就止不住流下来了,为了不让你看到,我背过了脸去。那天,你们工作队还给我拿来了米、面、油、土豆、大白菜,这些我都记得,一辈子也不会忘。从那天起,我就想,我一个大男人决不会成为贫困户,我有手有脚的,决不会拖村委会的后腿!"

有一只鹰在低空盘旋。临近正午了,太阳开始变得热烈了,细密的汗水从额头、鼻尖冒出来,像清晨草尖挂的露珠。前进帽抬头望了望,原来那些流云已聚拢到另一方泼墨挥毫去了。两匹马还没有半点疲倦,嚯嚯地从丘陵的半坡处绕下来。眼下是一片开阔的再无遮拦的草地,一直延伸到天际。东南方向的一侧,铅色浓重,似云非云,似雾非雾。前进帽伸马鞭指了指,说:"瞧,那儿就是呼伦湖,我嗅到鱼腥味了。"

"这么说快到巴德玛家了?"

"那还远着呢,过了呼伦湖东岸,还要走几十里路。"

"阿哈,还记得我俩是在哪儿见到的巴德玛吗?是在阿拉坦额莫勒镇上,她和她阿爸去卖羊毛,我看到她第一眼就像被主人牵走的马那样,魂就跟着她的身影走了。要知道我可是一头没人能驯服的野狮子。后来我从收购站打听到,她的家在甘珠花嘎查。第二天我就骑马去了那里,沿着乌尔逊河找到了她家。"

"后来你喝多酒后,动不动就骑着马跑到巴德玛家的敖特尔(放牧场)去。"

"去是去了,我可没撒酒疯。"

"巴德玛都嗅到你歌声里的酒味了!这么说,一定是奶奶讲的故事影响了你,和当年的'阿爸'一样,你骑马跑上几十里路,然后也要站在姑娘家对面的山坡上唱歌,唱那首奶奶教会的长调。见到喜欢的姑娘,你这头野狮子比'阿爸'还羞怯几倍,要不是姑娘像道丽格玛那样到山坡上寻你,你还不敢靠前一步呢!"前进帽哈哈大笑。

"那个傍晚真让人难忘。巴德玛快马奔向我,等她提着鞭子从马背上跳下来,我以为她要抽打我赶我离开呢,没想到她却反手把鞭子搭到马背上,挑着眉眼问我叫什么名字,为什么总跑到这儿来唱歌,是唱给她家羊群听的吗?我一时紧张得不知怎么回答她,只有挠头的份儿。见我一副尴尬相,她止不住咯咯地笑了,等她笑够了直起腰来,对我说,你唱了那么久的歌一定口渴了,到包里喝碗奶茶再唱吧。我大脑一片空白,跟着她走下坡冈,两条腿像别人的一样。她家那几条牛犊一般高的牧羊犬冲我吠叫,被巴德玛呵斥到一边去。我进了巴德玛的毡房,端奶茶碗的手抖成一团。巴德玛又捂着嘴笑,她笑起来真好看,圆圆的脸蛋就像贴上了两片晚霞。她的头发乌黑乌黑的,梳着两根又长又粗的辫子,说话时总把一根辫子甩到后背去。那天晚上她的阿爸阿妈很晚才放牧回来,我和巴德玛说了一星空的话,我至今还记得她的笑声,又甜又爽朗,像含了稀米丹(稀奶油)和蜂蜜。

"后来,我几乎一有空闲就去巴德玛家的营地,我帮着她起羊粪砖,修理羊圈、网围栏,和她一起去乌尔逊河边用水车拉水。有时她故意把水泼到我的头上、脸上,把我弄得像落水老鼠似的,然后咯咯地大笑,我抹一把脸没事人一样。等回去的路上,我赶着牛车专挑有石块或有坑洼的地方走,这样水车里的水就会不时迸溅出来洒她一身。她一路惊叫着,笑着,捶打我的后背,那年轻的时光可真难忘啊。

"可是你知道吗?阿哈,我那时只知道想她,一分钟不见她我就受不了,像丢了魂。每天睁开眼睛,脑海里都是她的身影,我就拼命干完自己家的活计,然后策马去她家营地。见了面,我又忘记说那句最想说的话,说出来也怕她拒绝。那句话对我来说太重要了,有生以来从没和谁说过。我不说,比我大两岁的巴德玛也羞于说,每次听到我的马蹄声,她就急切地从蒙古包或营地里跑出来,放下手里的活计向我使劲招手,或者挥着白色的羊绒头巾,对,像云朵一样白的羊绒头巾,迎着我跑过来。她的两根辫子飞舞着,那个样子真像一匹小马,那是我的小马,我的爱……

"那次我在镇子上,与两个欺行霸市的牛贩子打架,一个家伙被我打歪了鼻子,另一个的眼睛成了乌鸡屁股。待我飞身上马逃掉,却不敢回额么格额吉家,怕她知道我又在外面惹祸,就一路跑到巴德玛的营地去。那会儿天都黑了,我敲了巴德玛的包门,她见是我,忙不迭地让我进屋,给我煮面条熬奶茶,却忽然发现我额头那儿爬着一条蚯蚓状的血流。这可把她惊吓到了,问我到底发生了什么。我瞒不住她,和她说了实情。巴德玛帮我剪了伤口周围的头发,拿出医药包为我处理了头上的伤口。做这些时她挨我那么近,我都嗅到她的体香了,有股奶子的清甜,又像六月青草的气息。我禁不住把头靠在她的怀里,她就轻轻地抱住了我的头。我一个大男人竟像羊羔那样乖顺了。那是母性的怀抱,像奶奶的怀抱一样温暖,但比奶奶的年轻,柔情似水,让我融化。巴德玛后来和我说了好多话,劝诫我以后不要再做傻事了,有的是说理的地方;遇到不公平或看不下的事,可以去找工商所派出所,不能动不动就使拳头逞能,那样早晚有一天会把自己害了。她说,你都是二十岁的小伙子了,已经不是无知少年,你想做个浪子吗?总惹是生非让额么格额吉为你操心,整天为你担惊受怕,你心里过得去吗?那天巴德玛说的话我听进了一些,可我更愿意迷失在爱情的醉人芬芳里不作任何思考。那天我吻了巴德玛,我俩都不太会,只是胡乱地亲了又亲。我还想有别的举动,但被她拒绝了,她附耳对我说,等提亲后才行……那天晚上,我和她拥在一起入眠,听着她睡梦中细微而香甜的呼吸,我觉得自己忽然长大了,要娶一个女人为妻就应该好好做人,日后不能再好勇斗狠了。

"我和奶奶分得的草场少,发展畜牧受限,我决定到镇子上开个农牧机修理部。你知道我打小就对机械感兴趣,记得你阿爸送给奶奶的收音机和电视机都被我拆了个稀巴烂,当时恨不得把里边说话的小人通通掏出来。不过,这些盒子最后还是被我完好无损地组装上了。等上中学的时候,我更是利用寒暑假的时间一头扎进各种修理部当学徒,所以农机方面基本懂个大概。我一边开着修理部一边学习技术,白手起家,生意做得很有起色。那段时间,巴德玛一有空闲就来看我,我和巴德玛就像奶奶讲的'阿爸'的爱情故事那样,相互想着恋着。那会儿的我每天精打细算,准备再多赚些钱就去巴德玛家提亲。

"可是后来……我是怎么学坏的呢? 有一段时间巴德玛的母亲病了,她好久没来找我。镇上一帮小野马驹子却来找我了,他们听说我能打架,特意来会我。我的拳头当然不是白给的,征服他们没的说。野马驹子们心服口服,就推举我为老大。原来他们在镇子上也是分帮分伙的。我那时年轻气盛,虚荣心作祟,早把巴德玛的话忘在了脑后,稀里糊涂地当了他们的老大,天天和他们花天酒地鬼混在一起,修理部的生意也荒废了。与之相比,整天满身油污做一个搬搬拧拧的修理工太枯燥无味了。记得巴德玛后几次来找我的时候,我不是酒醉不醒,就是在和那些弟兄吆五喝六。我也不再关心巴德玛,她母亲病重几次到医院我竟没去看望,秋天打草季节我也没能帮忙。我成了一个没心没肺的浑球。直到那次'舞厅事件',我们和另一伙野马驹子在小镇的一家舞厅火并,两败俱伤,我没处躲藏,又跑到了巴德玛家。巴德玛没有把我拒之门外，但她不再像红彤彤的火炭那样对我好了，脸上总似秋天枯黄的草原蒙着一层霜雪。可我没有扪心自问，却对巴德玛抱怨起来，甚至向她无端地发火，大吵特吵。就在这时，一个叫索道的小子找到巴德玛家营地向我通风报信，说对方还要约架，一决雌雄。这次要动马上的功夫，地点选在乌胡尔图汗山，据说那里曾经是成吉思汗和札木合'阔亦田之战'的对战之地。巴德玛刚巧端着牛粪走进毡房，听到了这些混账话怒不可遏，挥起马鞭驱赶索道，待他骑上马背还使劲抽打他的马，那马慌不择路地跑掉了。巴德玛这才一屁股坐在毡房外，把头埋在膝间失声痛哭。她骂我是个走路没有影子的人，除了豺狼没有别的朋友，迷途的羔羊迟早要被风雪埋掉……如果我就此收手，巴德玛或许还会原谅我，时间的风还会把沟壑抚平，可我鬼迷心窍了，一股争强好胜的血在我的血管里奔突，仿佛自己就是年轻时的成吉思汗，就要为胜利者的荣光而战。忘乎所以的我没等第二天天亮就从巴德玛家偷偷溜了出来，抓了一匹骟马向灰暗的天边驰去……后来的事不说大家也知道，是巴德玛报的警，我们两伙坏小子刚从乌胡尔图汗山探出头就被抓获了。出事的那会儿，我第一个想到的是奶奶。我想我真是不孝，她老人家该多么失望，她的心会疼的；然后我就想到巴德玛，我想我完了，我再不会见到她了。"

有那么一阵，前进帽和牛仔帽不再言语了，两个人皱眉眯眼做沉思状，又仿佛无所想，只是被明媚的草原景色晃得睁不开眼睛。

"现在，一切都过去了，你也受到了应有的惩罚，不是吗，都？"前进帽点了根烟抽。

"可我不能原谅自己,十多年来我的内心一直充满悔恨。"

"人不能总活在过去,就像太阳总会在黑夜后升起一样。都,知道吗?我之所以要陪你走一遭,就是想解开你心里的疙瘩。一切都重新开始!"说话间,两匹马爬上一段缓坡,等人和马从坡顶露出头脸,前进帽就兴奋地喊起来:"你看,你快看!"

好家伙,原来是一片浩渺的大湖出现在面前,仿佛是突然从草原上冒出来的一般。那种铁灰色的无边无际的水面正像大海一样荡漾着,一浪跟着一浪拍打着湖岸,它的更远处却是一片宁静的幽蓝,分不清水和天的界线。两个汉子勒马驻足,听着满耳的湖鸥和各种水鸟的叫声,嗅着潮湿扑面的带着鱼腥气的风,一时间只有静静眺望的心情。

"它还和我小时候看到的一样,没有变化。好像湖水更清澈了!"

"是啊,前些年它的四周都是旅游点和偷捕的渔船,现在都被拆除、清理了,而且全面禁渔了,所以,这片大湖又恢复了原来的模样,有道是'绿水青山就是金山银山'!"

"阿哈,我想和你赛马,我们兄弟俩就像少年时那样赛一次吧!"

"真有你的,我刚刚也这么想!"前进帽从肩上摘下军用水壶,举起来晃了晃,里面有液体唰唰地响,他吧嗒吧嗒嘴,"知道这里装的是什么吗?"

"什么都瞒不过我这个猎狗鼻子,我嗅到它的味道了,可我早戒了酒。"

"今天破例,都,今天我就要你对巴德玛说出那句话!"

"不喝酒我也能,我不是当年那个羞涩少年了。"

"那就更应该喝点了，我还想听你对着巴德玛家的敖特尔唱歌呢！"

"原来你为了这个。"

前进帽哈哈大笑，双脚一磕马镫，红马立刻精神抖擞起来，牛仔帽也勒正了马头。其实两匹马听这不紧不慢的絮叨早不耐烦了，在听到一声尖如鞭鞘甩出的口哨，便撒开了四蹄。伴着一阵震天动地的足音，恍若被巨大的旋风刮走了似的，两匹马眨眼间跃下丘坡，驰向一马平川的草原，后面唯余滚滚烟尘和两个汉子呼啸般的吆喝。

风渐次分开，向身后疾去，牧草是被风带走的箭镞，密集地分射向两边，四面的丘陵也随着飘扬的马鬃依次飞去。大地颠簸得恍若大海，而马背上的两个汉子一如在大海中驾着起伏跌宕的海舟乘风破浪。他俩将双腿直直地站立在马镫上，这样身子就更高出了大地，然后伸展开手臂就像伸展开翅膀，两个人你一声我一声地欢呼。胯下的马也受到了主人的感染，咴儿咴儿地嘶鸣。这个架势远远望去，仿佛那不是牧人与马，而是两只翱翔啸叫的鹰。

这会儿，红马上的汉子取了酒壶狠灌了一口酒，有几许清冽从嘴边泼洒出来，在空中散成落花，他再随手扔给同伴。那酒壶没有拧盖，翻了几个跟头却一滴不洒，只是角度偏高。牛仔帽就从马背上一跃而起，仿佛是从云朵里抓到了它，屁股还没落在马背上，酒已咚咚入口。两匹马越发狂飙，身后的烟尘直扯到云天，而马背上的汉子则像燃烧的两团火，火苗左冲右突，蓬勃乱窜。此时白马已把红马落下十几步远，牛仔帽仰头喝掉半壶酒后，看都不看，反手丢向红马，那壶则落到红马的胯下，触到了牧草的尖梢。前进帽不慌不忙，海底捞月般探身向下，一个斜翅将酒壶提在手中，也不起身，一脚别着马镫横于马的一侧，把那壶竖叼在嘴里。

"阿哈，你真能！"牛仔帽喊着，索性摘了帽子像飞碟那样抛向远山。

"你也是，都！"前进帽也撇了帽子，他的前进帽在空中飞翔时有点失衡，如同野鸭子那样扑棱棱的。

"阿哈，我还要去镇上开修理铺！"

"你能！我赞成！"

"奶奶会保佑我们的！"

"奶奶还要你娶巴德玛呢……"

接近黄昏的时候，那两匹马来到了乌尔逊河岸。那河从贝尔湖迢迢而来，像一条灰蓝色的长不可及的飘带，将呼伦湖连接起来，呼伦贝尔草原因此得名。巴德玛家就在乌尔逊河的入湖口。此刻金子般的夕光正笼罩在这片丰美无垠的草原上，那像马头琴曲一样低缓的草地深处，一座蓝瓦红砖的新房舍正静静地矗立在那儿。它的旁边是洁白如蘑的蒙古包，一缕歪歪扭扭的炊烟袅袅地从那儿升起，一直爬到蓝天上。房舍的旁边是整齐划一的羊圈、彩钢房的牛舍、机井闸杆和牛羊饮水的水泥槽；房舍的后面，七八辆勒勒车连成一串，洋铁皮箱体像镜子那样反射着太阳的光芒。离居所不远处，一群圆滚滚的绵羊、山羊仿若珍珠般散落开去，又似一大片白云缭绕在那里；与羊群掺杂一处的是十几头乳牛，远远望去，像极了绣在绿毯上的黄白相间的花朵。而这番景致都被蜿蜒的乌尔逊河围绕着，左段堆满了碎银,右段闪闪烁烁,再往夕阳处却是水天一色的玫瑰红,一直红到天边。这番景致仿佛是为了陪衬一个扎着白头巾的女人,她的身影是忽然闪现的,就像一场盛会的主角会在最后登场。她站在乌尔逊河边,站在羊群和乳牛之间,遮目向这边张望。她看到了不远处高坡上的红马和白马,以及红马和白马背上那两个汉子,隐隐约约地,她还听到了其中一个汉子的歌声——

> 我离开湖边来到新的草场,
>
> 可是我的马群不肯吃草,
>
> 捧起盛满奶食的碗,
>
> 可是我却无法下咽,
>
> 我到处去寻找你的踪影,
>
> 我的心永远都无法安稳。
>
> …………

没错,那是她熟悉得不能再熟悉的牧歌!女人先是怔了一下,随之记忆被轻轻唤醒,就像春天被风轻轻唤醒,晚霞和流云也被唤醒,在她的头顶旋转开来。长生天也旋转开来,好似巨大而深邃的罗盘。女人呆呆地伫立在那儿,忽而听到一对云雀在空中婉转啁啾,仿佛与那骑马的汉子赛着歌喉……

乌珠穆沁,天空上的鹰

　　遍野都是红艳艳的萨日朗花,一直铺到天边去了,把猩红成微紫色的晚霞连接起来,天和地一片红,映得女人的脸颊也绯红了。青格勒好久没见过妻子的脸色这么鲜艳,他喊了一句:"嚯咻,百合花开了! "女人把一篮牛粪倒在勒勒车上,抬起头冲他笑一笑,女人笑起来真迷人……这时候,一群牛出现在视野里,其中两头牤牛正斗得昏天黑地,怒睁的眼睛比地上的花、天上的云还红,低垂的牛角发出狂风扭动大树才有的嘎巴嘎巴的响声。青格勒跳下车大声喊它俩:"干吗动这么大的火气,都是一个嘎查的,抬头不见低头见啊! "可两头牤牛谁都不听劝,你推过来我搡过去,把草地蹚出滚滚尘烟。青格勒那会儿还年轻着呢,伸手拽住了黑牤牛的尾巴,一铆劲就给它勒了个跟头,噔噔噔地退却几步,地上犁下一条沟壑。不过这一拽却帮了黄牤牛的忙,让处于下风的家伙趁势而起,就要将黑牤牛顶个人仰马翻。就在这时,他的安达(兄弟)呼格不知从哪儿冒出来,说了一句"我来帮你",两人就各执一牛,"呜啊"一声吆喝,两头牛就各自滚到一边去了。女人忙跑过来给青格勒擦汗，擦过了又给呼格擦，说："瞧你们两个，差点就把牛尾巴拔下来啦！"两个汉子被逗笑了，笑得像下雨一样稀里哗啦的。女人那时真年轻，青格勒都嗅到她身上年轻的味道了，像眼前开满萨日朗花的草甸子……

半宿没有续火，蒙古包冷冰冰的，青格勒坐起身来，他的目光落到哈纳墙的相框上。老人的眼睛还没花，在贴得满满当当的相框里，他一眼就能找到乌音嘎梳着两条大辫子的黑白照，与梦中的一模一样。老人下了地，伸手去摩挲女人百合花一样水润的脸庞，有一句没一句地与她说着话。青格勒的确老了。半年前，他攀马背时不小心从另一侧摔下来，竟把脑袋给摔糊涂了，做事总是丢东落西，而且像得了健忘症，只记得过去的时光，年轻时候小得像针鼻的事他都记得清清楚楚，可近些年发生的事就好似被河水冲走了一样，大象那么大的印迹都能忘个一干二净。

老人费力地推开包门，也将晨曦推亮开来。冬季的毡房外一片白皑皑的雪，有两只鹰正在灰蓝且清冷的天空中盘旋、游弋，把半块惨淡的残月衔在嘴里又吐出来，用翅膀扑扇到一边去。从左右翅下的两块白斑看，那该是两只黑鸢。莫不是要有什么贵客临门了？老人遮目望了又望，却听那黑鸢在啸叫"呼——格——呼——格——"鹰怎么会说话呢？老人侧耳再听，没错，两只鹰就是这么叫的，嚯咿，难道它也知晓自己有六十年没和安达见面了吗？他年少时最要好的伙伴，人生可很难会有两个甲子啊……

想想六十年前的草原，有谁不知道呼格和青格勒的名字呢？作为最年轻、最矫健的搏克手，他俩可是乌珠穆沁的两只雄鹰。那会儿，刚刚二十几岁的青格勒就已经参加过大小上百场搏克比赛，从未落败，他脖子上象征荣誉的章阿已系满了彩带。而长他两岁的呼格更是名声在外，曾在蒙东一千零二十四名搏克手参赛的那达慕上夺魁，赢得了一匹温都根查干(传说中成吉思汗之神骏)般的白青色的骏马。那时，青格勒在东乌珠穆沁旗，呼格在西乌珠穆沁旗，人们就想，若让东、西乌珠穆沁的两只鹰斗一斗，到底会谁胜谁负呢？话说到这儿，他俩虽然一直没有在正式赛场上交过手(那是出自安达情谊，有意避免的)，不过，两只鹰最后分道扬镳的时候，倒是进行了一场私下的惊天动地般的较量。这是后话。

牛粪火的炊烟从蒙古包上歪歪扭扭地升起来时，年迈的青格勒已骑马上路了。天气可真冷，把阳光都冻僵了，像玻璃碴子一样落在雪地上，发着幽蓝色的碎碎的光。老人和胯下的枣红马浑身满是霜雪，枣红马迈着短促的走马步，老人横握着缰绳，背挺得直直的，几级风都吹不动，看上去并不觉得他在骑马，因为骑马会上下颠簸，而老人好像平移在空中。远远地，他就望到了山坡上那棵孤零零的老榆树，枝杈上缀满了红白黄蓝相间的哈达，那是青格勒和乌音嘎许多年来为神树一条一条系上去的，是两人爱情的见证。乌音嘎往生以后，只留下他一个人系哈达了……

那年春天，乌音嘎病得只剩下了一把骨头，他用大手轻轻一提就能把她抱在怀里。老了的乌音嘎满头银丝，她用皮包骨头的手臂搂住青格勒的脖子，要他骑马驮她四处走走，她想再多看几眼草原，看看乌珠穆沁。青格勒心疼老伴儿，就在马背上双手捧着她，像捧着春天里一团将要融化的雪。一路上数不清的云雀和百灵鸟好像专门围在他俩的头顶叫，两人的耳朵都快盛不下了。女人用蚂蚱那么大的声音和男人说："多好啊，它们为我俩唱歌呢。"青格勒使劲点点头，说："它们还都成双结对呢。"女人说："我俩也是。"

走过了五道山梁，穿过九片红柳丛，在石碴子山歇息了一会儿，又蹚过了一条叫作莫勒根的小河和一个叫作查干诺尔的水泡子，然后折返回来，路过嘎查的冬营地和夏营地，他俩就是在这片草地上养育了四个孩子和一群又一群的牛、马、羊。说起来，四个儿女里还是老大晴晴最懂事，也最心疼额吉阿爸，虽然她不是自己亲生的；剩下的一个比一个长一岁，整天叽叽喳喳、打打闹闹，那些欢笑和顽皮的叫声至今还留在营地里呢，侧耳就能听见。

乌音嘎怕男人的胳膊酸，青格勒粗声大气地笑了，说："抱一个女人算什么？传说当年别勒古台（成吉思汗的弟弟，著名搏克手）被泰亦赤兀惕部抓去了，泰亦赤兀惕人怕他逃掉，把他绑在一辆勒勒车上。等夜深人静，别勒古台扛起勒勒车就跑回了自己的营地，你说好笑不？"女人就笑一笑。"说起来，我的力气也不比他的小呢。那时我有三十岁了吧，一次生产队游牧转场，一头两岁的骆驼病了，任凭晴晴怎么鞭打它、用盐巴糊弄它都不肯走路，我着急了，伸手把它抱起来，像抱个大孩子似的把它丢到了勒勒车上。不过那次可把拉车的两头牛给累坏了……"乌音嘎又露出白而整齐的牙齿（到老了她的牙齿还白得像玉呢）笑了一会儿，然后有气无力地和男人说："再讲讲你和呼格两人砸骨头的故事吧。"

青格勒正想着法逗女人开心呢，就清了清嗓子——

小时候青格勒的家虽然在东乌珠穆沁旗，可距离西乌珠穆沁旗的巴拉嘎尔高勒公社更近些,所以就在这个公社读的书,与呼格和乌音嘎成了从小学到初中的同学。那是他和呼格上中学时的事了。那时正时兴大锅饭,一头三岁的苏白牛掉进水坑里崴折了腿,公社特意拉到学校给孩子们改善伙食,五十几个学生好长时间没见到肉了,一头牛一顿就被他们吃光了。学生里面数呼格和青格勒人高马大,也数他俩最能吃,吃得昏天黑地、满嘴流油,蒙古族人吃肉连骨头缝里的一丝筋都不放过,比动物啃的还光溜,气得一帮围观的四眼犬蹲在草地上直哼哼。这还不算,呼格和青格勒两个人还要把所有带骨髓的牛骨都砸开,吸溜里边的白油。为了在十几个女学生面前逞能,两人约定按乌珠穆沁传统"捶骨"——一手握骨头,一手握拳头,底下不能垫石头,就这么在空中生生地把骨头砸断的方式比拼。为公平起见,他们还特邀巴彦胡苏生产队的同学黄毛做评判。最好笑的事在后面。那天晚上砸完所有的牛骨头,裁判黄毛好像中了头彩一样,迸溅得满头满脸都是牛骨髓,像刚从骨头芯子里爬出来似的,看到这情形,女生们都笑疼了肚子,笑得上气不接下气……

眼下,乌音嘎可连笑的力气都没有了,青格勒讲完只好自己笑起来,直到笑出眼泪。他的笑是装出来的,眼泪却是为女人流的,可他不想让女人看到,就扭过头去打岔:"呼格后来去呼和浩特做搏克教练,还当了大官呢……""当时他们也来找过你,请你去,你没去,不是吗?"女人说着话,将弯在青格勒脖颈上的手绕回来,摸他的脸和马鬃似的胡须。她抬起眼睛看了看男人,怎么看也看不够似的,说:"我和你守着乌珠穆沁,守着晴晴她们,已经很满足了。"

男人捧着女人遛了一圈又一圈,最后走到这棵老榆树前,那会儿夕阳正落到大榆树后的网围栏外面,就像落在了里面,夕光从黑黝黝的树隙闪出千丝万缕的金线,挂在那些五彩哈达上。女人和男人说:"我还要和你再系一回哈达……"

乌音嘎就在马背上,依在青格勒的怀里,这次她要为老榆树系两条白哈达。树上本来有好多只小鸟,见到他俩也不躲闪,仍旧蹦蹦跳跳地叫,它们对这两个人再熟悉不过了。青格勒把乌音嘎举得高高的,好像他举起的是另一只小鸟,这只小鸟就把两片白云似的哈达衔到了那些啁啾的鸟鸣里。为了不让风把云吹落下来,她悉心地打了一个大大的蝴蝶结。仿佛用尽了所有的力气,女人蜷回身子时便瘫软在男人宽阔的怀里。

"我把咱俩系在一起,再也不分开了……"

男人就亲一亲女人的额头。

"青格勒,让我睡在这儿吧,我要天天看到这棵树,看到它就看到了你……"

"不,乌音嘎,咱们回家,晴晴她们都回来了,在家里熬好奶茶等咱俩回去呢……"

可是那天,乌音嘎终究还是留在了老树下,她脸上始终挂着笑,就在青格勒的臂弯里闭上了眼睛……男人的胳膊还没酸呢,他还想一直捧着她走呢,一直带她遛弯,东乌珠穆沁旗、西乌珠穆沁旗,甚至阿巴嘎旗、苏尼特旗、正蓝旗……锡林郭勒的草原多美啊,可是女人的眼睛再不肯睁开了。那时青格勒的眼泪比现在年轻,也比现在汹涌,落在女人月光一样青白的脸上,再滚落下来,滴到马背上,迸溅到草丛里。那天夜晚,东乌珠穆沁草地的露珠又大又密,牧人们说,那都是青格勒滴落的眼泪……

青格勒老人往嘴里灌了一口老白干酒,那是刚刚祭祀老榆树时剩下的。"乌音嘎,昨晚我梦到你年轻的时候。对了,还梦到了呼格,你还用手帕为我俩擦汗了呢。今天早上有两只鹰在咱家门口盘旋,还叫了呼格的名字,它是这么叫的。"老人把胡子翘起来,嘴巴噘得像鸟啄一样,"呼——格——呼——格——"这副模样把躲在雪地里的乌音嘎逗笑了,禁不住伸手捶打他。

"你的手还软着呢。"青格勒痴着眉眼说。

"是你把冰雪融化了……"

"老安达要是再不见面,就会像头顶那两只鹰一样,只能在天上见了……"

"会的,呼格会来看你的,你的安达就在来东乌珠穆沁旗的路上呢,我都听到他的马蹄声了……"

乌音嘎这么说,青格勒就信以为真了。他摘下帽子竖起耳朵,嚯喂,西边的方向真有马蹄"嘚嘚嘚"的声响呢。他站起身来,遮目望去,便见到了那匹疾驰的白马。那会是谁呢?冬季的草地只剩下了牛羊马群,很少能见到人影的……

骑马的人本来是沿着车辙往冬营地方向去的,他瞥见了山坡上老榆树下的青格勒老人,便掉转马头朝这边奔来。马背上是个年轻人,瘦高挑,他是展着翅膀与白马一起飞来的,马蹄掀起团团雪屑将他和马淹没在里面,好像马蹄踏的不是乌珠穆沁的雪地,而是波涛翻滚的大海。眨眼间他就到了眼前,不过他的头脸已经被白霜遮住了。青格勒老人目不转睛地望着他,一时呆住了。嚯哎,没错,他就是呼格，是年轻时像骏马一样漂亮的呼格！老人不禁开口喊了一句：
"阿哈，你还认识我吗？我是青格勒呀……"

"瘦高挑"从马背跃下来："刚刚你喊我什么？""我喊你阿哈呀，
呼格安达，你不记得了吗？我是你的都青格勒啊。""嚯噢，"瘦高挑抓
耳挠腮说，"我怎么会不记得青格勒呢，你可是乌珠穆沁最有名的搏
克手啊。""安达，你的模样一点没变啊，还和当年一样呢，还有你胯
下的'温都根查干'，我不会还在梦中吧？"

瘦高挑笑了："没有，我们安达终于见面了。"

"是啊，你一晃都走了快一个甲子。"老人紧握着呼格的手说，
"来来，我领你见见乌音嘎去，她刚刚还念叨你呢。"

"乌音嘎也在呢？美得像百合花似的乌音嘎……"

"你还记得她当年的模样呢。"青格勒轻轻地拍了拍脚下的雪
地，"瞧，她就睡在这里呢。"他回头又和雪地说："'百合花'快看谁来
了，是呼格！我的安达来了，他真的来看望我们了。"

乌音嘎就笑眯眯起来。

"我就说今天会有贵客临门的，真让人高兴啊，我这就回家熬奶
茶给安达。"

青格勒老人和他的呼格安达骑马一前一后往回走的时候，那两
只黑鸢又不知从哪儿飞来，风筝似的悬在两人的头顶，一路被牵回
到毡房外。一老一少把马拴在了门口的拴马桩上，好似把牵鹰的线
也拴在了那里，鹰便停在蒙古包的上空展着翅膀一动不动了。瘦高
挑的个头真高，猫腰才钻进了蒙古包门。相比之下，青格勒老人只
低了低头，老人家还在琢磨，是自己老了的缘故吧，竟然矮了呼格

一头。

　　老人要熬最香甜的锅茶给安达喝,在旺旺的牛粪火膛上坐了铜锅,里边放入黄油、肉干、奶皮子、炒米,轻轻翻炒,一会儿的工夫,焦煳的香气就灌满了毡房;再将满满两暖瓶奶茶刺啦啦地倒入锅里,毡房随即追加了腾腾热气;接着用铜舀上上下下扬起瀑布,直到铜锅开出大朵大朵的奶茶花,奶茶花上翻滚动着金黄的奶油花;这时再施以白雪碎似的稀米丹,一锅乌珠穆沁锅茶就算熬好了。老人用乌木碗盛给呼格,彼时年轻人正在相框前端详那些黑白和彩色相间的照片。

　　青格勒指了指其中一张黑白照,对呼格说:"你瞧瞧,这是在迎接'上海来的孩子'举行的那达慕上照的照片,咱俩就是在那次搏克赛出的名,旁边的几个伙伴你还能叫上名来吗?"瘦高挑点点头,说:"中间那个长头发的叫、叫黄毛,左边那位叫呼斯楞,右边的……""嚯哎,你的记性好着呢,还记得吗?咱俩砸牛骨头,进了黄毛一脸的骨髓油……"老人说着,堆起皱纹笑得像孩子似的。

　　瘦高挑仔细瞧照片里的呼格,他可真魁伟。"哪个是晴晴?"一张全家福映入眼帘,他问老人。

　　老人忙又指点:"后面一排个头最高的就是晴晴,那会儿她该有二十几岁,就要出嫁了呢。"那是一个长辫子的姑娘,高颧骨大眼睛,笑得像朵花似的,看上去和乌音嘎还有几分相像。"晴晴后来考上了蒙医学校,是恢复高考后的第一批大学生呢。"老人不无得意地说。

　　"这位是谁?"年轻人指着旁边的彩色照片又问。

　　"这、这人我不认得。"

"那不是晴晴吗？只是变老了，我猜得没错的话。"

"你说她是晴晴？"老人使劲摇着头，"不会的，晴晴是我的孩子，还年轻着呢。"

"人都会老去的。"瘦高挑笑着说，"就像搏克手青格勒，当年还是棒棒的小伙子。"

"我嘛，你若再晚来两年，我就高高兴兴地去见乌音嘎了，就像当年娶她那样。"老人捋了一把胡子，"我的呼格安达，自从你去了呼和浩特，我俩就再没有见过面，你家里都好吧？"

"都好都好。"瘦高挑答道。

"你为什么不问问我家里的情况啊？"老人瞪着眼睛看着呼格，"难道分别这么多年你没想过我吗？"

"肯定想啊，呼格生前一直惦念你呢……"

"你说什么？"老人这时一把抓住年轻人的肩膀，像一把钳子那样捏得紧紧的，"你刚才说什么……"

瘦高挑一时手足无措，他想避开这个话题，青格勒老人却紧追不放了："你倒是说话呀！"

"我说，我一直惦念你呢……"

"你是个骗子！"老人愠怒了，"你刚说的话以为我没听到吗？你竟然说我的安达死了！那你是谁？你到底是谁？"说着话，老人抄起了烧火棍，怒目圆睁，向瘦高挑打来。瘦高挑连忙躲闪，要不是他跑得快夺门而去，老人一定会打得他屁滚尿流的。

就在这时，门外拴马桩那儿竟有另一匹白青马凌空而至了，老人追撵"骗子"的脚刚跨出门槛，恍惚间又见一个后生从白马背上跳下来,着实把他吓了一跳,脑子也有点乱套,定睛再看,下了马背的后生正向自己打招呼:"请问,这是著名搏克手青格勒的家吗?"

"你是?"老人诧异着。

"我是你的老同学呼格呀!你认不出我了吗?"

嚯哎!又来了一个呼格!此呼格和彼呼格倒有些不同,他个头不算高,但生得像粗树桩一样壮。

这次老人有了犹疑,"粗树桩"却抢先拥住了老人,把头深埋在他的肩上,而且扑簌簌地落下了眼泪,大雨点似的泪水顷刻就打湿了老人的肩头。彼时那个瘦高挑并没有走远,望着眼前的一幕只有挠脑袋的份儿。

后生被迎进门里,瘦高挑也跟进来,这回热闹了,家里来了两个呼格。青格勒老人已顾不得追打瘦高挑了,连忙给粗树桩盛满奶茶。这个后生可是动的真感情,没有谁能平白无故掉眼泪,而且他与照片里的呼格对得上号,一样的膘肥体健,一个模子刻出的高颧骨、细眼睛、大嘴巴,他一落座,床榻差点被他压塌了。后生端了奶茶,呼呼地吹上两口热气,偌大的乌木茶碗在他的手心里像个小小的玩具。他嘬了一小口茶,在嘴里细细地品味,奶茶的香甜随即漾到了脸上。

"这儿的奶茶可真好喝。"粗树桩赞叹。

"怕是你离开家乡太久了。"老人谦逊地说。

"嗯嗯,只有乌珠穆沁的水熬的奶茶才有家乡的味道啊。"

粗树桩喝茶的时候,青格勒老人一直盯着他看,越看鼻子越酸:"我就想问问你,我的呼格安达,你为什么不早回来看我和乌音嘎?你还记恨我吗?"

"我怎么会记恨你呢？"后生惊讶地摇头，"你可是我最要好的安达呀！"

"不，别看你长得又高又大，但我觉得你的心眼小着呢。你把一个大疙瘩系在心里就走了，再也没有回来过，你是记恨我娶了乌音嘎呢。"

"青格勒，你咋能这么想你的好安达呢？你一定误会了！"

"那到底是怎么一回事呀？"瘦高挑探过脑袋来，"我倒是想听一听。"

"两头年轻的狮子相争，当然是为了女人，不过那都是些落满尘埃的往事了。"青格勒老人仍眼巴巴望着粗树桩，"安达，你还记得那些过往吗……"

六十多年前，有两个小伙子共同爱上了一个姑娘，那就是我和呼格、乌音嘎的故事。我插班到巴拉嘎尔高勒公社时，呼格和乌音嘎已上小学三年级。呼格的阿爸当时是公社的副书记，不过呼格身上没有一点官公子气，阿爸平时对他要求很严厉。而乌音嘎从小单亲，由额吉抚养长大，所以比别的女孩都懂事得多，学习又好。那时呼格一直做班长，乌音嘎是学习委员，我则是文体课代表，因此我们仨最要好。一转眼就上了中学，我们这些半大孩子并不懂什么是爱情，只觉得彼此愿意在一起，离别久了就想念。临毕业的一个周末，呼格找到我和乌音嘎，相约去镇上游玩。那时还没有电影院什么的，只有供销社可去，正巧柜台里来了一批天津产的毛线头巾，红格子的，漂亮极了，好几个妇女都在买。呼格问乌音嘎喜不喜欢，乌音嘎说喜欢，呼格就和我俩商量凑钱买下它。我当然愿意,乌音嘎却皱了眉头说:"还是不要了吧,太贵了。"呼格说:"这个不要管,喜欢就买。"安达就是这样的性格,说一不二。三个人掏空了口袋还真凑够了钱,乌音嘎扎上红格格的头巾前后给我俩看。百合花!我脱口而出。是的,穿着白色蒙古袍的乌音嘎配上鲜艳的红头巾,简直是一朵草原上的野百合。就是在那一刻,一股闪电似的东西击中了我,感觉一下子长大了的乌音嘎是那么美,美得让我的呼吸都不均匀了,我跑到供销社外大口大口地喘了好半天气。没多会儿,呼格和乌音嘎连蹦带跳地跑出来,呼格大声唤我:"快走啊青格勒,我们还有一点钱,到照相馆照相去!"

三个少年快乐地合了影,可剩下的那点钱只够洗一张照片的。呼格说:"一张也好,一张才显出它的珍贵,我们三个以后永远不分开,谁想看照片就到我这里来看,就当来看我。"那时候我们的友谊多纯洁呀——如果不发生以后的事情。

不久,我们就毕业分别了。乌音嘎去了旗里的临时保育所做保育员,那是专门为安置"上海来的孩子"成立的,我和呼格各自回到公社参加牧业劳动。虽然三个人距离并不遥远,彼此骑上快马小半天就能到对方的工作点,可因为忙于生产,见面的机会并不多。从学校一下子被丢进生产队,整天和牲畜、牧草打交道,我感到了从未有过的孤独,就想乌音嘎,想呼格,特别是"百合花",无论我干什么,脑子里都是她绽放在草原上的样子。终于,打秋草前有了一天雨歇,我迫不及待地跑去呼格那儿,约上他一起去看望乌音嘎。

秋雨把我俩浇得透透的,乌音嘎见到呼格和我的狼狈相哭笑不得,把自己白白的羊毛巾递给我俩擦头上、脸上的雨水。呼格倒不客气,接过来就擦,我可不好意思用那么白的毛巾,摘了晾衣绳上的一块布胡乱抹起脸来。乌音嘎急忙抢下,差点笑弯了腰:"我的老同学,你用的可是晴晴的尿布呀!""我说怎么有股小便味呢。"我尴尬地捂了捂鼻子。晴晴就是乌音嘎怀里抱的那个牙牙学语的女婴。"乎很(女儿)来的时候胸牌上写的名字,我们差点给叫成晴晴。"乌音嘎哈哈地笑着说,还教她叫我俩"阿巴格(叔叔)"。我拉了拉她的小手,问她喜欢草原不,她竟然能听懂蒙语,说喜欢,她用汉语回答,乖巧极了。乌音嘎与我俩说,保育所要闭园了,所有的孩子都被领养了,她也要回牧业生产队去。"晴晴呢?"我问。"这是我的孩子。"乌音嘎又咯咯笑了,"我要把这只小羊羔带回家去。""你的孩子?"呼格和我都有点摸不着头脑。"是啊,我领养了她!"乌音嘎抿着嘴说,她的话音里都是甜甜的蜂蜜味。"你这么年轻就当了额吉?"呼格惊讶地问。"所里的阿姨都夸我这个小额吉合格呢。"乌音嘎骄傲地说,回头逗弄晴晴,"快叫额吉。"晴晴就像小羊羔似的叫了她一声"额吉",把我俩都逗笑了……"'百合花'可真伟大。"回去的路上我和呼格说。呼格默默地骑马走,并不言语,好像想着什么心事。

那几年,草原上大大小小的那达慕和搏克赛多的是,我和呼格偶尔会在赛场上见面。闲聊的时候,我就和他谈论乌音嘎,夸她的心灵像泉水一样干净,夸她的两条又黑又长的大辫子,还有她的眼眸里都是草香味,特别是她扎红格子围巾的样子。"你爱上乌音嘎啦?"呼格忽然问我。在那个年代,"爱"这个字是羞于说出口的,特别是我们三个这种老同学关系。"不,我只是说一说而已。"我说。"那就好,不当真就好。"呼格撂下这么一句不着边际的话。

转眼第二年初春,呼格忽然来生产队找我,从兜里掏了一瓶草原白蹾在草地上,又抓出一把糖块递给我,说:"青格勒,我有好事和你说啊,我们安达要好好庆祝一下!"我盘腿坐在他身旁,急急地问他:"什么好事呀,快说出来,让我替你高兴高兴。""先喝一口!"他举起酒瓶咕咚了小半截,用手掌抹了一下瓶嘴递给我,我一仰脖也干掉了两指:"别卖关子了,快说呀我的阿哈!"呼格当时眼睛亮闪闪的,和我说:"知道吗,我和乌音嘎要订婚了……"

那一刻我震惊住了,大张着嘴巴问他:"你说和谁?""我和'百合花'要订婚了,为我俩祝福吧!"呼格大声地重复着。我的脑袋好似被鞭子抽到了,鞭梢像条蛇一样在我的眼前扭动,发出嗡嗡的响声:"可是、可是之前从没听你说过喜欢乌音嘎呀?""我可爱的都,其实乌音嘎和我早就有这个意思,只是年龄不到……"

呼格又说了些什么我一句也没听清,只夺门而去,跨上马背一路漫无目的地飞奔,一股莫名的痛苦和悲伤像天上的乌云一样淹没了我……呼格说得没错,其实我早该猜到呼格和乌音嘎彼此喜欢,他俩有时不经意对视的眼神都不一样。长我两岁的安达肯定会俘获"百合花"的心,他比我成熟,也比我有城府,做事果敢无畏,而且他有很高的理想,这些都是我所不及的……

呼格收获了爱情,事业也如日中天了。那几年他越来越有名气,在东五盟搏克大赛上获了头奖,赢得了"温都根查干";去自治区参加比赛拿了魁首,被评为劳模;甚至到了北京,连领导人都接见了他。呼格再比赛出场时就要三唱长调颂词"乌日雅"了,那可是重量级搏克手最为荣耀的登场仪式。而与他相比,我却似天亮时的星星越发暗淡了。就在这时,传来了他要调到呼和浩特当搏克教练的消息……

为什么所有的喜鹊都落到一家的枝头?说实话,那时我对自己的安达有了嫉妒和怨恨,内心更有一种自卑作祟,我开始远离他,有意和他中断了联系。直到有一天,乌音嘎骑马来找我。再见到她,我的心里已是五味杂陈,我和她背靠陈年的草垛,望着天边火焰山似的云霞和金闪闪的夕阳。"晴晴好吗?"我神情落寞,嘴里咬着草棍问她。"晴晴会骑马了,蒙语说得也好,每天追着羊群跑,和五条牧羊犬都做了朋友。"乌音嘎止不住笑,脸上溢满了做额吉的幸福。乌音嘎这次来并不是为我。"呼格要我把晴晴留给额吉,跟他去城里,我不会那么做,晴晴那么小就失去了父母,我再撇下她,她又成了失孤的羊羔,多可怜啊。一想到离开她,我的心就像刀子割了一样疼。"乌音嘎眼里闪着泪花,"再有,青格勒,你没闻到沙子里的气味吗?我感觉风向要变了,城里更会起风的。"乌音嘎后面说的这些我并不懂,只是认为她的话准没错。

送别乌音嘎时我的心还疼疼的,一直望着她乘马远去的背影。我想了一夜,还是拧不过自己去找了呼格。呼格见了我又倒奶茶又拿果干的,和他的热情相反,我表情冷淡,直截了当地与他说明了来意。呼格那会儿说话已俨然像个城里干部:"那是光明的前途,对我和乌音嘎的未来都很重要。""可是你要把乌音嘎和晴晴分开吗?""听我说青格勒,我们都很喜欢晴晴,不过现实要我们做出选择。""乌音嘎说没人能把她和晴晴分开……""可也没有人能阻挡一只鹰飞得更远。”呼格锁紧眉头瞅着我，“换作你，你会怎么做？”“我吗？我当然会留下来，和乌音嘎在一起。”我一字一句地说。

呼格和乌音嘎的矛盾就此而起，不断升级。那会儿，呼格就像一匹急躁的儿马子，他弄不懂乌音嘎的执拗，乌音嘎又劝阻不了他，两个人只能大吵特吵，订婚事宜也一再推迟。乌音嘎伤透了心，经常骑马来找我，与我诉说心里的苦闷。有一次恰好被呼格撞见。那时狼群成灾，他作为比邻公社的代表到我们生产队开会，商讨打狼的事。那次乌音嘎是被我邀请来的，我和她说要看看晴晴。我积攒了好多糖块、果子和酸奶干，给晴晴揣了满满两口袋，她乐不可支，屁颠屁颠地在营地里跑来跑去。我要去河边打水，她问我：“阿巴格，我能赶车吗？”“当然能。”我把牛缰绳和鞭子交给她，她像模像样地盘腿坐在车辕前，把赶牛鞭挥得啪啪响，乌音嘎看在眼里就湿润了眼眶。回来的路上，我和乌音嘎陪晴晴嬉戏，被水车淋得满身都是水，两个大人和一个孩子打闹成一团，笑得像水车荡漾出的水花。“青格勒，你能做我的阿爸吗？”晴晴忽然停下来，睁着一双天真的眼睛问我。我一时愣住了，望了望乌音嘎，说：“当然没问题，你就是我们的女儿……”就在这时，我瞥到了呼格的身影，呼格也远远地看到了我们，他骑在马背上停在那里，一直等我们走到近前。他目光似雾，上下打量了我俩一番，一句话没说便打马而去。乌音嘎想喊他，张了嘴又咽了回去。“呼格为什么没搭理我们？”晴晴噘着小嘴问。“山后面有狼，阿巴格急着追狼去了。”乌音嘎对晴晴说。从那以后，呼格安达开始猜疑起我和乌音嘎来。

这事没过多久，一天，两位穿“四个兜”的同志找到我们生产队，一见面就说："小伙子祝贺你！"我正摸不着头脑呢，一旁的巴根队长说："组织上刚刚来旗里考核过你，要调你到自治区搏克队去当助教呢。""当助教？"我听了一脸的诧异。"这还要感谢呼格同志，是他推荐的你。"其中一位戴瓶底眼镜的干部说。"对不起，我只想做个牧民！"我对他们说，然后提起马鞭转身钻出了蒙古包。

我的呼格安达啊，你是担心我和乌音嘎才如此这般的吗？那你就大错特错了啊，虽然我也深深地爱着乌音嘎，可那爱是金子，容不得一点沙子。而且我对那两位同志说的就是心里话，我是草原上长大的孩子，认得乌珠穆沁的每一座矮山、每一条小河，甚至每一根牧草和所有的牛群、马群、羊群，却对城市一无所知，离开这里，我连一只蚂蚁都会想念……

这事过了很久，深秋的一天，呼格匆匆而来，把我堵在了打秋草的营地。他一脸憔悴："青格勒，我要和你好好谈一谈。"我有些不解，不过还是放下家什和他走到旁边的红柳丛里。"我知道你还爱着乌音嘎，她也喜欢你。"呼格说，"为了乌音嘎，我去城里的事一拖再拖，可绝不能再拖下去了，我知道说什么都没有用，今天就用搏克的方式做个决断吧。你输了就不要再接近乌音嘎，我输了就把乌音嘎让给你，包括我的'温都根查干'"。这话能出自呼格之口，我觉得他真的疯了，他不仅污蔑了纯洁的乌音嘎，还污蔑了我们仨的友谊。我对他说："我可不稀罕你的什么白马，更不想因为你这个荒唐的理由与你交手。"可他不依不饶，冲上来抓住我的衣领与我撕扯，我当然也不会示弱，便拉他到草地上较量。

我俩的举动引来了劳作的牧人，不到熬一锅茶的工夫，围观的人群已经里三层外三层了。呼格是带着愤懑来的，所以一开始就发起猛攻，他的块头比我大，胳膊腿也比我粗，凭力气我肯定拼不过他，但我心境比他平和，能耐住性子与他周旋。那天我俩都没来得及换卓德格（摔跤服），他一抓我的肩头和臂膀，衣服就破开一条口子，让他总不能抓实，不多会儿，再看我的蒙古袍，已经像脱毛的骆驼一样褴褛了，稍一动就浑身布条乱飞。人们忍不住哄笑起来，我索性扯掉那些碎布，呼格见状也甩掉了衣服，两人赤膊上阵，头顶头、肩盘肩，四条象腿蹚起的尘烟一扬很远，像极了两头牤牛顶架……呼格来扯我的腰带，我躬起腰尽量躲避他的手，他再前倾就露了破绽给我，我顺势卡住他的脖子，让他有力气使不上。两人僵持了好半天，等他得空抽出头来，又是一阵进攻……那天，呼格求胜心切，我则采用熬鹰的方式熬他，以守为攻，解他的招数，化他的力，让他的攻势慢慢瓦解。搏克不同于其他摔跤形式，不可抓抱对方的腿部，不可跪摔，只能脚下使绊，运用上肢捉、拉、推、扯、压的基本技术，在双方较量中可演变出上百个动作及数不胜数的技巧，最终使对方膝盖以上任何一个部位着地即为赢。我俩那天从早晨僵持到晚上还都像两座山似的站立着，谁也没能把对方摔倒。周围几百米的草原都快踩踏成了沙地，流下的汗水差点和了泥，头顶的太阳也累了，打着哈欠落下山去，可围观的人们还没散呢，还兴致勃勃地与满天的星星挤在一起巴巴地望着我俩呢。这时的呼格终于不再逗能了，不得不老老实实地对付我。月亮升起来了，那天的月亮可真圆，像专门要把我俩照亮似的。我和呼格又重新振作，先在月亮外面摔，后来又到月亮里面摔，十几个回合后又被月亮抛出来，在月亮下面摔……扎勒噶老人头顶着一大堆星星劝阻我俩："你们是一对好安达,不行就和了吧?"可两头牤牛眼睛还红着呢,还没嗅够对方的汗泥味,不能就此罢休,就要这么支着缠着顶着……说起来,我和呼格那场搏克真叫人难忘,我俩没摔得地动山摇,但也把乌珠穆沁的草地翻了个。最后摔到什么时候了呢?对,我俩把星星一颗接一颗地摔到天外去,把云雀和百灵鸟都唤醒了,代替了星星在朝霞里满天啾啾地叫。这个时候,呼格和我的招数也都用尽了,但我忽然想起搏克中一个古老的战术——揾得勒,那是四两拨千斤的技法。我就用这一招结束了争斗,呼格被我重重地摔倒在地……

说话间,一整锅的奶茶被粗树桩喝见了底,瘦高挑只吸溜了一点缝。粗树桩拿着空碗,他把碗底的炒米和肉干也舔得干干净净,乐呵呵地听着青格勒老人讲这些过往,不插话也不争辩,仿佛听到的是别人的故事。

"青格勒,你真能!"瘦高挑禁不住冲着老人竖了竖大拇指。

"对了,呼格说他输了还要把'温都根查干'送给我,所以那天清晨,他扒拉扒拉屁股把衣服往肩上一搭就头也不回地走了,我在后边一再呼喊他,他也不理……作为安达,我怎么会要他的马呢?第二天一早我就派快马手给他送还了。既然呼格没赢得了我,我当然可以和'百合花'约会了,不过那会儿他和乌音嘎已经分手——是呼格提出的,谁能阻止得了一只鹰飞去远方呢?这个时候我得去争取我的爱了,我不会再把机会留给别人。我花掉半年的工分,从供销社为乌音嘎和晴晴买了一个特殊的礼物——上海产的半导体,那是草原上最新鲜的物件。因为上海是晴晴的故乡，乌音嘎对上海充满了向往，总说等乎很长大要领她回去看一看。我记住了她的话，就想让她早点听到'上海产'的声音。我快马到了乌音嘎的住处，那会儿她正和额吉学缝纫，给晴晴做冬季穿的羊羔皮袍，看到我来她高兴极了，忙唤晴晴过来。我把天线拔到最高，把旋钮试着调到一个频段，里边便传出了吱吱啦啦的儿歌。晴晴捧着它别提多好奇了，看了前面看后面，一心想找出唱歌的人来，把乌音嘎逗得哈哈大笑。

"那天傍晚，额吉和晴晴去给母羊挤奶，我和乌音嘎到莫日格勒河边散步，晚风猎猎地吹，我的心情像远天一样朦胧，好似喝醉了酒一样。终于，我鼓起勇气，诚诚恳恳地对她说：'乌音嘎，我想做晴晴真正的阿爸，你同意吗？'乌音嘎望着我，眼睛像河水一样波光粼粼的，她懂我的意思，拉起我的手，冲我使劲点点头，说：'做晴晴的阿爸，你比呼格适合。'

"多么幸福啊！那天晚上，我依依不舍地告别我的'百合花'时，她抱着晴晴站在蒙古包前，在月亮和星星下面目送我。我翻过一个山坡，站在马背上还能望到她星星一样闪烁的身影。我的泪水啊，从西乌珠穆沁一直流淌到东乌珠穆沁，马蹄却欢快得像一片夜幕里的流云。我一边流泪一边想，如果呼格真爱乌音嘎的话，会为这个结果感到欣慰的，因为我是他最要好的安达呀，由我来照顾'百合花'，他应该放得下心……

"呼格就要远行了，预计在立冬那天搭车走。巧的是就在头天晚上，乌珠穆沁下了一场白毛风雪，事先乌音嘎听了天气预报，还为呼格的出行担心呢。嚯哎，雪下得可比半导体里说的大多了，整个天地都成了混混沌沌的一锅雪粥。许是受了风寒,晴晴病了,额吉和乌音嘎给她喂了蒙药,用雪水搓洗额头和脸蛋,用加热的盐袋敷脚,想尽了办法,可晴晴还是高烧不退,浑身像着了火一样滚烫,而且一度晕厥,不停地说着胡话。那会儿已是夜晚,风雪拦路,哪儿都辨不清,乌音嘎和额吉正焦急万分呢,毡房门开处,呼格来了。乌音嘎惊讶地望着他,呼格低声说:'我是来和你、额吉、晴晴告别的。'说了这么一句,他就扯过羊皮被裹起晴晴上了马背。乌音嘎后来说,呼格策马消失在雪夜里的背影真像一只鹰……那次真的赶巧,要不是呼格送得及时,医生说晴晴肯定会烧成肺炎。没想到,呼格临走还做了一件大好事……

"雪晴已是两天后了,我和乌音嘎去送呼格,顺便感谢他救了晴晴。我俩赶到他所在的生产队,可偌大的营地里只剩下'温都根查干'在只身哨雪。社员说呼格天不亮就徒步走了,因为救治晴晴,他错过了来接他的卡车……"

瘦高挑站将起来,他的头都要顶到蒙古包的套脑(天窗)了。"两只鹰和一朵百合花的故事。"他感慨万千地说。

此时满膛的炉火映红着粗树桩硬朗的脸庞,他还是那副笑意融融的样子,露着一口银光闪闪的牙齿。

"刚刚你说的这些也没有怨恨呀。"瘦高挑问老人,又拍了拍粗树桩的肩膀,"听起来呼格同志也不赖嘛!"

青格勒老人努力从回忆中走出来,一边捶着腰背一边从相框后抽出一张残缺的照片,重坐回炉火旁递给粗树桩说:"我心里的疙瘩是源于这个,这么多年了,连乌音嘎走时都没得心安。呼格安达还记得它吧,咱们仨的合影,是你走后第二年我们收到的。那时晴晴有六七岁了,我真正做了她的阿爸。一天,马背邮递员送来这封信,是晴晴打开的,一边喊我:'阿爸快来看,是你和额吉的照片呢!'乌音嘎先前还奇怪着,等她拿到照片就哭了,我见了也一句话说不出。我的安达呀,你千不该万不该,不该从三个人的照片里剪掉了自己,你这只鹰怎么长了一颗麻雀的心哪?你可知道,我和乌音嘎对你只有默默的祝福……"

"听我说,青格勒爷爷……"粗树桩这时握住了老人的手。

"你叫我什么?"老人家目光愣愣地瞧着眼前人。

"我叫您青格勒爷爷。"眼前的后生变了腔调,"话说到这儿,我得和您唠实嗑儿了。我的名字也叫青格勒,是爷爷以您的名字为我命名的,这回您该知道我是谁了。"

"莫非,你是呼格安达的孙子?"

粗树桩使劲点头。

"嚯噢,这到底是怎么一回事呀?"老人胡子乱颤着说。

一旁的"瘦高挑"接过话:"您再好好看看我是谁?"

"你个臭小子!真以为我老糊涂了吗?我早就认出你来了,晴晴的小儿子呼格,你也是我以安达的名字命名的……"老人家冲着瘦高挑吹胡子瞪眼睛。

瘦高挑禁不住大笑起来。

昨天在青城机场,小青格勒打电话给小呼格,说他要从呼和浩特来,先到西乌珠穆沁旗祭祀敖包,再到嘎查来看望青格勒爷爷。是晴晴额吉出的主意,要小青格勒冒充呼格安达,为的是想唤醒老人家的记忆。要知道，就在几天前，老人家把一直陪伴在身边的晴晴当陌生人赶走了，说什么都不认她，就像一头赶儿女出群的老公马。这不，一早小呼格就来通风报信，没想到的是，老人家刚开始糊涂的连他这个外孙子都认不出了。

"你俩这么说，我的脑袋就像雾散去了一样清亮了。"老人转过身来，小心地问后生，"爷爷呢，他好吗？"

"您的呼格安达他、他多年前就离去了。"后生说着，从背包里翻找出一个纸包来，"对了，爷爷要我有一天把这个捎给您。"

"那是什么？"青格勒老人接过来，一层一层地打开来看。嚯噢，那正是照片中被裁掉的呼格。

"我要与您说的，就是照片背后的故事——呼格爷爷到城里只过了一个寒暑，一帮人就开始日夜审查他，还连累了不少身边的同志。他们从爷爷的笔记本里翻出这张照片，问上面的人是谁。呼格爷爷当着他们的面剪下了自己，和他们说——那是他最恨的两个人，一个是他的未婚妻，一个是他的安达，结果他的未婚妻却被安达抢了去……审查组打电话给乌珠穆沁，证实了呼格爷爷的说辞，这才没再深挖下去。"

"这、这可是真的？"青格勒老人睁大了眼睛。

后生点点头："呼格爷爷后来是从垃圾桶捡回的它，偷偷寄给了你和乌音嘎，那可是你们最珍贵的记忆……"

老人握着照片的手臂抖动起来，一时间老泪纵横。

"呼格爷爷还有个秘密一直隐藏在心底，就是他找您摔跤那次。在这之前，他那担任公社副书记的阿爸就出了事，呼格爷爷预感不妙，他不想再拖累乌音嘎，所以搏克最后的输赢早就在他心里了，但又不能假摔。爷爷知道您的脾气，他要让您赢得干净、光彩，让牧民心服口服，这样您就可以无所顾虑地追求乌音嘎了……”

毡房里沉寂了片刻，老人打开炉壁给灶膛里加了几块牛粪，压哑了吱吱叫的炉火，也压哑了自己的啜泣。

“后来的后来，呼格爷爷中断了很多年搏克，吃了很多苦头，也落下了风湿病，直到中年以后才又回到城里重做了搏克教练。可他退休后老毛病就犯了，一度卧床，一只骄傲的鹰不想让草原看到自己折断翅膀的样子，所以再没有回来……爷爷病重后不能摔跤了，所有的儿孙里，他说我最像他，因此打我六岁起他就教我搏克，等到十六岁便把我送进了体校。现在我和您的外孙小呼格一样，也是小有名气的搏克手了，不过他老人家生前从没夸奖过我，总是说，我的乖孙子，像你这么大我早就身经百战了，那时乌珠穆沁的天空上有两只鹰，一只是青格勒，一只是呼格……爷爷直到临终前还拉着我的手说，你长大了一定替我去看望青格勒和乌音嘎，我想他俩呢。所以，这次我到乌珠穆沁来，就是为了了却爷爷的遗愿……”

“呼格安达受苦了，是我错怪了他啊……”青格勒老人叹息着，“不过话说回来，他要留在乌珠穆沁，就没有我和乌音嘎这个家喽。”老人噘起嘴巴，一副不开心的样子，回头又含泪而笑了，对年轻人说：“说是这么说，我青格勒不会那么小气的，若是安达和乌音嘎在一起，我会伤心也会嫉妒，但更会真诚祝福他俩。只要乌音嘎幸福，青格勒什么都可以做……”

后来，老人就用胶布把照片一点一点粘贴在一起，照片里的人也完整了，从左到右依次是乌音嘎、呼格、青格勒。老人看了又看，最后把照片端端正正地放在了相框里，和两个后生说："我就说嘛，呼格一定会回来看我们的……"

"是啊，爷爷也说，草原上没有解不开的疙瘩……"

透过门窗向外望，拴马桩前的三匹马正突突地打着响鼻，而天上的鹰还停在那里。奶茶喝透了，青格勒老人浑身蒸腾着汗气："我要洗洗澡，孩子，我心里压着的石头掀去了，身上轻松多了，你俩要不要一起洗？"

"洗澡？"后生面面相觑，"爷爷您要在哪里洗澡？"

老人指指包外："去外面，到雪地里，洗过澡我给你俩煮整锅的手把肉吃。"

傍午的太阳像女人一样温柔，寒风却更硬了，长了狗鱼刺似的，扎在哪儿都疼疼的。三个人骑马走了，天上的鹰也跟着走了，那条看不到的线就握在老人的手心里。瘦高挑触景生情："外公您有所不知，我和小青格勒还是青城体校的同学呢，这不说，连我俩胯下的白青马都出自乌珠穆沁一个种马场，都是'温都根查干'的后代呢。"老人用套马杆那么悠长的目光望着后生："多好啊，草原上的一切就是要代代相传的。"

翻过山坡，眼前是一处朝阳又背风的雪窝子，迈进去，雪马上没到大腿根。

"您是要用这雪洗澡吗？"

"是的啊，当年我和呼格安达每到冬天就是这么洗澡的，我可一直坚持洗到现在。"老人脱掉棉袍，褪下羊皮裤，甩去毡靴。窝子里的雪可真干净,颗颗粒粒,闪着钻石的光,又绵软得像白糖,融化到身上就成乳汁状了。青格勒老人的体魄不再健硕了,可胸膛仍然宽阔,上面还可以跑一驾马车。他用一捧一捧的雪搓洗着身子,因为冰冷的刺激,嘴里不断发出咻咻的嘶吼,仿佛他是一头老熊,正在冰水里噼哩啪啦地捕鱼。两个后生受了感染,也一件一件褪去衣物,他俩可真是两头青牤子,直接把雪窝子压塌了。

"真舒服啊,我还从来没这么洗过!"粗树桩一边打着牙战,一边兴奋地呼喊。

"呼格爷爷早该教会你的,我的孩子,搏克手就要用冰雪洗澡,到荆棘地里摔跤,还要一个人赤手空拳走一回野狼谷,那样才能历练搏克的毅力和胆量呢。"

"青格勒爷爷,我还想向您请教那个技法呢。"

"什么技法啊?"老人用雪团擦洗着头发,上面正冒着徐徐热气。

"就是您最后一招制胜赢了呼格爷爷的撂得勒。"

"亏你还记得。"青格勒老人乐呵了,"这个技法还是都仁扎那(清末著名搏克手)使用的呢,那可是乌珠穆沁真正的大象。不过,我的孩子,这个招数是要实战才能演练的。"

"这……"后生为难起来。

"别急,我倒想和你比试比试,叫我的外孙小呼格做裁判。"老人拍拍臂膀上的肌肉,"我有些年没摔跤了,胳膊腿痒痒呢。"

"可您的年龄……"

"怎么?蒙古族搏克有年龄限制吗?"老人翘起了胡须。

恭敬不如从命,两个后生随同老人钻出雪窝。

一老一少就在雪地里扑腾起来。先前是一些雪屑小打小闹地跟着起哄,接下来团团雪雾就来凑热闹,像小呼格那样围着两人转来转去,再一会儿竟漫天飞舞起了鹅毛大雪。老少三人误以为这大雪纷飞是他们折腾起来的,后来才弄明白原来是真下雪了,扑扑簌簌的雪片很快遮蔽了天地,却遮蔽不住天上的黑鸢,更遮蔽不住地上的搏克手。搏克手如同鹅卵石一般的肌体根本挂不住雪,即便得了空当落上去也会很快被融化掉,就像落到烧烫烧红了的炉筒子上。

几十个回合后,老人使出了那招揾得勒,不出所料,粗树桩一个翻滚仰倒在了雪地上。老人知道后生一直在假摔,他也是,对自己的后辈就要爱护,要不这肉皮还嫩着的孩子早就该倒下了。

"青格勒爷爷的技艺不减当年啊!"后生摔疼了屁股,哎哟哎哟地叫。

"外公,您这个技法就是传说中的揾得勒吗?"

老人一边伸手把后生拉起来,一边大口喘着粗气,"傻孩子,我还没用那个招数呢……"

雪这时下得更大了,有点铺天盖地的意思,可头顶上的鹰还盘旋不去。两个后生为老人披上衣物的时候,老人正仰起脖颈望着雪空中的黑鸢,它俩仿佛越升越高了。

"孩子,你听说过那句话吧——在锡林郭勒,若遇到两个乌珠穆沁男人,其中一个必定是搏克手。"风雪把老人的话吹得颤颤巍巍的,"所以从古到今,乌珠穆沁出了不少有名的搏克勇士,像天上的群星似的,牧民就以最勇猛的阿尔斯楞(狮子)、扎那(大象)、哈尔查盖(雄鹰)、雄呼尔(海冬青)为他们命名。不知情的人以为那是赞誉他们力量大和技艺超群呢，不、不，那只是一棵大树的树冠，它下面长着粗壮的树干和根基呢……"

后生虔敬地看着老人。

"所以孩子，我要和你俩说的是，其实搏克里本没有什么揾得勒，有的只是勇气、宽容和爱。只有飞得像雄鹰一样高、宽广得像草原一般的男人，才配得上做真正的搏克手……"

话音和雪花一起落在肃冷的乌珠穆沁雪原上。两个后生不约而同地抬起目光，与老人一同望向乌珠穆沁的天空。漫天的雪隙里，那两只黑鸢已渐渐模糊，变成了两颗高远的黑点……

马背上的奥登

我叔叔奥登曾经是阿鲁科尔沁最好的牧马人，他有多厉害呢？这么说吧，他的套马杆若在马群中认准哪匹马，就像鹰在高空锁定一只狡兔，从不会失手；他还可以搬着马鞍子追赶狂奔中的马，然后一跃而上，在马背上将马鞍固稳，系好马肚带。会骑马的人都知道，后面这个马术难度不亚于表演杂技的人飞在险境自己系安全绳。可我要说的是，就这么一个马背骄子，在我们家乡，他的遭遇一度成了谜，至今想起来还令人唏嘘。

那个年代距离我们并不遥远，彼时，我们查干敖包大队还以牧业为主，兼以种田。祖父敖其尔时任牧业生产队队长，他四十岁得了奥登这个小儿子，又喜欢又娇惯，还没等奥登蹒跚学步便把他带上了马背。据大人说，那时我叔叔奥登根本不和小伙伴玩耍，整天跟在一群小马驹后面撒欢尥蹶子，打尘滚刨地，有段时间甚至和它们挤在一起裹母马的乳头吃奶，仿佛他也是一匹小马驹。等到奥登长到十五六岁辍学当了马倌，更与他的马群形影不离了，他的马背技艺就是在那时练就的，连老马倌都自愧不如。

一年春天，阿鲁科尔沁刮起白毛风，好多生产队的马群都被狂风暴雪席卷跑了，马倌们束手无策，只能缩着脖子倒拖套马杆尾随在马群后面。那场雪下了两天一夜，马群有的跑到了山西，有的跑到了河北。春雪不像冬雪，冬雪像沙石，落在身上扒拉扒拉就掉了，春雪好似奶皮子一样黏人，把马倌浑身浸得透透的，到了夜晚，衣物冻成了盔甲，人都变做了带包装的冰棍……好多天过去，能活下来的马倌陆续赶着马群回到故乡，却不见查干敖包马群的身影。人们猜测凶多吉少，特别是奥登，他还是个黄嘴丫未褪尽的少年。我祖父嘴上不说，心里焦急，每日去到村子南边的敖包山上，跪在高高的白石堆旁，不停地给长生天磕头。第九天傍晚，祖父远远地望到一群马震天动地般归来，夕阳都被纷乱的马蹄踏破了，涂得半个天空鲜红一片；再近些，只见马群浑身泥垢，挂满冰溜，紧跟在后面的就是我的少年叔叔。他斜跨海骝马，歪戴帽子敞着怀，两匹从马拉着杨树枝条做成的爬犁，上面躺着的正是两个同去的老马倌……

据说那次我家乡的马群一匹也没少，奥登叔叔第二天去看马的数量，竟然将三百多匹马的名字一一叫了个遍。

时代的车轮比马群跑得快。不知不觉，青草又没过几次马蹄子，奥登的嘴唇也生出青草似的胡须，他娶了邻村最美的姑娘葛根。祖父老了，牧人们就要推举奥登当牧业生产队队长，一切看起来都顺风顺水，但让人始料不及的事情发生了——阿鲁科尔沁所有生产队一夜间解体，牛、马、羊和田地、草场通通分给了个人。村落再不需要马倌，草场被切成碎块，这让我叔叔好不适应，他不得不放下套马杆和一身武艺。这且不说，他还要亲眼看着自己熟悉的马群被精打细算的村民陆续卖掉。而那些网围栏圈起的草场呢，没多久大部分就被改成农田，种上了饲草和高产值的农作物。再后来，就连查干敖包村的标志——敖包山上的白石堆也被拆掉，用牛车拉回家去做了地基，垒成了院墙。于是，从那时起，我们家乡就逐渐改弦易辙，变成了以农耕为主、畜牧为辅了。

祖父连同我父亲、奥登叔叔共同分得了一匹马、两头耕牛和几十只羊。那匹四岁海骝马是奥登在生产队的坐骑，是他的最爱，奥登用了两匹马的名额换得了它。海骝马膘肥体壮，浑身雪白，像银子一样锃亮，四蹄和鬃尾却是黑色的，奔跑起来像风一样快，真是一匹难得一见的好马。那段时间，不做马倌的奥登叔叔，每天照例去野外遛马，只管把尘土从东山掀到北山，再从北山掀到天边，田地里的活计他一手不伸，也漠不关心，好像那些与他没半点关系。对此，我父亲巴雅尔很是不满，私下总和祖父发牢骚，怪他的弟弟游手好闲。

"阿爸，你想让奥登成一个二流子吗？"巴雅尔说。

"他不是在放牧咱家的羊群吗？"祖父汗流浃背地拄着农具。

"那几十只羊根本用不到一个劳力当羊倌，田地里的活计才缺帮手呢。"

"嚯噢，你弟弟从小放牧，他的手握不得锄头……"

"可我们也不是天生就会干农活呀！"巴雅尔气恼地说，"阿爸，你就娇惯你的老嘎达（小儿子）吧，早晚有一天他会被你惯坏的。"

还真让我父亲说着了。有一天，叔叔奥登又有了任性之举，他和谁都没商量，自作主张，把我家羊群赶到集市上，不分贵贱，换成了十几匹马。当他若无其事地带着高矮不等的马群回到家时,祖父的鼻子差点气歪了。要知道,马在二十世纪八十年代的农区已没什么价值,它耕田不如牛,繁殖力不如羊,肉又不值钱,四个铁蹄子最能糟蹋草场。

"我的活祖宗,你这是作什么妖啊?"祖父问奥登。

"没有啊,阿爸,我要养马。"奥登一脸无辜地说。

祖父无语,愤愤地摔了饭碗,气哼哼而去。

从那以后,我叔叔奥登的屁股就像长了钉子,钉在了海骝马的马背上。他和他的马群四处游逛,仿佛他是过去的章京大人,到处视察他的领地。

"奥登,你天天骑在马背上去喝西北风吗?"祖父不再坐视不管。

"我在看护马群啊,阿爸。"奥登挠着脑袋说,"再过上十几年,咱们家就有大马群了。"

"我看等不上十几年,你就把老婆孩子饿死了。"祖父夺过他的套马杆,用膝盖折成了八段,顺手撇到一边去,"明天和你哥哥一起下地干活!"

"那谁来看管马群呢?"奥登眨巴着眼睛问。

"明天我就找老客去,把它们全都卖掉!"

听了这话,那天晚上奥登和他的马群连家都没回,直到第二天、第三天……心无芥蒂的奥登叔叔先去了罕乌拉森林,在那儿待了十几天。他找来最好的两根柳木,先用湿牛粪揩软,再放进河水里浸泡、捋直,连接一处;杆梢部分用楠木枝制成,套索用的是海骝马的马尾。一根新的套马杆做好了,伸展起来大概有黄昏的影子那么长。

有了新套马杆的奥登倒没有远走，只在周边几个村落的公共草场上转悠。许是怕祖父跑来卖掉他的马群，我叔叔干脆连马背都不下，无论白天和夜晚，即便困觉他都要在马上。那是他从盗马贼那儿学来的，一有风吹草动，随时准备逃跑。

自那以后，我叔叔奥登成了一个马背流浪者，再不回家。

葛根婶婶去找他。年轻的婶婶彼时已有身孕，肚子像气吹的一样不断隆起。奥登又是怎么做的呢？他看到自己的女人远远走来，就驱着马群走向远方，只给她留下一个尘土飞扬的背影。葛根一边哭泣一边呼喊他，哀伤的声音在旷野里发出阵阵回音，却追赶不上奥登的马蹄。

葛根婶婶收拾包裹回了娘家，我的祖母暗自落泪，又无可奈何。婶婶的两个弟弟气势汹汹，骑马来找奥登，作为小舅子一定要教训一番姐夫，告诉他该怎样做人，怎样善待妻子！我们村庄的人都以为有好戏看了，大老远跑来准备瞧瞧热闹。那天，我家的马群在河边饮水，奥登把海骝马的马鞍卸下来，正为它沐浴。就在这时，兄弟俩骑快马包抄而来，奥登就是那次让人们见识了他的非凡技艺——一边徒步鞭打马飞奔，一边怀抱马鞍疾步上了马背，再安好马鞍，俯身系好马肚带……村民从没见过这种神操作，惊得嘴都合不拢了；两个小舅子也目瞪口呆，不过还是硬着头皮围追堵截。两个人出南山撵到北山，从绍根苏木追到开鲁，奥登兜兜转转，似乎在逗弄他俩玩，看对方落得远了还要勒马停一停。有那么一阵，后面的两匹马已接近了他，伸出的套马杆也搭到了他的影子，却见奥登双脚一磕马镫，海骝马又瞬息绝尘而去，把兄弟俩远远甩在身后，兄弟俩只有朝马群丢石块的份儿。

那段时日，祖母每天早起就往天空泼洒奶子，为小儿祈求平安；家人们也都为奥登担心，担心他一个人在野外风餐露宿，没吃没喝。好在那会儿已是暮春，天气熙暖，即便冰冷的夜晚，从事游牧的蒙古族男人裹一块毛毡也能御寒。后来有知情者来和我家人说，奥登并没有我们想象的那般凄惨，他依靠几匹母马的马奶子过活，一方面直饮补充营养，或做成查干益德（奶制品），另一方面还可用它和乡邻换取食物，偶有剩余甚至酿起了马奶酒。

"我们看到他时，他总是醉醺醺地趴在马背上。"村民说。

葛根婶婶要临产了，她弟弟用毡车将她送回婆家来。嫁出去的女人，总不能不清不白地把孩子生在自己家里。祖母忙着去唤接生婆，我母亲也过来帮忙。当天夜晚，葛根婶婶诞下一名男婴，祖母将一指奶油抹在婴儿的嘴里，为他换了牧人口味，同时派人去将喜讯告知奥登，从此他就是有天职的阿爸了，再不能那么荒唐、胡作非为。派去的人是我十六七岁的表哥，他快马加鞭一溜烟就没影了。待到天明，家人正满心欢喜地围着孩子，盼望葛根的丈夫、孩子的父亲能闻讯归来，可只见我表哥灰溜溜地独自回来了，脸上挂满灰尘和沮丧。

祖母急问："奥登呢？"

"他、他不回来……"

一股失望的情绪像歪歪扭扭的炊烟罩在我家屋顶。祖母的泪水在眼圈里打转，好半天，问："他知道自己有儿子了吗？他知道自己的儿子又白又壮吗？"

"我当然告诉他了,他笑了,和我说,要是一匹小马驹就好了。最后,他还为儿子取了名字——阿路思(意为远方),以此祝福他的小马驹能越走越远。"

奥登叔叔此举终于激怒了祖父。即便是一只牲畜不认羔犊,牧人也要劝告它,唱起歌感化它,实在不成就用鞭子狠狠教训它,直到它认下自己的孩子。那天,祖父召集家族的男人们,密谋了好久才做了周全的计划。待到一个月黑风高的夜晚,受祖父指派,我父亲和几个身强力壮的后生偷偷摸到奥登的宿营地——一片巴掌大的盐碱草场,他的马群正躬身在小河边食草,远远望去仿佛大地的山脊,而海骝马的白在黑暗里好像一盏明灯。几个男人匍匐在那里,等待夜深人静,奥登睡熟。先前还有乌云遮蔽天空,风窸窸窣窣地刮了一阵子后,竟然云开雾散了,陡然出现的是满天繁星,挤满了初夏的夜空。一弯新月也出来了,往地上左一瓢右一瓢地泼洒牛奶似的月光。此时草地静谧,只能听见马群食夜草时嚯嚯锉齿的声音,隐隐约约、远远近近,像一首此起彼伏的牧曲。男人们很久没在夜晚放牧了。曾几何时,他们都是牧人,都曾守着地上的牲畜和天上的星月不寐不眠,此情此景勾起了多少过往的记忆和情感啊。

一个年轻人悄声和我父亲说:"我知道奥登为啥不回家了,还是在外面放牧舒坦啊……"

没等他把话说完,我父亲就把他连声音带脑袋一起摁了回去。

下半夜,奥登的鼾声终于传来,盖住了蛙鸣,又不时被风吹断。终于,随着父亲的一个手势,男人们像一群偷袭的狼似的一拥而上,将熟睡中的奥登从海骝马上拖曳下来。他好汉难敌四手,被捆绑起来,倒挂在马背上驮回了家。

启明的乔里玛星还在天边亮着,祖母佝偻着背,蹒跚来到我家院外的拴马桩前,奥登正捆在上面。老额吉伸手摘去儿子头上粘挂的草棍,泪水簌簌打湿了衣襟,说:"我的儿,马背又不是床,更不是家,和你阿爸说,以后下马回家来就是了。"她唤过身后的葛根,年纪轻轻的婶婶此时正亮着坚挺的乳房给小儿哺乳:"瞧瞧你的宝贝吧,长得多像你啊!"

奥登望了望妻儿和母亲,一句话也没说就转过头去,再不肯看她们一眼。

奥登在拴马桩上被捆了七天七夜。那次祖父放下狠话,啥时奥登答应回家,并且答应像正常男人一样种田犁地、喂猪喂鸡,才能给他松绑。于是那些天里,奥登只能在烈日下暴晒,被乌泱乌泱的蚊虫叮咬,以夜晚寒凉的露水冰浴。祖父还不许家人给他吃的喝的,这一点倒没人遵守,趁其不备,奥登总能得到补给,那是葛根婶婶和祖母所为。

祖父到底没有等来奥登的屈服。一个大活人被捆在木桩上几天几夜,无论如何都不是件好过的事。可奥登咬紧牙关,就是不向祖父告饶。祖父又急又气,几次挥起马鞭欲像责罚马那样痛打他一顿,却终究没下得去手。

第七天夜晚,天边吹来乌云,下起了瓢泼大雨。祖母哀求祖父:"老天看着呢,你这是要把自己的儿子弄死吗?"祖父在黑暗里闷声不语,闪电照亮了他比天空还阴沉的脸。等下半夜暴雨稍停,祖父爬起身,夹着雨披来到院落,借着乌云里的半块月亮,他望到拴马桩那儿空空如也,但见地上的水坑里正躺着被割断的绳索。祖父又急慌慌地来到马厩,不出所料,叔叔的那匹海骝马已不知去向,一同消失的还有他的套马杆。

奥登那次雨夜逃离便注定了他不再回头。祖父拴马不成,反而折了根拴马桩,头发一夜间白了,好似大夏天忽然落到头顶一蓬雪片。而我的家人们呢,面对这一切都傻了眼,葛根婶婶更是以泪洗面。有那么几天,祖父追究起到底是谁割断了绳索,可任凭他把桌子敲碎都没人出来承认。其时,刚刚十四岁的我偶尔会把目光投向刀子的藏身之地——院落里一口废弃的枯井。

渐渐地,家人不再提及奥登,就像有意避开烧烫的火炉子,每个人只在心里暗自惦念他。我们在想,无论奥登去了哪里,草原上的所有艾勒(人家)都不会拒绝一个陌生人来讨口吃的、讨碗酒喝,而且会把西侧招待客人的床铺腾出来,拿出崭新的被褥让他睡在上边。可即便这样,那也不是他的家啊!

转眼,冬天临近了,河水慢慢封冻,寒霜一场接着一场。祖母病了,卧床不起,神志恍惚,不断地呼唤小儿子奥登的名字。我父亲决定去寻弟弟,祖父没有赞同也没反对,父亲随即带上少年的我,备好两匹马准备上路。临行前,他先用毡车请来了博(萨满),一是想给祖母驱驱邪,再则想占卜一下奥登的生死和去向。博在我家院子里点燃了一堆篝火,穿着法衣敲着鼓,跳来跳去,把巨大的影子映在我家黄泥土房和柴草堆上。忽然间,博大叫一声,栽倒在地,口吐白沫,醒来时就告诉我家人一个秘密——奥登是被一位祖先附了体。

"那是位怎样的祖先?"我父亲问。

"一位云游僧人。"博说,"他穿着藏红色的袈裟,戴着尖尖的黄帽子。"

祖父在一旁听了,不禁长叹一口气:"我知晓这位先人,据说他很久以前只身去了青海塔尔寺,后来又远行西藏,再没回来。怪不得奥登不肯回家,他这是要把我儿怎么样?"

"祖先一心向佛,没有恶意,他喜欢骑马云游,所以……"博最后告诉我父亲,奥登还活着,只是行踪不定,忽而在正北方,忽而在西北或者东北。

博给出的方向像梦一样飘忽,父亲和我只能凭自己的直觉去寻找。那个冬天,我们父子俩走遍了北方所有能长草的地界,父亲逢人便问:"你们见过一个骑海骝马的男人吗?他额头有河床那么宽,个头有大半个拴马桩那么高,手里拿的套马杆有黄昏的影子那么长。"

父亲的这几句"寻人启事"像蒲公英草籽一样到处飘零,落在方圆几百里的村庄,没多久,就连异乡的小孩子都知道有个骑海骝马的男人走失了。

"他是赶着马群走的吗?"一个流着鼻涕的少年问。

"不,他只一个人。"

"那他为什么手持套马杆呢?"

异乡少年的问题,父亲和我都没有认真想过,一时不知如何回答。许多年后,我偶尔想起叔叔,仍然会被这句话困扰。是啊,没有马群,叔叔手持套马杆的意义何在?难道那只是他作为牧马人的道具或者象征吗?

父亲和我对奥登叔叔的寻找就像大海捞针,几次出行都无果而终,可为了祖母,我俩又不得不学会说谎,每次满身霜雪回来,都会告诉病床上的她——老嘎达奥登好好的呢,他还骑着那匹海骝马,身上穿的是两层羊羔皮袍,头上戴的是貂皮帽子,还有他天天有手把肉吃,有奶茶喝。祖母眼里有了光芒,忙不迭地坐起身来,问奥登晚上住的是圆房子(蒙古包)还是方房子。

"他住的是四面都不透风的方屋子,一天要烧掉十筐牛粪,在里边不穿衣服还出汗呢。"父亲说。

祖母很愿意相信我和父亲的谎言,所以每次她都适可而止,并不深究。父亲最后对她说:"奥登还祝福额吉您的身体好呢。"于是,第二天一早,祖母连拐棍都没拄就下了地,腰背仿佛都不再弯曲。不过,没事的时候,老人家还会盯着沙土路上那几道车辙发呆,喃喃自语着:"外面再好也不如家好,他的心肠又不是石头做的,怎么会不想这个家,不想他的妻儿呢……"

一个冬季很快过去了,寻找奥登叔叔的希望像冬雪一般融化掉了。父亲和我私下猜测,奥登叔叔没准去了呼伦贝尔,或者锡林郭勒,唯在那里,才会有他想要的马群和牧人生活,而且他怕家人找到他,故而隐姓埋名,任谁也打听不到。

葛根婶婶把心思都用在了小阿路思身上,对丈夫的思念稍稍减淡。春忙开始了,耕种费人费力,这时,那十几匹马的牧放成了难题,到处都是长满禾苗的农田,牲畜需要人手看管。父亲和祖父商量,要不要卖掉马群。这曾经一度是祖父的主意,如今斯人已去,再没什么可顾忌的了。于是,有老客来到我家讨价还价,交易谈成,父亲即将卸下自家的马鞍,把马群交到老客的手里,祖父却在旁边拦了一句。

父亲看了看祖父,但见他嘴唇哆嗦,半天才说:"我想要我的孙子阿路思骑骑马。"

祖父虽然老了,但还能爬上马背,一边从葛根婶婶的手里接过小阿路思,祖孙两人骑着马颠颠地跑起来,顺着朝南的土路,一直爬到敖包山上才勒住马。当年祖父就是在这里张望少年奥登踏着春雪归来的,那时敖包石堆还岿然耸立,现在却已残垣断壁;那时的奥登是整个家族的骄傲,如今竟杳无音信。祖父流下老泪,把阿路思高高举起,随后像狼那样对着夕阳叫了两嗓子,这才踩着烟尘折返回来。等他被我父亲搀下马背,他就改变了主意:"这马群还是不卖了。"

我父亲有点摸不着头脑:"说好的事情怎么……"

"这是奥登的马群,没有他的同意,咱们不能卖掉的,还是留给奥登的儿子吧。"祖父说完,背着手,头也不回地进了屋。

令父亲和我意想不到的是,时隔半年,吹到各地的蒲公英草籽竟然发芽了,不断有关于奥登的消息送到我家人的耳朵里,那些传闻有的不着边际,有的神乎其神。譬如巴彦花的一个老羊倌说,他在饮羊群的水沟里见过奥登——那男人挎着套马杆的倒影映在混浊的水面,被羊群的嘴巴弄得荡来荡去,等他抬头去望时,岸上却空不见人,惊得他出了一身冷汗。和老羊倌不同,乌兰塔拉一个叫章阿的牛贩子说他可是亲遇了我叔叔。牛贩子收牛走过十里八乡,见多识广,敲着酒桌拍着肚皮讲,就在一片五角枫树林里,他当时在树荫下困觉呢,忽然被一阵马蹄声惊醒,睁眼看时,树冠下正立着一个骑马的汉子,嗓音洪亮得像敲钟:"你好安达,请问回查干敖包的路怎么走啊?"嚯哎,叔叔这是在寻回家的路呢。后来,牛贩子就掏出一瓶草原白,邀请问路人一起喝起酒来,你灌一口我咕咚一下的。那个男人的酒量可真大,把牛贩子带的一塑料桶酒都喝光了,直到两人酩酊大醉,昏昏睡去。等牛贩子醒来,问路人却不见了,海骝马踏过的地上唯剩一摊湿乎乎的马粪。还有珠日河牧场的几个放夜畜的少年,那天他们守着篝火一边弯腰撅腚地烤青蛙吃,一边讲鬼怪故事。其中一个塌鼻子的大孩子正闷声闷气地造奥登的谣:"当时我就在不远处挖跳兔,只听扑通一声,河岸塌方了,那个骑马的人和他的海骝马一下子没了顶,连一点水花都没溅……"塌鼻子少年刚讲到这儿,他身后的烟雾里就影影绰绰地显出一位牧马人,牧马人不怒不恼地问:"谁在说我的坏话呢?"话音未落,小崽子们已"妈呀"一声四散而逃。

天山一个到处打机井的井队,言之凿凿地说,这个相貌吻合的牧马人曾向他们讨过水喝;扎鲁特拉煤的卡车司机则煞有介事地讲,一个脸比煤还黑的骑手总是横穿公路,让他们不得不小心驾驶减慢速度……

面对这些传言,我家人稍显理智,并没听风就是雨,确有迹象的,父亲才要我做伴,借着农闲去看个究竟,短途骑马,远程坐了火车换班车,换了班车坐拉脚车,一路吃尽辛苦。可每当父亲和我终于找到传闻的出处,那些人的舌头就在嘴巴里东躲西藏了,而他们支支吾吾指认的地方往往空空荡荡,一无所有。我和父亲站在大风呜咽或者沙尘满天的荒野中,失落的心情可想而知。

慢慢地,我家人不再相信这些了,只想安静地生活。但是流言并不会因此枯萎,反而越发茂盛。我们还发现,谣传盛行的地方往往是半农半牧之地，那些族人并没有恶意，仿佛出自对过往生活的怀念，进而敬佩起奥登——他离家远行，只为了骑马放牧。那是人们的奢望和不可企及的远方，而且奥登的形象像极了牲畜守护神吉雅其——那个终生替人放牧的穷苦老人，临死前也要穿着牧服，手握套马杆，让人把他葬在高山顶上，他死后还和活着时一样，尽职尽责地守护牧主人家的五畜，所以，勤劳又好心的老牧人成了神，受到牧人们的崇敬和供奉。而我叔叔游走草原的身影，似乎同样予人慰藉，由此，在阿鲁科尔沁以北，奥登的名字越传越奇，仿佛成了另一个牧神，到处都在流传他的故事。

不过，面对这些，我的家人却不以为然，死去的人才能成为神呢，那可不是我们所愿。

自从决定留下马群，祖父敖其尔便全权承担了饲马的职责。让他乐此不疲的还有一个缘由，那就是小阿路思，祖父每天把他放在马背上，就像奥登小时候一样，不会走路的他先学会了骑马。而小阿路思不仅越长越像他的阿爸，行为秉性也与奥登如出一辙。没错，他的玩伴也是几匹小马驹，能够到母马肚皮时他也和马驹一起裹马奶子吃。看到这些，祖父不禁喜笑颜开，而我的祖母眉头却锁着另一份心忧……

阿路思长大了。有一天，他梦见了奥登阿爸。梦里面是个什么地方呢？阿路思醒来和我们说，那儿的草原好像和天一样辽阔，人的头顶上面是天，下面就是连接天际的草原，草原上有白色的蒙古包，成群的牛羊，还有数不清多少匹马的大马群。那马群奔来时像潮水一样汹涌，掀起的尘土能连接到云际，奥登阿爸骑乘着海骝马在马群里穿行,真像一道闪电。他望到了阿路思,就笑眯眯地向他招手,阿路思跑过去,拽着马尾上了另一匹马的马背。

"阿爸,你为什么不回家呢?"阿路思追上威武的骑手。

"原谅我吧,我的儿子,阿爸只想做个牧马人。"

"做牧马人有什么好处吗?"

"当然有,你瞧,马背能让我们高出地面,离天空更近,而马蹄还会让我们走得更远。"

两人不知不觉来到一个草原湖边。那个湖大得像海。

"可人们说,你是被一位祖先附了体。"

"没错,不过现在他已经不在我这儿了。"

"那他在哪儿?"

说着话,阿路思无意间瞟了一眼湖面,不由得呆住了——只见自己水中倒影的背后,正有一个穿藏红色袈裟的身形……

"你当真看见了那位先人?"葛根婶婶惊讶地问。

"嗯,他还用干瘦的手臂搂着我的腰呢。"阿路思说。

接下来,年复一年,我的家族像条破旧的堤岸,不断被岁月冲刷……

祖母去世了,她终究没等到奥登归来。祖父的马群不断产下马驹,等到有二十几匹马时,他老人家决定将一部分田地退耕,重新变成草场。事实上,这会导致我家粮食减产,收入减半,父亲巴雅尔不得不与老爷子彻底闹翻,直到分家独立了门户。

彼时,我已成人,到南方打工多年,娶妻生子。

要说家族里变化最大的要数阿路思,他并没有步奥登的后尘,也没让死去的祖母担心，而是一如阿爸对他的祝福——越走越远！他考取了畜牧学院，又去蒙古国留学，最后去了中亚和东欧，成了一位专研游牧文明的学者，为了课题，满世界飞来飞去。他出国的那年，头发斑白的葛根婶婶改嫁他人，对方是个普普通通又老实巴交的牧民，一辈子都没出过远门。

我的祖父更老了，他已放养不动更多的马，仅余几匹老骥在身边。

那年秋天，我回家探亲。阿鲁科尔沁乡下千村一貌，蓝瓦砖房代替了黄泥土房，沙土路变成了水泥板路；而野外绿水青山，牲畜又多了起来，多年未归的我竟认不出故乡。

"请问，查干敖包怎么走啊？"我向一位放羊的族人问路。

"你说的是奥登艾勒吗？就在那边。"牧羊人指给我看。

唉儿，没想到多年的村名已被乡人用奥登的名字取代了。

玉米地浩浩荡荡，丰收在望。父亲从收割机上跳下来，满脸油污，对我说："先去看看你爷爷吧，他可是天天念叨你们呢。"

我带着妻儿，开上弟弟的轿车到南山根去寻祖父。远远地，就见一位老人弯腰弓背牵马上山，我看清那是我的祖父，他正用马背驮运石头，他的衣袍磨得破破烂烂，银白的头发映衬着一张乌漆麻黑的脸。见到我，他表情麻木，任凭怎么讲——我是他的长孙胡日查——他都认不出我了。最后，我只有握住他枯树枝一般的布满硬茧和血疱的手，不解地问祖父："您这是在做什么呢？"

祖父顶着瑟瑟秋风大声和我说："我在堆敖包，前些年人们把它拆掉了，我要重新堆起它。"

"爷爷,您是要祭祀长生天吗？"

"我会跪在敖包前,给长生天磕头的。"祖父说,"不过,那也是蒙古族人的路标,查干敖包的路标,我把它垒得高高的,奥登、阿路思、胡日查他们回来,见到它,就能找到家了……"

听了祖父的话,那一刻,我忽然泪眼模糊,仿佛沙土迷了眼。我什么也没说,带着在海边长大的儿子,一起帮祖父把石头堆上山去。

请喝一碗哈图布其的酒

　　没有人知道那个高大的家伙是什么时候冒出来的，他出现在哈图布其嘎查的人群里就像一头骆驼站在了羊群中间，人们仰视才见他时不由得引起一阵骚动。这应该是个异乡人，人们一边惊叹一边做出判断，因为在科右中旗草原，十里八村的牧人彼此都能认识个大概。可是朗朗晴空怎么会忽然多出这么一个人来？而且他泰然自若，见谁都咧咧那张乐呵呵的大嘴，好像相识已久的样子。那满口牙齿颗粒饱满，雪白坚硬，在阳光下像白玛瑙一样闪闪发光，一看就是蒙古族男人钙质充盈的牙齿，是专吃牛羊肉、喝马奶子铸就的。再衬上一张典型的蒙古族脸——塌鼻子、又高又红的颧骨、一双细细的小眼睛，这五官要是组合到西亚或东欧人脸上就没得看了，但在这里它们相得益彰，彼此都找到了合适的位置，搭配起来显得那么舒服、得劲，充满别样的神采。除了这些，人们还注意到他的穿着，那身略显古旧的藏青色长袍仿佛是中世纪的布料，一柄精致的蒙古刀悬在右腿前。而他脚下那双雕花讲究的靴子更是非同一般，至少该是博物馆玻璃罩里的物件，尺码之大像两艘小船。在科右中旗草原，即便像今天这样隆重的敖包盛会，也只有年长者注重蒙古族长袍和马靴的穿着了，年轻人大多不再守旧，西装、夹克、短袖什么的，任性地追赶城里人的潮流。所以，人们越发对这个人感到好奇。高个子倒是漫不经心，迈动他的大步左摇右晃地走路，所到之处人们自然散开，不时让他那一堵墙似的身影从人群的头顶跌落在草地上。

牧民们是刚刚从敖包山上下来的。近两年哈图布其嘎查风调雨顺，村民脱贫，人心振奋，村委会决定筹措资金，让牧民们好好热闹一下。这不，初夏一大早，人们开着大小车辆就围聚到敖包山下，手提草原老白干、面果子、奶干、大白兔糖块，登上高高的山顶，为敖包堆子添枝加石，撒下祭祀品，许下吉祥的祝福和心愿……但这个高个子显然不是祈愿来的，他的来头还要细究，人们开始围住他问东问西。起先当然要问这位朋友是哪里人，要到哪个地方去。高个子微笑不语，或者傻呵呵地乐一乐，避而不答。莫非这个人是个哑巴不成？人们越发问得急切，以求证他到底会不会说话。高个子不得已抿了下嘴唇，用他那只熊掌一般的大手指了指远方，说："从那边来的。"这一开口不要紧，邻近的人不得不捂紧了耳朵，这哪里是人发出的动静，瓮声瓮气的，像极了一头发情期的公牛，震得蜜蜂嗡嗡乱飞，远山微微颤抖。"那边是哪里？是阿鲁科尔沁、乌珠穆沁，还是二连浩特？"高个子晃了晃大脑袋，伸出舌头调皮地打了一阵嘟噜。"你叫什么名字？这个总可以告诉我们吧？"他挑了挑眉毛，抖动起朝天的鼻孔，猛地一声"啊恰——"打了一个震天动地的喷嚏，一时间飞沫四溅。气流冲开了刨根问底的人群，好家伙，这一下可再没人靠前问询了。既然高个子不愿透露他的底细，就干脆叫他"远方朋友"好了，这个名字既好记，又能彰显哈图布其的热情好客。

透过人群的间隙，高个子把月光转移到不远处，那里十几个男人正忙着杀猪宰羊。他的细眼睛晶莹地亮了，随之而下的是嘴角的涎水，他拍了拍肚皮，对人们说："我的肚子饿了……"人们马上听到了发自他肚子的咕咕声，像揣了一窝青蛙那样。今天是嘎查村委会请客，杀的是村集体养的猪和羊，吃的是村集体种的菜，村集体还养了几十头西门塔尔牛，掂来想去，书记和嘎查达（村主任）还是一头也没舍得杀，这油光锃亮的黑牛可是值好多钱的。此时几百号村民一起动手，架起炉灶，搭起彩条布、军用帆布帐篷，劈柴的劈柴，收拾下水的收拾下水，煮肉的煮肉。一时间，山脚下的草地炊烟袅袅，热闹不已。

等待吃食是一种煎熬，那渐渐飘散开来的肉香最先钻进饥饿者和孩子们的鼻子，让人忍无可忍。高个子一边抓耳挠腮，一边吞咽着口水。几个十六七岁的少年赛摩托车回来，一路尘土飞扬，电光闪闪，携带的高音喇叭播放着草原流行歌曲"套马的汉子你威武雄壮，飞驰的骏马像疾风一样……"来到近前，摩托车戛然停在高个子脚下。一个瘦小的少年拍了拍车把，说："咳儿，大个，敢不敢和我们赛摩托车？"高个子龇龇牙，说："不、不，我只会骑马。"旁边矮胖的少年说："什么年头了还不会骑摩托车？来，我教你骑。"高个子不好推辞，一手搬起拴马桩似的长腿，跨到摩托车上，仿佛大象骑在小羊身上那样，只轻轻一落屁股，摩托车身立马沉下去一大截，两个轮子像受了委屈的长鼠子，吱吱叫了好半天，直到瘪成了一层皮。几个少年傻眼了,面面相觑;车主人蹲下察看车胎,不由得哭丧了脸。

　　那边,小伙伴推着摩托车去镇上补胎;这边,村民们已分席落座。猪肉羊肉已然煮好,热气腾腾用大盆端上桌来。蒙古族人一向有盛情款待过路人的习俗,辈分最高的族人对高个子做了个"请"的手势,说:"咳儿,远方朋友,请你喝上一碗哈图布其的酒!"本来是用二两半的玻璃杯倒的酒,高个子听老人说喝上一碗,索性把酒倒在木制奶茶碗里。倒酒的见了,忙给斟满,高个子举碗一饮而尽,顺手掂起随身携带的刀来。刀鞘用鹿角精雕而成,刀把应该是一块犴腿骨,这样别致的蒙古刀,人们还是第一次见。他伸手割肉了,在胸口上割了三块肥瘦相间的羊肉,不过他没有放进自己的嘴里,而是抛向了远处的草地,那是蒙古族人餐前敬天敬地的规矩。族人们晓得这是懂礼节的人,并非一个莽汉。再看他的吃相,刀法娴熟,左手拿肉,右手内握刀柄,大拇指按着刀背,行云流水一般,将剔下的条条雪白抑或黑腴抿到唇边,随着"啾"的一声,那片肉就像条虫子一样被吸吮到嘴巴里,然后舒舒服服地在舌间伸伸懒腰,打上几个滚,便被喉头迎接了去,没来得及咕噜一声就消失不见了。整个过程好似马头琴师拨弄他悠扬的琴弦。族人不再动刀动筷,只目不转睛地看着他吃肉,这种吃相仿佛只有蒙古族的祖先才有,这不由得唤起了人们的怜悯之心。人们想,这个人肯定是个流浪汉,他没家没业,四处讨吃,所以不肯说出自己的来历和姓名,害怕给他的家乡丢脸,这次他像匹饿狼那样空着肚子跋山涉水,一路仓皇走到这里,终于遇到了哈图布其这些好心的人。于是人们想当然地认为,这个孩子应该是饿瘦了,你看他的胳膊,只和树桩一般粗了。可是这个年月怎么还会有流浪的人？党和政府正在搞精准扶贫,像他这样的人明天就该到巴彦茫哈苏木去,政府肯定会把他记录在案,很快就会在哈图布其嘎查给他盖上两间瓦房。到时人们还会替他申请,基于他的身高,瓦房也要比整个村庄高出一截,那要多补贴五百块砖、二十袋水泥和一整车沙子;另外还要给他加盖一间牛舍,从村集体赊给他三五头最膘肥体壮的西门塔尔牛,分上两百亩锦鸡儿草地……高个子一直没有注意人们的关切和窃窃私语,等他终于抬起头时,桌上已风卷残云,整整一大盘肉只剩下一堆堆干净如洗的骨头,连骨缝中间的筋头也荡然无存,这令旁边蹲守的几只四眼黑狗悻悻地哼叫,极为不满地瞥了瞥他。此时高个子如梦方醒,看看周围鸦雀无声的族人,一时羞红了脸。

人们安慰他:"吃吧吃吧,远方朋友,嘎查今天杀了三头猪四只羊款待大家,肉管够!"妇女们忙不迭地又去捞肉添菜,须臾,又端上一大盘肉来,兼以刚出锅的血肠心肝腰肚,毛菜也一盘一盘端上来——羊汤土豆片、小白菜炒花脸蘑、尖椒炒茄丝、清烧黄花菜……酒宴仿佛才刚刚开始。有人又给高个子倒酒,那是六十五度的草原老白干,崩一点火星就会点着,那蓝幽幽的火苗蹿动两下就消失不见了,你以为酒火灭了,可碗口却热汪汪的,眯眼仔细瞧,才知那火是透明的,就在酒面上静静地漂着,忽忽悠悠、无声无息。此时,手离酒碗半尺高都会被它灼伤。这么烈的酒小酌一口就会割痛嗓子,高个子却又咕咚咕咚把它干掉了,最后一大口下咽之前,他把酒像漱口水那样包在嘴巴里咕嘟了一阵,似要用酒把牙齿涮洗干净。这个喝法又把族人惊到了。平日里,嘎查的男人们都爱吹牛,都说自己的酒量如何大，一顿能喝几斤酒，谁也不服谁，如今可遇到对手了。不过，男人们有着自己的小九九，心里盘算着怎么试试客人的酒量。

说话间，嘎查第一书记端着酒杯过来了。他是嘎查唯一的汉人，三十岁出头，个子不高，别看其貌不扬，来头却不小，他可是浙江大学毕业的高才生，上边派来的帮扶干部，操着一口略带南方口音的普通话，领着村委会一行人等挨桌给村民敬酒。有人给第一书记介绍远方朋友，书记把杯中的矿泉水倒掉了，说自己本来不会喝酒，但家里来了客人怎么也要尽下地主之谊。一旁的小伙子忙给书记倒酒，书记说："多、多了……"一杯酒已倒得满满当当。小伙子说："不早说，我以为是'多倒'呢。"书记吃了哑巴亏，也不好说啥，村民们起哄："书记干了！书记干了！"书记架不住怂恿，双手举杯："远方朋友，欢迎你来哈图布其！"他闭起眼睛屏住呼吸，先饮下半杯，说："吃口菜，吃口菜不算赖。"说着夹了一口黄瓜拉皮，强把下半杯酒咽进肚子里。这边，高个子早将一碗酒饮下。村民们又起哄："草原三杯！家里来客人了，书记一定要来个草原三杯！"书记忙摇头。这时一位年长者站起身，亲手给书记倒上一杯酒，说："书记，这杯酒我是替村民们给你倒的，哈图布其的好光景都是你给带来的！"年轻书记摆手："大叔，您知道这不是我一个人的功劳，要感谢就感谢党和政府……"一个酒嗝打上来，话说到这个份儿上，酒是不能不喝了。书记虽是文质彬彬的南方人，但也是条汉子，关键时刻不能掉链子，满满两杯酒说干就干掉了。高个子倒是来者不拒，仍然用奶茶碗喝，说话间就饮下了四碗酒。书记抹了一把嘴巴，脸顷刻间红灿灿的，眼神也迷离起来，说："远方朋友，我们的'男儿三技'竞赛马上开始了，还有刺绣表演,一会儿邀请你观看节目啊。"有人来搀扶书记,被书记推开:"我还没多,我还没多……"一边的嘎查达说:"不行就扶书记去村委会休息,他这些天忙里忙外累得够呛。"书记摆手:"不、不,我才不要睡觉,我还要等着看比赛呢。"他走路有些摇晃,没墙可扶却不倒去,就像蒙古族汉子骑马一样,看着晃晃悠悠,却并不会从马背上摔下来。

紧接着,人们开始轮番为高个子敬酒,都说:"远方朋友,请你喝上一碗哈图布其的酒!"高个子也不含糊,谁来敬酒都干上一碗,一会儿的工夫,二十几碗酒就灌进了肚子里。女人们都是绵羊心肠,不忍心这么多男人灌醉一个异乡人,纷纷去拉扯自己家里的,不想他们把客人喝倒喝坏。可远方朋友看上去一点事都没有,除了高高的颧骨处泛起红晕,眼睛也没见小、没见直,舌头也没见大,脸上始终挂着憨态可掬的笑容。

竞技场那边锣鼓喧天起来,大喇叭的声音飘荡过来——先是雄壮的国歌,接着传来一个男主持人标准的蒙语。人们知道是赛会要开始了,大人孩子纷纷离席,往一个方向跑去;参加刺绣表演的女人们则去彩条布的帐篷里换绣娘服。一个年轻绣娘扒开门帘偷窥着高个子,里边传出嬉笑打闹的声音:"去你的,不要胡说嘛……"随后,十几个女人被年轻绣娘追打出来,与麻雀一起叽叽喳喳地拥向会场;年轻绣娘落在后面,一步三回头地向这边观望。嘎查达来邀请高个子,不料一个男人拎着酒瓶从灶台走过来拦住去路,他是嘎查有名的屠夫,刚才一直忙着杀猪宰羊、烧火煮肉,这会儿就和嘎查达说:"客人还没喝好呢,我想陪他再喝几杯。"嘎查达用目光征询了一下远方朋友,嘱咐道:"适可而止,不要把客人喝多了。"

这是个敦敦实实的车轴汉子,头大如斗,脖子和身体一般粗细,毫发如狗熊般黑重,一看就是个心狠手辣的角色。几个爱喝酒的闲人围过来看热闹。屠夫有一个绰号叫狼赫尔(酒罐子),这谁都知道,干他这个行当的,给谁家宰牲畜都会供一顿酒喝。特别是近几年,每家一年冬夏两季都要杀上两头猪,肥猪滚滚,酒肉不断,久而久之,屠夫练就了一副千杯不醉的好肠胃。隔着桌子,狼赫尔并不坐下,举起酒瓶,瓶嘴对人嘴,"嘟嘟嘟……"一阵水流声音,几串大气泡在酒瓶里由下而上,顷刻间一瓶酒灌进了嗓子眼里。狼赫尔用手掌抹了一下瓶口,随后开了腔:"高个子,我来陪你喝酒,喝得过我,我请你去乌兰浩特最大的饭馆。"

　　好家伙,一瓶白酒就这么对瓶吹掉了。人们再瞧远方朋友,有人递酒给他,头一秒他还在笑呵呵的,下一秒仰仰脖,整瓶酒水就进了肚,没谁看清他是怎么喝掉的。棋逢对手,有好戏看了。狼赫尔这才坐下来,说:"兄弟,我今天高兴,所以才想和你多喝几杯。他们这些人都喝不过我,我和他们喝酒没意思。几年前,我还是个贫困户,我上有老下有小,老人有病孩子上学,自己又爱喝酒,说实话,日子过得真不咋样。自从嘎查第一书记,就是那个高才生书记来了以后,他帮了我不少忙,帮我给老人办了大病医疗保险,给我争取政府各项补贴补助,孩子考大学又是他帮我跑的贷款,我媳妇腿残疾,过去没啥手艺,天天喂鸡打狗的,两年前去了村里的刺绣培训班,旗里来的白老师手把手教,她自己学会了又教我。"屠夫伸出他的一双又粗又硬的大手,上面还沾染着猪血羊血,他说:"就我这双手,不是吹牛,刺绣个花呀朵呀的,我比嘎查里的老娘们强,她们都绣不过我,你信不?"说着话,他从随身的兜子里掏出一幅作品,展开给远方朋友看,只见一双蝴蝶飞舞在马兰花间,针脚细腻,栩栩如生。屠夫小心翼翼,怕动静大了蝴蝶飞走似的。"这刺绣讲究绣、贴、堆、挑,技术精着呢。"这回狼赫尔不再对嘴吹了,像远方朋友那样,他把酒倒在奶茶碗里,"我们两口子就是这么脱贫致富的,为了刺绣,我最近把喝了半辈子的酒都戒了,可今天我一定要喝点,高兴啊!过去嘎查里像我这样的贫困户多了,现在可都脱贫了,日子都过得一天比一天好,老百姓还求啥?"说着两个眼泪疙瘩就在眼圈里打起转,他用手一抹,说了句:"喝酒!"兀自一饮而尽了。

喝酒也有大小酒场之分,小酒即小酌,大酒需要有酒量的人拼着喝,说干就干谁都不落后。而且喝大酒的酒场要喝得默契,既有能吹牛的,也有能听吹牛的。远方朋友确实是个好听众,一言不发,说喝就喝,狼赫尔说啥他都支棱着耳朵听,兴致满满,所以今天这个酒场两人喝得比较合拍。狼赫尔就给他讲哈图布其嘎查这几年的变化,说现如今村村通了水泥板路,家家红砖蓝瓦窗明几净,最牛的是每家的牛圈里都有几头油光锃亮的西门塔尔牛。至于为啥养在牛圈里而不在草地上,那是因为生态禁牧,为了青山绿水。接着又吹——满村翘着翅膀的大雁其实是路灯杆,路边又种了哪些稀奇的树木和花花草草。狼赫尔说:"就连国内顶级的互联网公司都在我们这里种了沙棘树呢,叫什么森林……"说到最后,狼赫尔想起给远方朋友安排住处,说啥也要他晚上到自己家住去。他醉眼蒙眬地瞄了瞄远方朋友的身高,一时犯了难,说个头高些倒是可以弯腰进门,宽度就难办了,实在不行就把窗子卸掉,从窗户进屋。

眼见着桌前的空酒瓶子摆了一溜。狼赫尔像口慢慢烧热的锅，脸色红如猪肝，他裸着上身，浑身粗毛孔筛出豆大的水珠，后来就淋漓下来，那是热气腾腾的汗水，足以蒸熟一锅馒头。远方朋友也出汗，但是那种细细密密的，像清晨草原上看不见的温凉露水，只有浸湿了靴子或马蹄才让人知晓。再喝，狼赫尔起酒的手就有点不听使唤了，脱手两回也没拧开瓶盖，他稳了稳身子，深吸一口气压进丹田，一个大酒嗝打了出来，浓烈的酒气直呛人脑门。这空当，有人瞧见他的腋下水流如注，禁不住叫了一嗓子。喝酒的人都明白这是酒漏，狼赫尔的酒漏开了，这也是喝酒人的暗道，没有暗道，酒只会在人的肠胃里、血管里燃烧，直到把人烧焦烧化。再看狼赫尔，糊满眼屎的两眼重新有了光亮，脸色似晚霞中的沙滩退潮了，他不再使手去拧瓶盖，而是直接用牙咬开。这次他起开了两瓶酒，一瓶留给自己，一瓶递给对方，他用发直的眼睛望着高个子，说："兄弟，酒逢知己千杯少，咱俩再吹一瓶……"

　　围观的人虽然都是些不怕事大的汉子，但也忍不住劝阻："咳儿，还是一碗一碗喝吧，这么喝会喝坏了身体……"狼赫尔却不管这些了，酒喝到这个程度他只想表达感情。他举起白酒瓶，先是把它当作麦克风，扯着嗓门唱起一首广场舞歌曲，一会儿有词没调一会儿有调没词，最后终于唱累了，不得不趴在桌上，脑袋一歪嘴一斜，便到梦中烀他的猪头肉去了……

　　围观的人都乐了，说让他这么睡吧，现在就是把他抬到集上称了卖肉他都不会醒了。远方朋友这会儿也有了些许醉意，他摩挲了一把红彤彤的脸，弯腰脱下两只靴子，只见裤腿湿得像蹚了河，脚趾也被水泡得发白,靴筒向下倾倒,两股清泉便一泻而下了,酒香立马弥漫开来。男人们随之惊呼了:"酒道!魁中的酒道!"民间俗语讲,一道后脑勺开窍,二道汗下眉梢……八道腋下尿尿,九道清泉灌脚……前几个酒道人们倒是多少见识过,可这"清泉灌脚"还真第一次见,男人们不禁啧啧称奇,算是大开了眼界。

不远处的赛场一片喧闹。远方朋友穿上靴子,晃晃荡荡向着赛场走去。嘎查的人们都聚集在那里,大喇叭里的草原歌曲盖住了百灵鸟的啁啾,却压不住漫漫尘土,几个少年正在跑圈赛马,马鞭挥动,马蹄飞驰,叫好声连成波浪。高个子认出马背上的少年就是要与他赛摩托车的几位,便张开大手为他们鼓起掌来,又使劲吹了一个尖如鞭梢的口哨。赛场中央,搏克手们已决出最后的胜负,高个子挥动双臂,以搏克鹰舞向他们致意。没见过棕熊跳舞,这回见识了。几位魁梧雄壮的冠亚季军还之以礼,高喊:"高个子,过来和我们比试比试!"旁边的搏克手拽了拽其衣角,低语:"咳儿,瞧瞧他的体格,估计咱三个一起都不是他的对手。"远方朋友并没有一试身手的意思,耳边夏风习习,羊羔皮一样毛茸茸的阳光披在身上,他昂首阔步,走向射箭场。一位眉宇英俊的青年已斩获头魁,箭靶上遍布箭痕,十环兼有,但都没中靶心。高个子拿过弓箭,轻轻一拉就拽个满弓,距离百米远,"嗖"一声箭镞响,正中圆点。箭手们震惊了,上前察看,却见那支箭竟射穿了靶子,想取出来非双手双脚蹬拔不可。远方朋友哈哈一笑,将弓箭交于英俊小生,继续前行。百余名绣娘正埋首刺绣架穿针走线,一袭红艳衣袍铺展开来,如点缀青草地的朵朵萨日朗花。那位年轻的绣娘瞥到了远方朋友,提裙站立起来,腰身袅娜,眼神犹如波光荡漾般地向他招手。女人们这时纷纷抬起头来，目光像蜜蜂嗡嗡叮咬着高个子，一时竟忘了女人该有的矜持和羞怯。

"哦，他好高大呀！""嗯，比咱嘎查任何一个男人都壮……""听人说，他刚刚吃掉了大半只羯羊啊。""还喝光了嘎查所有的酒。""瞧瞧他的胳膊比我的腰还粗呢，好像不费力气就能搬动敖包上最大的石头。""不知哪个有福的女人嫁给了他……"女人们窃笑起来。

年轻绣娘挥动衣袖，喊他："咴儿，你要去哪儿？"

高个子冲着女人们拍了拍肚皮，说："我的肚子饱了，要赶路去了……"声音洪亮如高音喇叭，所有乡亲们都听到了，他们或放下手中的活计，或回过神来，目送远方朋友。人们望着异乡人的背影，议论纷纷："我们还不知道他的真实名字呢。""是啊，不过看他的体魄，他的名字该叫都仁扎那（锡林郭勒传说中的著名摔跤手）。""可他的吃相，好似蒙古族那位最能吃能喝的祖先——大把鲁剌。""不，他的箭法更像有"蒙古四獒"之称的者勒蔑。""这么说，他还是蒙古族人传说中的酒神呢……"

无论他是谁，无论高个子矮个子，都是个过路人，都是科右中旗草原最尊贵的客人。于是人们最后得出结论，一起高呼起来："咴儿，欢迎你再来哈图布其！"

彼时高个子已经走远，他转过身向乡亲们挥手致意。他蹚着一眼望不到边际的没膝深的锦鸡儿，这是牧民们人工播种的，过去这里曾经是寸草不生的流动沙丘，如今变成了万亩枝繁叶茂的饲草地。此时头顶之上，数不清的云雀和百灵鸟赛着歌喉，此起彼伏，仿佛一场以天为幕的盛大合唱。近处，清澈的乌力吉木仁河如同一条银带缓缓伸展、飘动;远处,群山如黛,白云像昂扬的雪峰一样高耸,又似一群天马奔腾踢踏。高个子就向着奔马似的云山走去了,顷刻间消失在大野深处。

人群中最失落的要数那个年轻的绣娘,她咬着嘴唇,还在向高个子走去的方向悄悄挥手,用温柔微小的任谁也听不见的声音说着:"再见了,远方朋友,你什么时候能再来喝哈图布其的酒……"

白狼马

　　积水是昨晚一场暴雨蓄下的，形成了一个半月形的水泡子。这么大的雨已多年未见，不过还没到凌晨就云开雾散了。那个毛乎乎的东西出现在这片水泡子边，倒影映在水面，日上三竿时才被人们发现。起初人们着实吓了一跳，不知那是何方神圣，等十几个村民壮着胆子走到近前，才看清那是一匹让人心惊肉跳的马。它的鬃毛有它的身高那么长，被荆棘和泥土糊成乱麻，拖到地上，尾巴像一把扫大街的破扫帚，浑身淤泥辨不清肤色，后胯骨像两把铧犁一样瘦削。人们想，即便从战场溃败下来、经过长途跋涉的士兵，也不会狼狈到这种地步，简直像极了老叫花子。村民嫌它脏臭，只是远远地嚯嚯吆喝它，像驱赶灾星那样驱赶它，可它却视而不见，僵立沉思。有人开始向它投掷石块，激起的泥水迸溅到它的头脸，它仍无动于衷。最后石块打在它瘦骨嶙峋的脊背上，它才转过头来，瞥了人们一眼，那乌黑晶亮的目光倒是让人心里一震。当它终于一瘸一拐地走上岸时，人们却又动了恻隐之心，觉得伤害老弱病残最起码是不道德的，并且想对它一探究竟。

看来它并非野马，因为它并不惧怕人。村民把它团团围住的时候，它没有显出惊慌，只是仰起脖子躲闪开欲抓它的村人。它的右后腿受了伤，有大片的血污凝结在后肢至脚踝那儿。人们小心翼翼地簇拥着它，一路将它赶进村庄，又开始讨论该怎样处置这匹马，有人提议：在确定它是否有主人之前，应该找个有经验的牧人养好它的腿伤才是。大家随声附和，马上想到了包布和老人，若干年前他可是村里有名的马倌。

那天一个上午，村民都在为这匹臭味熏天的马奔忙。一帮人七手八脚在老人家的院落临时搭起遮阳的马厩，有人拿来糙米当作饲料，又去田间地头割青草，年轻人骑着摩托车到镇上请兽医。基于每个人的肚子里都住着一位活菩萨，大家争相展现着自己的慈悲心肠。

此时，包布和劝退众人，以免人声嘈杂惊到伤马，只留他独自一人提来大桶清水，为马擦洗身躯。老人轻手轻脚，像一个钟表匠在修理一台旧钟那样仔细。村民其实并没有走远，一直散在比邻的人家喝茶等待，偶尔兴致勃勃地伸过头来探查，除了对此物的好奇，还有另一个原因在作祟。是啊，曾几何时，这个村庄也是一片牛欢马叫，不过那已经是几十年前的事情了，自从科尔沁左中乡村禁牧从农，很多年来村庄已见不到一匹马了，马自然成了稀罕物。

直到日斜西山，老人才彻底刷洗完马，闻讯而来的村民一睹它的真容，不禁瞠目结舌，这竟然是一匹没有任何杂色的白马，虽然骨瘦毛长却并不显得多么丑陋。它洗净的躯体结满伤疤，有的似霰弹的弹片所致,有的像被锐利的刀尖刺伤。每一道疤痕都表明了白马有过非同寻常的经历。

从镇上请来的兽医张哈斯已经清除了白马后腿的腐肉,为其涂抹了药水做了包扎。令人心悸的是,伤口里竟然夹出来一枚腐蚀殆尽的弹壳。他又仔细检查了马的牙口、躯体与四蹄,最后惊讶地问村里人:"这是从哪儿弄来的马?怎么看不出它有多少岁?它的臀部没有烙印,说明它不属于任何人家。你们再看,它四蹄上半寸厚的马蹄铁都快磨尽了,那要走多少里路?并且上边好像还刻着什么字迹……"

接下来的时日,白马自然成了村人茶余饭后的话题,人们猜测着这匹马的来头,揣摩着它所历经的千难万险抑或枪林弹雨。与此同时,这匹疲惫而消瘦的白马正在老牧马人的手里伸展枝叶,日益丰腴。

一个月后,当白马养好腿伤,被包布和老人牵领着第一次走出院门,走向被黄昏的金光笼罩的郊外,眼前"判若两马"的它让人们再次惊呆了:原来它的体型比一般蒙古马都要修长,并且脖粗腿壮,这使它前行的肌肉像波浪般涌动;它散乱的长鬃已被修剪得整整齐齐,白洁的皮毛不再饿毛饿刺,经过无数遍的悉心梳理显得油光发亮,让那些难看的疤癞不再显眼;曾经四分五裂的蹄子也被精心地削磨,走在沙石路上,发出清脆的嘎嗒嘎嗒之声。

从村庄中经过时,白马旁若无人,仿佛刚刚出浴的天鹅那样高扬起脖颈,眼眸里的灵气咄咄逼人,一对公狼才有的尖耳机敏地动来动去。与它相衬的是身着节日盛装的老牧马人,一人一马像是去赴什么宴会。村民们一时间从四面八方围拢来,目睹这个奇迹,就像看到落日未落反而重新升起,纷纷询问包布和老人到底给白马施了什么魔法。老牧人满脸诡秘,微笑不答。

这是一匹多么奇骏的白马啊!村民对它品头论足,简直无法相信它过去的样子。人们想:世间真有如此奇事,又脏又丑的落汤鸡也能变成仙鹤。瞧它轻灵的身躯,鹰隼一般锐利的目光,特别是那一身纯白的毛皮竟泛着一层细腻柔软的蛋青色。苏木中学的巴特老师忽然惊呼道:"莫非它是温都根查干?"

一语道破天机!是啊,这鹅蛋般浑圆的白只能是转世白马才有!温都根查干,没错,就该是它……刚吐出的话语又被风噎了回来,如果是那匹献给苍天的神驹,它躯体不该有那么多瑕疵,背部不可能嵌上马鞍的磨茧,唇口更不会残留衔铁的勒痕。要知道,在草原,没有人会骑乘、伤害、奴役它,就像没有人会亵渎神灵;神驹只会在大地上无拘无束地驰骋,谁见到它都要驻足停留,注目默念祝福的箴言。

那么会不会是大扎格勒或者是小扎格勒?若从它磨坏的四蹄和饱经的风霜来看,它更像是成吉思汗那两匹赌气逃往阿尔泰山古尔班查布其的坐骑之一。这么说它有可能是大扎格勒,人人都知道大骏马因为想念故乡曾经的水草,瘦骨嶙峋一病不起,小扎格勒这才与它万里迢迢返回高原故地。

这个猜测马上遭到质疑:"不,它不是大扎格勒,成吉思汗的双骏是纯青色,而这匹马的颜色分明是白的。"哦,这是天大的疏忽,人们又仔细想,一匹马怎么会从遥远的古代活到今天?那才叫荒唐呢。

既不是这个又不是那个,大家犯难了,如果没有高贵的出身,哪怕给它一个不同凡响的名号也不至于失望。于是有人提出叫它"白狼",嗯,这回没有人反对。是的,它冷峻深邃又无所畏惧的气质,多么像一头游荡在高原之上穿行过重重黑夜的白狼。创意如此之佳,此名非它莫属。人们为此差点跳脚欢呼。

"白狼"的绰号是一夜之间被风刮向各处的,散落在了科尔沁苏木的四方村落。一开始,三三两两的邻村人来到黄花敖包,到处打听谁家收养了一头狼,村民啼笑皆非地告诉他们:"不是什么狼,而是一匹叫作白狼的马。"那时人们还不以为然,只把这个当作笑料讲。可让他们始料未及的是,忽然从某一天起,十里八村的乡人乃至方圆百里的城里人,成群结队乘坐各种交通工具接踵而至,争相一睹白马的尊容。这让本来平静而荒芜的村子手忙脚乱起来,足不出户的人们哪见过这个阵势,唯有使出浑身解数来招待客人。于是关门已久的小饭馆重新开张营业了,更多人家腾出闲置的屋子粉刷一新招揽住宿旅客。小卖部也红火了,矿泉水、方便面一天就要卖上小半车;普通人家为了脸面开始修缮破烂的围墙,把褪色的屋顶漆成蓝色、红色;村委会决定趁势而为,在村中央圈地搭棚,做起了农贸集市,结果引来了卖牛仔裤、运动鞋、胸罩、袜子、蘑菇、木耳等各种商贩。

那段时间,整个村子都处于亢奋状态,人们走上街头都喜气洋洋的,不常用的礼仪也搬了出来,"三拜喏(你好)""拜啦贴(再见)"又挂在了嘴边。不仅如此,原来出去就不再回来的年轻人也都陆续回来了,琢磨干点什么营生。

一切都因白狼马而起,这些繁荣之景和祥瑞的兆头都是它带给村庄的,村民认为它是福星下凡,愈加视其为珍宝。孩子们争先恐后抚摸它温热如缎子的皮毛;大人们拍打它的身躯,不断给它添草添料,以示自己的友好;好事的后生跃跃欲试,要骑它去沙坨子里跑上几圈过过马瘾(不过这个要求被包布和老人拒绝了)。人们只顾自己的兴高采烈,却忽略了一个事实,那就是故事的主角——白狼马。它并没有凑人多的热闹,也没有显出被人围观的兴奋和骄傲,相反,它更喜欢安静独处的时光。彼时白狼马总是扬起脖颈越过马厩和围墙向远处眺望,目力所及之处是苞米禾田或者黄沙漫漫,它哀戚的目光中流露出说不清的茫然,仿佛一位历尽沧桑的老者在寻觅年轻时的影子,或是孤单地咀嚼着无限过往。偶尔它也会像受困的狼那样焦躁不安,围着拴马桩不停地徘徊,拼命挣脱头上的缰绳。老牧马人看到了白狼马的样子,忧虑在心上,想尽各种办法安抚它,发现只有用铁刷为它梳理皮毛时,它才会低眉顺眼,呈现片刻的平静。老人想,这个"圣物"不该属于俗世,它只会在黄花敖包进行短暂的休憩,有一天还要去往该去的地方,那或许是它水草丰美的故乡。

一天,几个村庄的老人聚在集市上喝酒闲聊,忽然想起整个苏木至少十几年没搞那达慕了,属于蒙古族人的三技——赛马、摔跤、射箭,早已被人遗忘。那又怎么样?要把这些荒废的技艺短时间捡拾起来谈何容易?特别是赛马,现在方圆百里的村庄已找不到一匹像样的蒙古马了。围拢在身旁的年轻人闻讯却摩拳擦掌起来,对于他们来说,没有什么比这个提议更振奋人心了。他们想,有些传统之所以被人遗忘是因为没人号召,重新点燃它有时只要一点星火即可。

很快,那达慕就确定了下来。短短的个把月时间,就有十几个青少年报名参加赛马,更不要提摔跤和射箭的竞技了。原来他们的马是合伙从呼伦贝尔或锡林郭勒买来的,用卡车不远千里拉回来,又经过夜以继日地细心调教,准备一试身手。

起初,包布和老人考虑白狼马的腿伤刚刚痊愈,并不建议它参赛,怎奈那些年轻人轮番央求。等到那达慕开赛那天,当十几个后生看到那匹白马眼神炯炯、心无旁骛地狼行而来时,想变卦为时晚矣。白狼马还没到近前,就已让所有赛马相形见绌,甚至引起了马群不小的骚动,它们像见到一头真正的白狼那样躲躲闪闪。戴墨镜的裁判走过来,问老人是否换个年轻的骑手,包布和不禁吹胡子瞪眼,让这个戴墨镜的青年把心放在肚子里,他老人家还没到爬不上马背的地步。

比赛开始,年轻骑手早做好了准备,观众却只把目光锁定在白狼马和老骑手身上。赛马似乎没有一点悬念,不用下赌注就能猜测到最后的结果,人们更想知道的是白狼马到底会把其他赛马落下多远。这种情形让年轻骑手们好不羞恼,互使眼色,一定要给人们好看。随着裁判吹响口哨,十几匹赛马各显其能,如一阵乱鼓敲地,蹬起滚滚尘烟,再看那匹众人瞩目的白狼马,竟然原地未动,面对熙攘的人群一副茫然无措的样子。包布和老人嚯嚯地催促它,后来不得不用马镫磕它,用缰绳抽打它,可白狼马仍旧无动于衷,就像人们最初在水泡子边发现它时那样,聋哑般呆立,仿佛沉浸到遥远的往事里,任由谁都唤不醒。

后来的事情更出人意料，白狼马抛下包布和老人和失望的人群，拖着长长的缰绳独自踱步走向野外了。它满腹心事，双目忧伤，漫无目的。包布和老人一边在后面紧赶慢赶，一边不断呼唤它的名字，可它更像个任性的孩子，对老人不理不睬。

　　村庄之外被半人高的秧田层层包围，除了一个多月前的那场雨水，科尔沁左中再滴雨未下，禾苗卷曲着、枯焦的叶子蔫成一片，为了防止牲畜践踏，一行行铁棘围栏围在那里，白狼马只能顺着滚烫的寸草不生的沙原踽踽独行。天空像一锅混浊的温开水，煮得太阳也乌突突的，大地散发着一股皮子烧焦的味道。没有一只鸟影，也没有昆虫的叫声，白狼马孤独地走着，翻过一片片炙热的沙丘，越过几块杨树苗圃，前面缥缈的热浪下浮现了一条干涸的河道。这是曾经的乌力吉木仁河留下来的，不过早在几十年前河水便断流滴水皆无了。

　　白狼马径直走到这里，在岸上举目四顾，仿佛在寻找失去的记忆，等它判断出了什么，便沿着河道急促地奔跑起来，偶尔停下脚步像猎狗那样用鼻子嗅嗅脚下的沙地和贝壳的残片。当它走近一片豁然开阔的转弯地带时，忽然变得警觉，它背立起双耳，突突地打着响鼻，低下头用蹄子四处翻找，继而仰天咻咻长嘶……老牧马人一直跟随它，远远地，他就听到了白狼马的悲鸣，这种声音只有骏马思念主人时才会发出，他望了望周遭，除了遍野苞米秧苗空无一人。可是白狼马为何而哀戚？难道它的主人曾经……包布和似乎意识到了什么，此刻双腿一瘫，坐在了沙土上。

　　接近傍晚时分，久不见老人归来的村民陆续来找，看到了这河床里被晒干的一人一马。村民挽起老人，欲圈回白狼马，它却与人们周旋，在河床里徘徊不去，并且不停地抬起前肢立马呼号，眼眸里似乎涌动着晶亮的泪水。村民对白狼马的反常之举莫名其妙，转头向包布和求援。老人摆手制止了他们，嘴角颤抖，好半天才吐出一句："这是嘎达的马，是它回来了……"

嘎达的马？人们惊呆了！科尔沁无论远近，有谁不知道嘎达呢？那是人们最敬爱的梅林（蒙古族王府特有的官职）啊！村民如梦方醒。是啊，嘎达梅林当年的坐骑就叫作白狼，那可是近一百年前的事情了，白狼马若是活着也有一百岁了……

那时正值春天，乌力吉木仁河刚刚解冻，水流湍急簇拥着满河床嘎裂的冰排，如同牛群过江一样地轰响。嘎达梅林的队伍被追兵驱赶，就在路过这个河段时，他掩护战士们强渡冰河，等他最后一个提马入水时已枪声四起……嘎达的鲜血染红了奔涌的激流，白狼——他最忠诚的伙伴眼见主人掉下马背，就一口叼住了他的衣袍，挺直脖颈，奋力把主人拖向彼岸。谁料又一枚流弹"咬"到了白狼的后腿，它一足蹬空，竟与主人一同被汹涌的冰排冲翻、席卷、淹没……

这匹白狼可是科尔沁的乡亲们从上千匹骏马里挑选出来的，它不仅是嘎达最得力的坐骑，更是他出生入死的战友……嘎达牺牲了，白狼马却被敌兵用套马杆拽上岸来。他们看重它的忠勇，想驯服它占为己有。可白狼马思念主人嘎达啊，任他们添加什么草料都不睬不嗅，直到一位被敌军抓来做马夫的乡亲趁着夜色偷偷为它打开圈门，白狼马才得以绝尘而去，从此再不见踪影……

依据萨满的教义——万物有灵，人们相信白狼马的英魂犹存，相信它一直穿行于科尔沁沙原从未离开。可用什么来证明眼前这匹马就是嘎达的白狼呢？此时，包布和老人抖着手指了指白狼马蹄下的脚掌，那里会有什么秘密？人们重新拥住白狼马，将它的四蹄一一抬起。正如兽医张哈斯所说，马蹄铁虽然磨损严重，可依稀能看清上面镌刻的细小蒙文，那是几串人名，沿着每一只马蹄铁的边缘围绕一周。巴特老师摘下眼镜辨认着，逐字念出声来——色仁尼玛、赵舍旺、僧格嘎如布、那达木德……

老牧马人不禁老泪纵横了。他从小便听科尔沁的老人讲过这些人啊，那都是当年与嘎达一同去请愿的乡亲，是"独贵龙"的先辈们啊。就在嘎达他们起义的前晚，"独贵龙"的人们把自己的名字刻在了马蹄铁上，再将其牢牢钉在白狼马的四蹄之下，这寓意着他们要誓死追随英雄梅林的脚步，像奔腾的马蹄那样前仆后继。最后，这些请愿的人实践了自己的诺言，无一不将热血洒在科尔沁悲怆的土地上……

听完老人的话语，一时间群情肃穆了，如同傍晚深沉的天色。没有人再说一句话，发出一点声音，往事像一堆篝火被点燃起来，那一切就是在这片土地上发生的，仅仅不到一百年就差点被遗忘了。村民们因为心痛而沉寂着，即便流泪也是无声的。

歌声先是老牧马人唱起来的，他沙哑的声音像微弱的灯火，在暗淡的乌力吉木仁河边跳跃着……

人群将白狼马围住了。此时西天只剩最后一抹血红，就像大地上只剩下这一群铁色的人围绕着一匹白马，那是一堆黯然的木炭，把白狼马的白映衬得那么纯粹、鲜亮。

巴特老师也唱起了歌,他小声地与老牧马人唱和,怕惊扰到白狼马似的。两个人的歌声像蚯蚓那样在明澈的空中爬行,又折返回来,直直钻入人们的内心。于是所有人都张开了嘴巴,那种合唱没有人指挥,也没有什么伴奏,却是那么合拍,那么起伏有序,如同越来越汹涌的潮水——

南方飞来的小鸿雁啊,不落长江不呀不起飞,要说起义的嘎达梅林,是为了蒙古人民的土地……

明亮的长庚星从天边升起时,随着白狼马的一声嘶鸣,人们不约而同地让开了一条道路,他们知道和白狼马告别的时刻到了,于是像送别一位远行的人那样,满怀留恋和虔诚。老牧马人亲自为白狼马摘取了笼头和缰绳,最后拥抱住它的脖颈久久不肯撒手。人们劝慰悲泣的老人:"或许有一天,它想念黄花敖包村还会回来……"

白狼马终于可以上路了,它使劲抖了抖身上的沙尘,翘起流沙般的尾巴,飘散开风一样的长鬃,向着人群散开的方向走去了,直到一点白光消失在暮色里。人们不由得想起萨满的那句祝词:它从微弱的光中走来,又走向微弱的光,那是一匹苍色的狼……

其实,人们明晓白狼马奔往的是乌力吉木仁河上游的河道,它的源头该是西拉木伦河,那里会有红色的山峦和广阔的草原,以及数不清的牛羊。只有在那里,白狼马才会找到它的主人,它会驮起梅林一如当初那样纵马驰骋,或像鹰隼般自由翱翔;偶尔他俩也会蹚过清澈甘洌的山涧,穿行于苍翠的樟子松、落叶松、白桦、黑桦覆盖的崇山峻岭。

想到这里,人们羞愧地低下头来,不禁暗暗发誓,要让脚下的白沙变绿,河床盈水。不知怎么的,此刻人们浑身仿佛充满了力量,眼前都是幸福的憧憬,甚至连夜就可以挖坑栽树、封沙种草。他们要让丰茂的蒙古黄榆、秀丽的红柳、簇簇山杏、高大的五角枫和沙棘树,通通长满沙原:明媚的阳光会在树隙间留下七彩的光环,而绿草茵茵的树下,火艳的萨日朗花、金黄的线叶菊、浅粉的苜蓿花会竞相绽放,形成一片又一片花的海洋;蜜蜂和各种昆虫忙碌其间举行歌舞盛典。此刻不用抬头,就能听到云雀和百灵鸟的百啭啁啾,好像整个天空都盛不下它们的歌声……

到那时,人们朝思暮想的英雄——嘎达梅林,将骑乘着白狼马姗姗归来。乡人们满含热泪,远远地高呼他俩的名字,踉跄地扑上前去迎接久别重逢的亲人,用满脸的泪水沾湿他俩的脸颊、额头,然后急切地告诉归来的人和马,那白云之下、蓝澈河边,朵朵毡房就是他俩的住处。从此以后,朝霞初现抑或黄昏降临的天边,清风拂面的山冈抑或绿禾摇曳的田间,辛勤劳作之余的乡人们总会看到嘎达和白狼马悠闲自得地漫步在富饶而丰美的科尔沁——他梦中重现的故乡。

牧羊人失踪案

一

那场白毛风雪下了半天零一夜，雪一停我们就接到多个报警，不是这家丢了牛羊群，就是那家被刮走了马群。这还不说，第三天傍午，乌诺尔嘎查的一户牧民打来电话，说他父亲额日斯是下雪头一天走的，至今没回来，手机也处于关机状态。我们做基层民警的没有哪户牧民不认识，额日斯不仅酗酒，而且是出了名的赌徒。前些年病恹恹的老婆终于受够了他，丢下三个孩子撒手往生去了。打那以后，额日斯更无法无天了。报警电话是额日斯的大儿子芒来打的，芒来十七八岁，因为这样的家境早早地辍了学——事实上，额日斯的老婆走后，就是这个半大少年在支撑这个家，领着弟弟和妹妹过活。

"他走时没说干吗去了？"我问。

"他拉羊走的，说去镇上卖羊。"芒来说。

"拉了多少只羊啊？"

"十三只羊,是我帮他装的车。"

"没准又去赌了。"我安慰他。

"可是可是拉羊车停在半路上了……"

我挂了电话,拎上大衣,招呼警员小张,两人忙不迭地开车上路了。

积雪得有一尺厚。去乌诺尔嘎查要走五十公里的水泥路,然后下道走六七里自然路,拉羊车就停在刚下公路的雪原上。我和小张查看了一下车况,油没缺胎没瘪,估摸是雪深把车轮陷住了。装羊的两层车厢空空荡荡,驾驶室脏兮兮的,除了酒瓶子就是烟盒。小张翻了一下座椅垫,拾到一部廉价的手机,电池早就没电了。

额日斯家还住着蒙古包,旁边没完工的两间砖房是额日斯老婆活着时盖的,到现在仍搁置着。一辆老掉牙的蹦蹦车旁系着一匹枣红马,马背上满是霜雪,不远处有两座牛粪垛也被白雪覆盖着。听到汽车声,芒来钻出蒙古包。

"啥时发现那辆车的?"我问芒来。

"下过雪第二天,快到中午的时候。"芒来表情窘窘的。

蒙古包里光线很暗,唯有炉火照亮着陈设。看到我和小张,芒来的弟弟黄毛像老鼠见猫似的躲闪到角落去了——这个十五六岁的少年可不是省油的灯,因为小偷小摸没少踏进我们所的门槛。毡包里有股烤煳的尿臊味,那是炉筒边的一床被子发出的,上边湿湿地洇着一大片"地图"。又瘦又小的妹妹乌日娜直愣愣地望着我和小张,蜡黄的脸色像蜡笔涂的。看到我瞧那床被子,她赶忙用身子挡了起来。

"这么说,你阿爸该是下雪那天晚上回家来的,把拉羊车停在半路了。"我从炉子里铲了一块火炭点了烟吸起来,烟雾随着灰尘飘浮在一束光线里。

芒来低着头不吭声。

"那天雪夜,你打开户外的灯光了吗?"我问。

"开了。"芒来说。

小张找到灯开关,试了试,又去外面检查灯光的亮度。他进屋问:"开了一晚上吗?"

芒来点点头。

铲雪车是我和小张下午调来的,把额日斯家的冬营地差不多翻了个遍。除了从雪地里铲出一顶羊羔皮帽子,其他一无所获。帽子的顶部有一个焦黑的破洞,那该是枪弹留下的弹孔。我拿去让芒来辨认,确定帽子系额日斯当天所戴。这是个重要物证,我把帽子放在塑料袋里,又驱车走访了几户邻近的人家。散居的牧民几平方公里一户,离额日斯最近的也要五六百米,牧主叫巴依尔,老人长了一副猫头鹰似的嘴脸。他放牧一辈子,耳聪目明,草地上每天发生的事都逃不过他的眼睛。不过那天夜里,老人说他压根就没听到什么枪响。

"别说枪响,就是狐狸在远处打个喷嚏我也能听见。"老人强调。

"那您注意到一辆拉羊车的车灯了吗?它肯定晃来晃去的。在公路边上,距离这儿有六七里地。"我问。

"这个可难为我了,隔着这么大的雪。"老人摇头,"我这双眼睛大概也就只能望到两箭射程那么远,除非我的脑门上再长一只都蛙·锁豁儿(传说中长有千里眼的祖先)的眼睛。不过,额日斯家的灯我看到了,他家点的是户外灯,我以为是给黄毛那小子留的呢。可后半夜我给羊、牛添草时,雪花掉到地上,像从天空散落下来的蝗虫,一大片接一大片地飒飒响。那会儿远近都没有一点灯光了。"

"会不会停电了?"我问。

"这可没有,"老人说,"我开着电灯起了五次夜去照看雪中的牲畜,一宿都没睡。"

人没了,横竖也得有个尸首。事出蹊跷,我和小张决定返回镇上再摸摸额日斯卖羊那天的情况。临走,小张唤黄毛到身边来,他的额头上有条疤痕,像趴着一只大毛虫。那是有一次他偷了邻居的钱,他老子用火铲打他留下的记号。

"前段时间,镇上的好多摩托车丢了后视镜,知不知道是谁干的?"小张问他。

黄毛紧张兮兮地用手挠着鸡窝头说:"这个、这个可跟我没关系……"

"没说是你,我问你知不知道是谁偷的。"小张说。

黄毛龇龇牙说:"我最近没去镇里。"

小乌日娜仍目不转睛地观察着我和小张,这小姑娘的眼神可不像八九岁儿童的,有种说不清的灼灼,要把人望穿了似的。我对芒来说:"你和弟弟不读书,怎么也得送妹妹读书啊。"芒来说:"巴镇小学的校长找来几次了,嘎查达也来过。"我问:"怎么的?额日斯不让去吗?"芒来摇摇头。这时小乌日娜突然开了口,用蚊子那么大的声音问我:"阿爸不在我就能上学了吗?""孩子,阿爸在与不在你都有上学的权利。"我试图教育孩子。"可是我想去上学。"她说,"叔叔,你们能治好我的病吗?""你怎么了,姑娘?"我摸摸她脏脏的脸蛋,乌日娜垂下了头。"乌日娜她、她一直尿床……"芒来说。

二

回镇里已是下半夜,这个点饭馆基本都打烊了。小张住单位宿舍,新处了个女朋友,本来约好晚上一起吃饭看电影的,结果泡了汤,他不得不到我家里将就一顿。他见一池子的碟盘都没洗,就帮我洗刷。我煮羊肉挂面。他刷完碗,我一盆面条也煮好了。两人都饿极了,一阵狼吞虎咽,很快就只剩下了汤水。

"一个男人的家真不叫家。"小张把沙发上的灰擦了擦,搭个边坐下来,"听说嫂子这么多年一直没嫁人,你就多说几句好话,为了宝丽玛,复婚算了。"

"夫妻之间的事,哪有那么简单……"我狠抽了几口烟,苦笑道。

"多长时间没看到女儿了?"小张问。

"又有半年了,还是暑假的时候见了一面。"我一边答,一边捶着腿。折腾一天,老寒腿又酸又痛。

"宝丽玛应该上初三了吧,你这个当爸爸的得多关心关心她。"

"我倒是想关心。亲生女儿,在一个镇上住着,距离不到两里地,可一年也见不了两次面。再说见面她也不和我说话啊,除了玩手机就是看书本,问一句答一句,基本没话说。"

小张还想劝我,被我截住了,问他:"小孩尿床不是大毛病吧?"

他说:"估计受凉造成的,冬天蒙古包本来就不保暖,再说一个没妈的孩子,额日斯又是个酒鬼……"

第二天,经技术科鉴定,额日斯帽子上的那个洞确实是弹孔,系半自动猎枪所致。动了枪的事情可有点大了,我让小张先把这事压几天,毕竟这是在我们所的辖区发生的案子,等有了头绪再上报。从旗公安局出来,我让小张去办案,我则想找一家医院问问小乌日娜的病情。

中午的时候,小张打电话给我,说额日斯来巴镇那天的情况基本摸清了。这时我也刚好从医院出来,两人约好到所里会合。

小张先按通话记录捋出了额日斯的行踪。当天,额日斯拉羊去镇上,先到的屠宰场。据屠宰场老板图门说,额日斯给他卸下来十只羊,因为几年前额日斯向他借过一笔钱,经图门一算,这些羊正好能顶账。额日斯急了,说:"当时欠你没有这么多,怎么会顶十只羊的钱?"图门拿出算盘扒拉给额日斯看,说:"当时确实没这么多,可你几年不还,利滚利就多了。"额日斯看不明白算盘,与图门争辩,脸红脖子粗的,脖筋都绷起来了,说:"就指望卖了这几只羊去买年货呢。"图门说:"可你欠了这么多年的账也不能不还啊。"额日斯说:"好歹你得给点钱,要不我就拉别处卖去。"图门没办法,只好掏出五百元给了他,说:"就当我给孩子的压岁钱,你别又拿去喝酒了。"额日斯揣了钱,猛踹油门,骂骂咧咧地走了……

我打断小张:"芒来不是说十三只羊吗?怎么少了三只?"

小张说:"我也奇怪呢,可图门一口咬定是十只羊。你听我往下说——额日斯出了屠宰场就去乌兰础鲁饭馆吃午饭,刚要了一屉布里亚特包子,就看见几个老乡进来,都是一个苏木的老相识,就拉扯在一起喝酒。这当中,诺敏嘎查一个叫牤柱的牧民,一上来就对额日斯不太友好,乜斜着眼瞅他,喝酒也不与他碰杯子。额日斯那天本来气就不顺,几瓶白酒下肚,两人就扭打在一起。额日斯抄起瓶子给了牤柱一家伙,还骂:'他妈的,你们谁都想欺负我!'"

"额日斯打破了牤柱的头?"我惊讶地问。

"是啊,"小张说,"饭馆老板亲口说的,而且流了不少血。"

牧区人打架一般就摔跤,大不了挥拳头,动酒瓶子的真少有。我马上让小张驾了车,去寻诺敏嘎查的牤柱。这个家伙我知道,年轻时是条癞皮狗,而且是那种记仇的狗,会偷着下黑口。

正走在路上,芒来打来电话,说他弟弟黄毛又离家出走了。小张问他因为啥走的,芒来说他们兄弟俩吵架了。黄毛一天啥活都不干就知道打游戏,芒来说他不听,气急了踢了他两脚,黄毛就和芒来动手。两人打在一起,最后还是芒来力气大,把黄毛压在了身下。黄毛对芒来喊:"额日斯那个老家伙都失踪了,你别想管我,我现在就离开这个家……"临走,口鼻流血的黄毛还偷拿了家里仅有的一点钱。

放下手机,小张叹一口气说:"芒来可真不容易。"又回头问我:"对了,医生怎么说的?"

我说:"医生说小乌日娜这个病叫遗尿症,病因很多,从心理上说,这样的患儿一般都缺少家庭温暖、脾气古怪、孤僻,不合群。"

"这个对路。"小张说,"可是这些病因中,别的都好办,缺少父母关爱这事也没辙啊。"

"咱多想想办法吧,小姑娘怪可怜的。"

终于摸到牤柱家,这小子日子过得倒挺像样,打草机、捆草机应有尽有,三间房红砖蓝瓦,牛羊圈收拾得也干净,一看就是过日子的人家。院里有三条高大的四眼狗,见到警车就围过来狂吠。我和小张天天走在牧区,都不怕狗,下了车咯唠咯唠地与狗对叫一阵,三条狗摇起了尾巴,一副解除戒备的样。正巧,牤柱骑着摩托车回来了。这小子壮得和一头牤牛似的,把摩托车车胎都压瘪了,头上歪扣着棉帽子,见到穿警服的我俩,表情一愣。

进了房间,牤柱老婆正用雕花的模子制作奶豆腐,小张示意他老婆回避一下。

"最近又惹祸了?"我自己拿了暖瓶倒奶茶喝。

"没、没有的事。"他支吾着。

"把帽子摘了我看看。"我说。牧区的奶茶都很清淡,高粱米汤似的色泽,喝起来略有点咸味。牤柱瞅了瞅我,不得不把帽子摘下来。

"头上的纱布是怎么回事?"我问。

"别人给、给打的。"他说。

"谁打的?"我又问。

"乌诺尔嘎查的额日斯。"他答。

"嗯,所以你报复了他,对不?"我接着问。

"这个可没有,"他摆着双手说,"我牤柱多少年都不打架了。"

"我就不信你让他白打了一酒瓶子。"小张说。

牤柱翻了翻眼睛说:"你们都知道了?"

"要不也不会登你的三宝殿。"小张说。

"我、我俩真没干别的,后来,只是去洗了个澡……"

"牤柱,你最好老实点,他打破了你的头,你还陪他去洗澡,你骗鬼呢?"小张把奶茶碗蹾在桌子上。

牤柱眨巴眨巴眼睛说:"这个确实是真的,我陪他去的小东北浴池……"

小张问:"然后呢?"

他说:"然后就各回各家了……"

小张气歪了鼻子,伸手抓了他头上的纱布,猛地一拽,牤柱疼得龇牙咧嘴,哎哟哎哟直叫。我示意小张松开手。"别敬酒不吃吃罚酒。"我把奶茶递给牤柱,让他润润嗓子。

"说了,你们千万别告诉我老婆。"牤柱捂住脑袋说,"额日斯这个烂人,他动了我镇上的相好,我才找他麻烦的,没想到他竟然用酒瓶子打了我。我本想用刀子捅了他,可我不是年轻时的我了,我有老婆有孩子,但是这口气我得出。我先让他带我到医院包扎,又要了他三百元,还觉得亏得慌。我想他既然动了我的女人,我就要他补偿我。额日斯当然知道我是什么人,他怕我背后报复他,最后、最后只好带我去了浴池……"

"然后呢?"

"额日斯在单间睡着了,咋叫都不醒,我看天气预报要下大雪,就赶紧穿了衣服,留下他一个人结账,自己从浴池溜出来,一路骑着摩托车冒雪回家了。"

本来以为钓上来的是条大鱼,没承想是条泥鳅。牤柱后来将他几点几刻到的家,半路遇到了谁,都一股脑说了。这些,他老婆和邻居都为他做了证明……

"牤柱这小子真够可以的,这种事也能讹诈,亏他想得出来。"回镇子的路上,小张跟我闲聊着,"你说,额日斯是不是被'小东北'图财害命了?"

小东北是浴池老板,三十岁出头,过去是我的线人。我摇摇头,说:"要是额日斯身上有一千只羊的钱,倒有这个可能。"

"牤柱可说了,他走的时候,额日斯还在里边睡觉呢。"

"好吧,那咱就顺藤摸瓜,查个究竟。"

三

黄毛正叼着烟卷和几个不良少年在台球厅里戳杆时,被小张逮个正着。吃晚饭的时候,小张带黄毛一进门,吓了我一跳。这个少年把一头乱糟糟的黄头发染成了"火焰山",跟哪吒似的,一只耳朵上还戴了个硕大的耳环。

"哎儿哎儿,你这是要和孙大圣斗法去呀?"我禁不住乐了。

黄毛歪扭着身子,抓耳挠腮立在那里。

"还不坐下来吃饭?"我推给他一个凳子。

饺子端上来,我又让老板炒了一盘尖椒干豆腐。

黄毛和小张说:"警官,能要瓶饮料不?"

小张给了他后背一巴掌,说:"喝白开水,要什么饮料呀。"

我喊服务员过来,对黄毛说:"想要什么就要什么。"

黄毛问:"咋了,你俩不是要送我回家吧?"

我说:"先吃饭,吃完再说。"

盘子里剩的最后两个饺子,我都搛到黄毛的碟子里,一边吧嗒着烟屁股,一边问他:"你这么小的年纪,不上学也不回家,天天在外面瞎混,那不完了吗?"

"那我能干点啥呀?"黄毛眼馋地看着我吸烟。

"咋了,犯烟瘾了?"我说。

"不行去学汽车修理吧,当个学徒工,学会一门手艺,以后也有口饭吃。"

"修汽车?"黄毛抹了抹鼻子,"浑身油污,我可不干。"

"那你想干点啥?"小张冲他立眉立眼。

"要不,我学理发吧。"黄毛捋了捋头上的"火焰山","闲着没事还能打游戏。"

"也行,"我站起身穿衣服,"明天就让小张叔帮你找个靠谱的理发店。"

在所里待到半夜十一点多,我跟小张说:"差不多了,你带两个人去吧,稳妥点,抓两个现行回来。"

小张麻利地开车去了,没出一个小时,把人带了回来:两个披着长羽绒服的女人,光着大腿,趿拉着拖鞋;另有两个男人,岁数挺大,竖着衣领,压低着帽子。询问室里,辅警为他们做笔录。女的垂着长头发遮着脸,半夜见了能把人吓到的那种。

午夜,小东北被传唤来,脚还没踏进办公室,两条烟先从腋下递出来。"朝副所,小弟给您添麻烦了,知道您抽烟,拿两条孝敬您,咱别撕巴。"他边说边拉开抽屉塞到里面。

我喊小张进来,小东北又要与张警官握手,遭拒。

"浴池老板拿两条烟要答谢一下大家,拿去给弟兄们分了。"我对小张说。

"朝副所,这个使不得,里边的烟可是'带人头'的……"他做了一个数钱的动作。

"那种烟太冲,我抽不习惯。"我把"带人头"的烟丢到他怀里,"有一个牧羊人,七号那天下大雪时失踪了,当天下午去你店里洗浴,小东北你知道这事吧……"

"您说的是那个洗澡不给钱的牧民?个头有我这般高,高颧骨,留着黄胡子。怎么,他失踪了?"

看来他印象深刻。

"正想问你呢,他在浴池睡着了,醉得人事不省,你们把他拖出去喂狗了?"

"哪能呢所长,就是到我那儿住半月我也得供吃供喝呀,现在啥社会了……"

"刚才你说他洗澡没给钱?"我打断他。

小东北咽了一口唾沫,说:"既然人命关天,我也不藏着掖着了……"

据小东北供述,那天牧羊人额日斯睡醒一觉起身要走,可满兜翻不出一分钱来,按行规也不能这么放人哪。小东北叫了两个兄弟,把他扣在店里。那会儿额日斯还没醒酒呢,红着眼睛话也说不清,半天才听明白,他说他连浴服都没脱,在浴池睡一觉怎么要那么多钱?小东北给他解释:"就像你到饭店点了一桌子菜,然后说自己一口没吃就不买单了吗?再说,你那个朋友还加钟了呢,你知道不?"牧羊人愣着眼睛，闷声抽了一根烟，和小东北说，他有三只羊，在镇上放着呢，问能不能用羊抵。羊也能变现啊，小东北立马带着人拉上额日斯，一路来到斯琴烧烤店的后院，那儿真有三只羊咩咩地叫呢。额日斯叫他们把羊抓走，一个肥白的女人出来不干了，指着鼻子骂额日斯。两人在外面闹腾了好半天，额日斯站都站不稳当，被女人连推了几个趔趄，最后一个站不稳跌坐在地上。

小东北不耐烦了，他跳下车和女人说："大姐，这位大哥把羊放你这儿了，你没给钱就不算买，不过现在他欠我的钱，要用几只羊抵，你明不明白？所以今天这几只羊我得拉走。"说着话，两个小弟不容分说，拎起羊就往车上装。女人没辙了，加上雪越下越大，寒风刺骨，最后她把额日斯和他的三只羊一起轰了出来，叫他有多远滚多远，以后再不要登她的门了。

女人就是烧烤店老板，见男人的便宜就占的主。我想起牤柱那天交代说，自己和额日斯就是因为这个女人争风吃醋。

"你们抓了羊之后呢，额日斯去哪儿了？"我问。

"当时正下大雪，我也不能把他一个人丢在大道上啊，天也快黑了，我问他去哪儿，要不要去浴池住一宿。额日斯说啥也不去，他怕我们再找他什么麻烦，让我们把他送到拉羊车那里，他要开车回牧区。看他喝了那么多酒，我可是真心留他。后来我们是眼睁睁看他上的车，他打了好几次火才把车打着，冒着雪往郊区的方向走了。那会儿路灯还没亮，冒烟咕咚的雪很快就把他的车淹没了……"

我和小张面面相觑。

"说说你浴池的事吧。"我用手指敲了敲桌子，"是你关门整改，还是明天我们派人给你贴封条？"

"我们自己整改，自己整改，不劳烦您了……"

四

那几天，额日斯的案子一直没有头绪。小张办事倒利落，很快就在我们派出所对面给黄毛找了一家美发店当学徒，那也是我们常去剪头的地方，小张和几个理发师都熟络。这个安排挺妥帖，美发店就在眼皮底下，也好关照这个少年。

我给乌诺尔嘎查的嘎查达打电话，邀他第二天见上一面，有些棘手的案子还需要发动群众。

第二天一早，我和小张开车到市场买了一袋子土豆、半袋子洋葱和十几棵卷心菜，放在后备厢里，准备给芒来带去。牧区吃蔬菜困难着呢。

天气苦寒，冷雾压在半空，有股煤烟味，草地白茫茫一片，路过的羊群反倒显得乌突突的。进到芒来家营地，小乌日娜正在牛粪垛旁往篮子里装牛粪。她还没粪篮子高，那两座牛粪垛与她相比好似两座雪山。见到我俩，她还是那副窥探的样子。小张上前帮她提了粪篮，她小手冻得像被开水烫了一样红。我蹲下身来，想给她暖暖手，她先是拒绝了，把手藏到身后，又试探着伸过来。我把她的小手握在手心里，像握到了小冰块。我想起女儿宝丽玛也是这么大时与她妈妈一起离开我的，心底油然生出一种父亲的怜爱，我把她抱起来，她像只兔子一样轻……

毡房里温度也低。肥头大耳的嘎查达背着手,说:"一个大活人,说不见就不见了,莫非被狼叼了?"

"你们这里不会有狼群吧?"小张问。

"早就没有了。"嘎查达斩钉截铁地说,"我和村民都说过了,让他们都留意着,这几天再发动一下大家,多到周围找找。"

"有没有和额日斯结怨的?"我问。

"这个倒没听说。"嘎查达说。

芒来从后备厢卸了蔬菜,精神状态看起来好了许多。他把妹妹的被褥拆洗了,晾在拴马桩的横绳上,毡房也弄得比上次整洁。刚刚嘎查达给了芒来两百元帮扶款,那是集体出的钱。嘎查达腆着一口锅似的肚皮说:"好好干,小伙子,旗里正脱贫攻坚呢,来年春天先把你家两间砖房封了顶,再装修装修。房子撂荒这些年,都怪你阿爸不务正业。"

"现在有多少牲畜呢?"我问芒来。

"六十多只羊,还有一匹马。"芒来答。

"不瞎折腾好好经营,三两年就能发展起来。"嘎查达说,"村委会再帮跑跑贷款,买上几头西门塔尔牛,小日子会越过越好的。到时芒来再娶个媳妇,家里多个帮手,好日子都在后面呢。"

芒来的脸因为害羞而越发红了。

先前没一点声息的乌日娜这会儿冒出一句:"要是阿爸回来了怎么办?"

这话把我们问住了。是啊,若"胡汉三"又回来了,这个家又没希望了。

"可我想,额日斯他回不来了……"小姑娘自问自答着。她把目光从我们的脸上移开,定定地望着篮子里的牛粪出神。

嘎查达说苏木有个会要开,起身告辞。我送他往外走,顺便与他私下聊聊小乌日娜的事。

"芒来还没成年,又要忙里忙外,怕照顾不好妹妹啊。"我说。

嘎查达勉强挤进车里,一边启动发动机,一边说:"有什么好办法没,要不送她去儿童福利院?"

"对了,乌日娜有没有什么旁系亲属?比如叔叔或者姑姑,能帮着带带这孩子?"

"她倒是有一个舅舅叫哈斯,在镇上教书,过去因为额日斯对他姐姐不好,哈斯没少和那个酒鬼吵架。姐姐没了以后,哈斯更与这个家断绝了来往。现在这种情形,不知人家肯不肯带啊!"

我思量了一下,说:"不行我带着芒来和乌日娜去一趟镇上。"

"也好,有道是娘亲舅大。"嘎查达挥了挥大手与我们告别。

芒来留我和小张吃午饭,才知临近中午了。我倒真想和这两个孩子多待一会儿,小张也来了兴致,说:"也好,正想让你们尝尝我的手艺。"

小张和芒来烧火做菜,我闲来无事,踱步到外面想再寻些蛛丝马迹。击中帽子的那枚弹壳还没找到,在一尺厚的雪原里要想找见小拇指大的东西,确实如大海捞针。

乌日娜骑着枣红马去看羊群了,刀子似的冷风吹裂了她黑红的小脸,裹挟着她小小的背影,她在马背上一耸一耸的,转眼就不见了踪影。

雪地真干净,像一张偌大的白纸。我拿起锹堆起雪人,厚厚的雪已经冻实,铲起来像一块块雪砖。我想起上一次堆雪人还是女儿宝丽玛童年的时候,那会儿安娜和我还没离婚。宝丽玛满身霜雪,说:"外面太冷了,咱们让雪人进屋暖和暖和吧。"我和安娜都被逗笑了。"孩子,雪人是没有脚的,没有脚就不能走路,所以也进不了屋子里呀。"我蹲下身和她说。"我们给它做两只脚不就行了?"她说。"可是它太胖了,比北极熊还胖呢,连咱家的门都塞不进。""那怎么才能让它瘦下来呢?""嗯,明年春天它就瘦了,到时咱再请它到家里去……"

那时的家真幸福,我想着这些。可后来是怎么破裂的呢?那时我还年轻,正做刑警,除了工作忙就是"狐朋狗友"多,整天不着家,晚上回来时往往都是后半夜,有时办案子一走好多天。安娜说她怕黑,和宝丽玛整晚开着灯,其实那灯也是给我留的,每晚就这么亮着,一直亮了好多年。可有一天夜里我早早回家时,这盏灯却关上了。安娜说,灯是宝丽玛关的。宝丽玛跟妈妈说:"你天天给爸爸留灯,爸爸也不早回来,以后就关掉吧。"就在那天晚上,安娜正式和我提出了离婚。她说自己已经习惯了黑,不需要再开灯了……

小乌日娜骑马回来的时候,一个雪人已经堆好了,我用蔬菜给它做了眼睛、鼻子和嘴巴。小女孩惊奇地看着它,在这之前她可能从没有见过用雪做的人,她摸摸这儿碰碰那儿,看它两手空空,便把自己提的马鞭子插在它手里。"真好玩。"她说着,眼神里流露出一个孩子该有的童真。

零星的雪花就是那会儿飘下来的,轻如鸿毛落在人脸上、身上,毛茸茸的,能看清每一根纤毫。

"打过雪仗吗?"我问乌日娜。

"雪——仗? 没……"

"很好玩的,下雪天,我和女儿宝丽玛就经常玩,想不想做这个游戏?"

乌日娜点点头。

"好,等着瞧。"我喊小张出来,他刚一露头,我便抛过去一个雪球,不偏不倚,正中他的额头,乌日娜禁不住咯咯地笑,一场雪仗就这样开始了……小张和芒来以蒙古包为掩体,我和小乌日娜躲在勒勒车后,雪球像炮弹那样飞来飞去,一旦击中目标就会引来一片欢呼。不多时,每个人身上都被抛满了雪屑。我这个胡子一大把的汉子也忘记了年龄,仿佛回到少年。小乌日娜为我递送"炮弹",我负责冲锋,一会儿又被他俩的火力压回来。那会儿,雪也跟着凑热闹似的越下越大,扑簌簌地漫天飞舞,把整个乌诺尔嘎查都掩盖了,雪片落在芒来和小乌日娜的欢笑声里,又被两个孩子的笑靥融化掉……

小张做了四个菜,洋葱炒土豆片、油炸土豆丝丸子、爆炒卷心菜和土豆炖卷心菜羊肉汤。我知道这是小张绞尽脑汁凑合出来的,芒来和小乌日娜却吃得很香,肚子都撑得鼓鼓的。

听我说要拉他俩去见舅舅,芒来显得很高兴,赶忙换了件干净的蒙古袍。小乌日娜好像对舅舅没有什么记忆,不过她是第一个爬到车上去的,问:"会看到学校吗,朝克图叔叔(她不再叫我警察叔叔了)?""会的,"我说,"舅舅就在学校里教学。"小乌日娜满脸憧憬。

许是打雪仗累了,车开出十几分钟,乌日娜就在车上睡着了。芒来把妹妹的头放在他的腿上，让她的身子蜷在后车座上，我脱了大衣递给芒来，示意他给妹妹盖好。

"朝叔叔，你真是个好人。"芒来说，"我们要是有你这样的阿爸就好了。"

我望着寒风凛冽的窗外，一阵酸楚涌上心头。

"我也不是个好父亲。"我像说给芒来听，也像说给自己听。

"我永远不会忘记额日斯拿套马杆追撵我时的情景。"芒来叹息着说，"有一天，他又用鞭子打了额吉，我浑身颤抖，每一鞭子都像抽在我身上，甚至比打到我还要疼。我疯了似的冲进蒙古包里抓起哈纳墙上的猎枪，那是额日斯打猎用的，跨出门槛的一瞬，额日斯正要骑马远去，我举起枪朝他胡乱地扣动了扳机，砰的一声枪响，他的帽子像只野鸭那样飞了出去，子弹再低一点就要了他的命……"

"帽子上的弹孔是你打的？"我和小张惊讶道。

"是的，我想那时我打死他也不会后悔。"

我盯着芒来，车里沉寂了片刻。

"丢了帽子的额日斯在马背上待了好半天才缓过神，他疯了似的打马向我追过来。我丢下枪撒腿就跑，额日斯随手抄起蒙古包旁的套马杆追赶我，套马一样套我。我拐过草垛，一会儿顺着沟壑跑，一会儿又钻进红柳林，额日斯勒紧马嚼子紧追不放。有几次枣红马险些被他勒倒，接连打着突噜噜的响鼻。终于，我被他一个甩杆套到了肩头，随后一个跟头跌倒在地。额日斯就这么用套马杆拖曳着我往家的方向走去，我嗅着马蹄蹚起的尘土，头和后背摩擦着地面，口鼻满是血腥味。走了一段路，额日斯停了下来。他下了马，提起我的脖领子举起拳头要打我:'你竟敢朝你老子开枪!'可他的拳头最终没落下来,最后恨恨地把我丢在了那里……那年我刚好十三岁,个头快和他一般高了。"

"他为啥打你额吉?"

"还不是因为赌博输了,又要抓羊去还债,额吉阻拦他……额吉生前最信奉绿度母多罗观音,念了一辈子心咒经,她说观音能救八方苦难,每次去阿尔山庙都要手捧哈达,专门去烧香。可额吉还是受了那么多苦:放羊、接羔、拾粪、生火、照看三个孩子,里里外外的活计都是她一个人做。阿爸额日斯酗酒赌博,又懒惰成性,把所有的家底都输光了。说实话,我特别恨额日斯,他不是个好男人……自从我用枪打了他,他才意识到我长大了,第二天就把猎枪藏了起来。可安稳日子没过多久,也许观音觉得额吉受尽了苦,要让她解脱,便接她去往生了。我把额吉埋葬在高高的山坡上,把铜铸的观音和那串磨白了的佛珠放在她身边。等我把泥土抚平、草皮回填,我的额吉就像没来过这个尘世一样……"

芒来流下了眼泪,无声地抽泣着,小张回身递给他面巾纸。

"额吉死后,额日斯倒是消停了,就像折腾累了的蛇终于蜕了皮一样,从那以后真像换了个人似的,不吵也不闹了,也不出去赌了,一天沉默寡言,只剩下喝酒,喝得比以前更甚。额吉没了,家里的活计也只能他干了,他每天起早贪黑,像赎罪似的拼命干活。可他常年泡在酒里,身体浸坏了,经常一病不起,后来我不得不辍学回家帮他。说起来,那几年他也挺可怜,哑巴了似的一天不说一句话,喝多了酒就盯着相框里的照片瞅。有一次我好奇,想知道他究竟瞅谁呢,顺着他的目光探去，原来他在看我的额吉——那是额吉年轻时的照片……"

五

芒来的舅舅是那种不苟言笑的男人，一身中山装，带着职业的严谨，见到芒来和小乌日娜没有想象中的冷淡或者热情。我和小张详细介绍了情况，哈斯舅舅这才拉起两个孩子的手，向我俩一再道谢。

"先让乌日娜在我这里住些天，舅妈正好是医院的护士，可以带她看看病。"哈斯舅舅说，"其他事情还得等额日斯有了消息再说，我不想和他说话。"

我明白哈斯舅舅的意思，又征求了小乌日娜的意见。乌日娜对舅舅还很陌生，大概也没有心理准备，想了好半天，最后还是摇了摇头。

临别，哈斯舅舅让我们等一下，自己匆匆去了超市，回来时提了两大包尿不湿，递给芒来，嘱咐他好生照顾妹妹。

等我再次去乌诺尔嘎查，是临近春节的时候。我和小张买了一堆吃的喝的，又特意给乌日娜选了件新毛衣，顺便接上黄毛，送他回家过年。

那次，我又遇到了哈斯舅舅，他带来了自己的妻儿。那个男孩与乌日娜年龄相仿，乌日娜叫他哥哥，两人玩得不亦乐乎。我们喝茶的工夫，乌日娜和哥哥又跑去骑马，哈斯舅舅怕有危险，急忙追出去。

后来三个人一同跨上了马背,哈斯舅舅怀抱着两个孩子,放马向远处奔去,直到消失在白雪映衬的红彤彤的夕光里。看到这一幕,我不由得眼角湿润。

转眼春暖河开,冰融雪化……

那天我和小张正开车去办别的案子,突然接到芒来的电话,他的声音变了腔:"额日斯找到了,你们快、快来吧……"

"在哪儿找到的,是死是活?"

"在家里,你们来了就知道了……"

警车开得比风还快。到了芒来家的冬营地,远远地,就看到芒来在牛粪垛旁边呆立着,小乌日娜捂着眼睛蹲在旁边。我和小张迅疾地下了车。雪化后的牛粪垛湿乎乎的,粪垛被扒开了一角,额日斯满脸漆黑地端坐在里面——他的眼窝已经溃烂深陷,嘴唇也缺失了似的,暴露着骷髅似的牙齿;整个脑袋干瘪着,像一坨枯掉的牛粪,一张羊羔皮四角整齐地覆盖在身上,几只早春的苍蝇像无人机似的嗡嗡地围着他的尸体飞来飞去……

"怎么发现他的?"我问。

"粪垛化了,早上我晾晒牛粪,刚扒开粪垛就……"

局里很快派来法医,邻居也来围观,巴依尔老爷子不停地叹息。几个人一起把额日斯抬出来,他僵硬如铁爪的手里还紧握着一个黑色塑料袋,晃晃悠悠地好不碍事,又一时掰不开手指。法医不得不用剪刀剪开了袋子,里边却是一个崭新的书包,包盖上印着一匹枣红小马的图案。

尸检结果出来了,他是被冻死在牛粪垛里面的——也许是为了御寒,他不知怎么钻进了牛粪堆里,自己用牛粪挡住了风雪,却又被风雪覆盖……

小张觉得奇怪,问:"牛粪垛离蒙古包这么近,直线距离不超过五百米,额日斯怎么没去蒙古包反而钻进粪垛里?"

"听说过'鬼雪打墙'吗?"我说,"下雪天,醉酒的人围着家转悠一晚上,都找不到家的门,那是'鬼雪'在人的面前筑了墙……"

"那种情况我知道,往往因为没有灯光才会发生。"小张说,"芒来家可是一晚上都亮着灯呢。"

我点了根烟抽,说:"还记得邻居巴依尔老人说的话吗?半夜的时候,灯都熄灭了……"

"我试过灯开关,也检查了户外灯,没有坏掉啊!"小张说。

"人可以把灯打开,也可以将灯关上。"

"谁会关掉灯呢?芒来、黄毛、还是小乌日娜?"

正说着话,巴依尔老人从后面走过来叫住我俩,瞪着一对褐色玻璃珠似的眼睛,压低声音神秘兮兮地说:"咳儿咳儿,你俩注意到额日斯身上那张羊羔皮没有?"

我和小张问他:"怎么了?有什么问题吗?"

他转了转脖颈,说:"我和你们说过的,在草原上,没什么能逃得过我的眼睛。"

小张问:"您的意思是,额日斯冻死后,有人在牛粪垛里发现过他,却没有及时上报?"

老人点点头,说:"冻死的人在临死前是不会觉得冷的,只会感到浑身燥热,甚至要脱光衣服才舒坦,怎么会自己盖上什么羊羔皮呢……"

听了这话,我俩一时愕然在那里了。

六

送葬那天,我和小张来帮芒来操持。把额日斯抬上勒勒车的那一刻,一辆轿车从远处开来,哈斯舅舅一身素装下了车,默默地走到我身边。

芒来和黄毛牵着马车在前面走,小乌日娜跟在人群后——她不言不语,也没有哭泣,仿佛做错了事情的孩子,头低到胸前,眼睛只盯着她手里的一朵白色耗子花,那是草原春天最早开的野花。

葬礼后,乌日娜跟着舅舅一家走了,斜背着她的新书包。书包上,那匹枣红马驹如同小主人一样正颠颠地奔跑。临上车前,她一直回头看我和小张,不断地朝我俩招手。

我和小张如释重负。返程是我开的车,我故意减慢速度,想和小张多聊一会儿。

白雪刚刚融尽的草原还金黄一片,不过空气里已充满了春天潮湿的气息,云雀也开始漫天喁啾。

"朝哥,你觉得那个人会是谁?"小张没头没尾地问我。

"哪个人?"

"巴依尔老人说的那个人,他该是早在牛粪垛里发现了死去的额日斯,却隐瞒了。"

"这个……"

"所长说明天就要把案情报上去呢。"

"嗯，案子已经水落石出了，法医的鉴定是权威的，但愿这个细节不影响案子。"

小张感慨地说："朝哥，你文笔好，写篇小说吧，题目就叫《牧羊人失踪案》。"

我摇摇头，说："宝丽玛快要中考了，我这个当爹的还要抽时间多陪陪她。"

"怎么，和嫂子复合了？"小张来了兴致。

"夫妻之间的事，哪有那么简单……"我苦笑道。

杀死一只羊

二〇一八年六月，巴特有发小自北京来。他电话里说诸事不顺，特意到草原散散心。巴特叫上同学扎勒森作陪，扎勒森在旗畜牧局工作，经常下乡，扶贫蹲点，正好当草原向导。两人先接机。客人老何最后一波出来，后面跟个女孩，年龄不大，身材高挑，凹凸有致，戴了一顶撒哈拉沙漠里才有的偌大遮阳帽和一副女明星专属的夸张墨镜。老何事先没说带人来，巴特不知如何称呼，老何指了指，这是我干女儿，叫萱萱。巴特会意，一边帮提拉杆箱，一边和老何寒暄，老何含糊其词地作答，看得出来心有烦忧。

上了车女孩的脸仍遮蔽着，与她的墨镜一样，拒人于千里之外。她和老何坐在后座，一边用耳机听音乐，一边透过车窗观风景。巴特向扎勒森介绍老何，原来老何父辈也是这儿的人，后来去北京当干部，全家就搬走了，老何现在北京某金融部门任职。扎勒森回头用蒙语向老何问好，老何听得一知半解，摆手说，我蒙语不行，就会说扒拉一地(吃饭)。大家就笑。

说话间,车已开出市区,老何把车窗摇下,使劲呼吸窗外的空气,好像近视眼镜也碍事似的,索性把瓶底似的眼镜摘下来,感叹:"城市快憋闷死我了,还是呼伦贝尔爽啊!整个一天然大氧吧!"草原绵延不绝,随着车速闪过满窗青绿。昨晚下了场透雨,风带着初春的微凉扑面而来,携着青草的香气、牛羊粪的味道,加之满天云雀的鸣叫,此起彼伏的,真有种神清气爽的感觉。

　　扎勒森比巴特年长一两岁,五十岁冒头,身宽体胖,嗓门和他的车喇叭一样响亮:"老兄,知道布里亚特蒙古族吧,咱要去的锡尼河就是他们的聚居区,一百多年前他们才从贝加尔湖迁徙过来……"

　　扎勒森尽着向导义务,老何显然对这些不感兴趣。行不多时,草原上突现一座庙宇,老何问:"那是什么庙?""那座庙呀,"扎勒森回答,"全称丹巴达杰陵寺又叫锡尼河庙,是布里亚特蒙古族人一百年前修建的。"老何这会儿来了兴致:"一百多年的庙? 那应该灵验啊,我这人就信佛,咱们可否进去拜一拜?""成啊,"巴特说,"主随客便,兄弟俩就是为陪你来的。"

　　车停在寺庙门口,老何喊萱萱下来,萱萱执拗着,说:"你去就是了。"

　　"去吧去吧,咱到里边烧几炷高香去。"老何一边伸手拉萱萱,将她拽下车来,一边问扎勒森,"这里边有高僧大德没? 我想求运势。""有倒是有,我先问问啊。"

　　庙里正做功课,香火缭绕,诵经声朗朗,许多牧民虔诚跪坐,扎勒森赶忙找个位置,老何随之。萱萱执意不肯进大殿,巴特只好在外作陪。阳光普照,风铃叮咚,经幡和风马旗在头顶的风中飘荡,竟摇曳出一番别样的宁静。巴特没话找话，问萱萱："你信佛吗？"萱萱冷着脸，点头又摇头："信，也不信。""那和我一样，存在即合理，人不在了，一切都是虚空。"

"是啊，一个人掉进污水里，自己不爬上岸，没人能救得了你。"

"萱萱你学什么的？"

"我？艺术学院表演系，早毕业了。"女孩一边轻描淡写，一边拿手机自拍，"这儿和西藏景色很像，但没高原反应。"

"你去过西藏？"

"前几年和干爹陪几个老人去过……"

扎勒森和老何终于出来，老何边走边说："那位师父说的话我怎么听着一知半解的，说我这个属羊的是什么秋山羊，秋山羊是什么意思？"

扎勒森挠挠头，说："我倒是懂个大概，秋山羊指的是还没真正修行的人，身在'贪、嗔、痴'，心在'色、声、香、味、触'五欲之中。唉，师父也就那么一说，不信则无……"

老何吧嗒吧嗒嘴，又翻了翻下垂的眼皮："别说，高僧大德就是高僧大德。"

重新启车上路，此行第一站先要探访锡尼河南岸的一户布里亚特蒙古族牧民，牧主人布日古德当年是扎勒森的结对子扶贫对象。一条九曲回肠的河流呈现在平坦的草原上，像条不见首尾的大蛇那样蜿蜒爬行，将辽阔的草原一分为二，河水清幽，河面不时飞起各种水鸟。而这方草原的四面，丘峦起伏无定，层层叠叠，像马群躬身在远方食草。再走,就看见右岸矗立着一座红砖蓝瓦房,旁边扎着半新蒙古包,房屋后面是一根旗杆似的风力发电机。拉水车、机动四轮、捆草机、摩托车一应俱全。扎勒森说:"到了到了,这个就是我朋友布日古德家。"

院里没人,扎勒森招呼着客人往蒙古包走,忽见四轮车下卧着一条牧羊犬,正从喉咙里发出老虎般的低吼。老何一时惊慌失措,一个闪身竟躲到了萱萱身后。扎勒森说:"没事,这狗按人的年龄得有一百岁了,耳聋眼花,老得牙齿都没有了,咬不了人的。"

牧羊犬认出扎勒森来,呜噜了几声又躺在那里。一个敦敦实实的红脸膛黄眼睛的汉子迎出来。扎勒森一一介绍,布日古德说汉语有些笨拙,一个劲搓着粗大的手掌。

砖瓦房是牧主人的主卧,蒙古包用来招待客人,里面干净整洁,陈设简单,左右各放一张单人床,正北的哈纳墙上挂着家庭照。扎勒森指认着哪个是布日古德的大女儿,哪个是小女儿,正中有个坐轮椅的女人。扎勒森说:"这就是布日古德家的嫂夫人琪琪格。"回头拍了拍男主人的肩膀,说:"这个黄眼珠的蒙古族男人可不容易,琪琪格很早就得风湿病瘫痪在床,是他一把屎一把尿地把两个孩子拉扯大,还要照顾生病的老婆和他的牛羊群。前几年牧区遭了白灾,他家的羊死得所剩无几,成了贫困户,孩子上不起学了,是扶贫工作队帮扶了他……现在两个女儿都读完了大学,回家乡创业,布日古德一家可是富裕户了。他富了也没忘本,现在正要带领更多牧民致富呢。"

老何盘腿坐下来,一副侧耳恭听的样子。

主人给所有客人一一倒茶，扎勒森端起碗咕嘟一口喝到见底，接着讲："这不，大女儿学的是民族服装设计，二女儿学的是市场营销，两人在创业园开了一家布里亚特制衣公司，专门制作民族服装，出口到蒙古国和俄罗斯去，整日里忙得不可开交。半年前布日古德做通了女儿的工作，说过去咱们贫困时是政府和乡亲帮助了咱们，现在咱们应该回头帮助帮助那些还没脱贫的牧民，让他们都加入进来，扩大生产规模。布日古德这边说通了女儿，那边还要动员老乡，设计裁剪培训班都开了好多期了，只是现在启动资金有缺口，一部分生产设备还没进来。"

老何感慨起来："敢情你们都是做正经事业的人啊，真伟大！"

扎勒森笑道："都是平凡人，哪有什么伟大！"回头和布日古德说："还不快去抓羊，今天的手把羊肉我请客。"

说时迟那时快，布日古德已跨上摩托车一溜烟抓羊去了。

"家里的女主人呢，怎么没见？"老何问。

"琪琪格嘛，小女儿陪护她在城里住院呢，都是些老毛病。别看琪琪格瘫痪，但心灵手巧着呢，揽了女儿公司制作太阳花的活计，每天不下十几个手工成品呢。太阳花嘛，是鄂温克族人的平安符，象征族人心中的希温·乌娜吉太阳女神。过去，出去狩猎的鄂温克男人都会随身佩戴，求个平安。和其他牧民的待遇一样，女儿按件给工资。有时女儿多给些钱琪琪格都不接受，说女儿瞧不起她这个病人，这样的话她宁可不做了。"

"服气，劳动人民就是光荣！"老何竖起大拇指。

布日古德不多时驮羊回来，到了蒙古包前，抓住羊后背轻轻顺在地上。羊个头很大,看起来得有七八十斤,四蹄被绳子捆着,平倒在地上,也不叫嚷,努力想站起却不能。这时,布日古德与扎勒森低语几句,扎勒森说:"那赶巧了,我和你一起去。"上了车才想起摇下车窗解释:"医院来电话,说琪琪格今天可以出院了,我和老布去接一下,等我俩回来再宰羊。"

老何望着车后的烟尘,啧啧地说:"瞧瞧人家牧民的生活,嘿,羡慕! 我老何,何以解忧,唯有杜康……"巴特接话:"哪里只有杜康,还有草原,还有陪你同行的干女儿,还有咱这些哥们、弟兄呢,不是吗?""巴特你说得对,老何何以解忧,唯有草原,和草原上的朋友……"

"老何,你不是说陪我散散心的吗?怎么是自己解忧来了?"萱萱的大墨镜里映着老何的愁苦相。

"宝贝,我只是随口一说嘛,当然一切都是为了萱萱。"

"你说我也得信……"

老何不再言语,仿佛放下了所有疲惫,仰躺在床上望定套脑外的一抹幽蓝的天空。须臾,他哑着嗓子说:"萱萱,你能不能陪干爹在草原上一起生活?"静候了一阵没回音,他抬头一看,萱萱早不在包里,到外面吸烟去了。

太阳过晌了,老何和萱萱东一个西一个正睡呢,女孩睡觉时都不摘太阳镜。巴特睡不着,皱着眉头用手机反复算着一笔生意。倒奶茶的声音把老何吵醒了,老何左顾右盼了一阵,一副不知身在何处的样子。

"不好意思啊,这两个家伙到现在还没回来,肚子饿了吧?""没事没事,正好睡一觉,"老何挣扎着起来,缓着神,"草原空气里有安眠药吗?到这儿就犯困,要是天天能睡这么踏实就好了。""咋了何总?现在得'富贵病'失眠了?""敢情,对我来讲,人生最大的幸福莫过于睡觉,一觉到天亮是最贵的奢侈品。"老何说。

萱萱仍在睡,两人到包外面透气。巴特递烟给老何,顺嘴问:"和嫂子离了?"老何摇头:"夫妻本是同林鸟,我这边还没怎么着呢,她就挓挲翅膀飞了。""出了什么事?""做我们这行当的,常在河边走哪有不湿鞋的,可说真的,我老何顶天是个替罪羊,是给别人挡刀子的。巴特你还不知道我吗?胆子比老鼠还小呢。""你们那儿的水太深,你还是小心为上。""敢情,一大潭稀泥,深见不底,神仙也做不到出淤泥而不染啊!我老何算什么呀,泥鳅都不是,×,那些大鱼都是喂不饱的鲸,他们干的那些事才叫触目惊心呢,我只不过从他们牙缝里捡点残渣而已。现在可好,出了事都他娘的想溜,想把锅甩给我这条小泥鳅……"巴特听得云里雾里:"我可提醒你,不该背的锅咱可不能背。"老何长叹一口气拍拍巴特的肩膀:"唉,一言难尽,你不知道他们有多恶毒,他们拿我在澳大利亚的儿子要挟我,和我说事……"说着话,老何扭过脸去,竟自潸然泪下。巴特一时不知如何安慰他。

老何摘了眼镜,咧着嘴抹了一把眼泪:"今天咱不说这些,来大草原就是为了解忧。"

那只待宰的羯羊半卧在蒙古包的阴凉里,抬起脖颈吃到身边的青草。巴特走过去摸摸羊头，一边让老何猜猜羊的年龄，一边掰开羊嘴巴做鉴定，说："牲畜的年龄一般看牙口，羊用下门齿铲草吃，牙齿是随着年龄增加的，一年长两颗。瞧瞧，这只羊有八颗大牙，说明它已经四岁了。""真长知识。"羯羊挣脱巴特的手臂，委屈地咩叫了一嗓。老何拔了一把细嫩的草递到羯羊的嘴边，羯羊警惕地望一望，随即伸过鼻子来嗅一嗅，鼻息和唇吻触老何的手上，痒痒的。"可怜见的，死到临头了还不舍一口吃的，人八成也这样。"老何和羊说着，"伙计，一会儿我们可就吃你的肉了，临行时喂你几根草，算为你送行了。"羯羊仿佛听懂了似的，眼角下边竟湿润了。那是一对鼓冒冒的褐黄色的眼睛，像草尖上两颗被放大的露珠。

"唉，巴特，羊怎么也会哭啊，跟人似的？"老何问。巴特凑过来，在这之前，他也从没这么近距离地看过一只羊。"六道轮回里可说羊是人托生的。"巴特说。老何禁不住打了一个冷战，一拍大腿："得，我看它的处境咋那么像我啊……"

"快别胡思乱想了，人是人羊是羊，羊生下来就是为了被人吃的。"巴特说着，"你看见它的这对眼睛了没，这羊身上最好吃的部位就是羊眼睛，有道是熊掌犴鼻羊眼睛。"

"有这么一说？犴鼻子我过去倒是经常吃，这羊眼睛还真没有吃过。"

巴特往远处望望，还不见扎勒森他们的踪影，说："不行就我来宰羊。"

老何瞅他："成吗？"

"好歹我也是草地郊区长大的人，宰只羊算啥！"

说实话，巴特在城里做生意多年，手把肉没少吃，还真没自己动过手。不过话说到这份儿上，硬着头皮也得来了。两人进屋里找刀子和盆，等他俩钻出来，蹊跷的事发生了——刚刚还在地上躺得好好的羯羊不见了，看仔细了，才发现地上有一段绳子，原来羯羊挣脱了脚绊逃掉了。

　　巴特跑到近处一个高坡上往下望，远远地看见羯羊正一瘸一拐地逃跑呢，忙唤了老何在羊屁股后头追赶。羯羊毕竟是草原野生羊，虽然瘸了一条腿，动作却仍旧灵敏，他俩跑了好一段路才撵上。正在这时，那条老掉牙的牧羊犬摇摇晃晃地冲这边走过来，瓮声瓮气地吠叫，像个爱管闲事的倔老爷子，近前便向巴特和老何扑咬，一副誓死也要看家护院恪尽职守的样子。两人顾不得捉羊，到处躲闪，牧羊犬确实老了，有扑过去的力气却站立不稳了。趁这空当，羯羊又夺路而逃了。老何不知从哪儿捡到一根木棍，手中有家什胆子也壮了："巴特，别怕，没听说这狗牙都没了吗？吃东西都费劲，哪儿还能咬什么人啊！我来对付它，你赶紧抓羊去。"说着就横了棍子拦住了牧羊犬的去路。巴特接着追羊，玩了好一阵老鹰捉小鸡，直弄得满头大汗，尘土飞扬，最后巴特一个饿虎扑食，把羯羊扑倒在地……这会儿，老何终于用棍子赶走了牧羊犬，鞋也跑丢了，找了半天才从枯草丛里找到。哥俩喘息了半天，重又将羯羊四脚朝天抬回来。

　　扎勒森和布日古德开车回来时，巴特已经宰完羊站在那儿了，衣襟、手和胳膊都是血，一副刚刚杀过人放过火的样子。他可是照葫芦画瓢好一番折腾，单单是割开胸口就锯了很多刀。扎勒森看了看宰羊的现场,一片杂乱和血污,再低头瞧那只羊,就急了,说:"你俩这是怎么宰的羊啊?羊根本没死!"

巴特一惊:"不能啊,它明明死了……"

话音未落,本来无声无息的羯羊却突然挣扎而起,圆规似的原地打起了转,从鼻口中爬出蚯蚓状的血流……这情形着实把巴特和老何吓了一跳。

扎勒森夺过巴特手中的刀,一把按倒羯羊,单膝压住它,在羊的胸口处重开了口子,探手进去轻轻用力。过一会儿,羊后腿一蹬,头冲北方一动不动了,两只眼睛朝上翻瞪着,眸子里那一层水汪汪的光泽渐渐散去,像潮水退后裸露出的礁石滩。扎勒森丢下刀子,脸色苍白,和巴特说:"今天我是犯了忌……"

"怎么说?"巴特问。

"宰羊补刀可不是我们族人干的事。"

说话间,布日古德抱着老伴儿从车上下来,放在备好的轮椅上。女人轻得像一片秋叶,苍白的脸色却泛着一抹枫叶红,她一边将右手放在胸口向客人致礼,一边用细小的声音问好,露出羞涩的笑容和一口洁白的牙齿。布日古德推着她,把她像只小猫那样放在阴凉处,又进屋端了热奶茶,自己吹了又吹,在唇边抿了一口才递给女人。

这会儿,扎勒森还在和巴特赌气。他蹲到一边,双手颤抖着从兜里掏出烟卷,许是风大,好半天才把烟点着。

"都什么时代了,哪来的那些禁忌,没事,就当那刀是我补的。"巴特说。

"要我说，不会宰羊就别动刀子，这羊死在你手里，可遭了罪。"

"那又怎么样，不过是一只羊而已，怎么宰都是死……"

"可我们不能坏了族人的规矩。"

羊皮是牧主人剥的，三下五除二，一张完好的羊皮变成了羊毛地毯，平铺在草地上。一锅新打来的河水，满膛牛粪火，手把肉翻腾着，主人将刚灌的血肠和涮干净的毛肚放进锅里。什么调料都没加，羊肉的鲜香味就飘出来。大约一个小时，整盘羊肉端到桌上，几个人落座。扎勒森默不作声地用刀子割了三块羊胸脯抛到门外，念念有词做了祭祀。主人开始给客人割肉分食。

巴特从羊头上剜下羯羊的两只眼睛，一只递予老何，一只递予萱萱："喏，我特意让牧主人给煮的，你俩尝尝，在我们这儿，这叫高看一眼！"

望着那只蓝乎乎的烂眼睛，萱萱像被针刺到一样尖叫起来，与此同时是她的一跃而起。

这举动着实吓了众人一跳，老何有些愠色："怎么了萱萱？一只羊眼睛，又不是……"话没说完，他打住了，犹豫了片刻，把两只羊眼睛全塞进自己的嘴里，几口就吞掉，又回头去安慰萱萱，并和大家解释："没关系没关系，萱萱只是条件反射……"

萱萱嘤嘤地哭泣，好半天才被老何劝回餐桌来。他反过身小声问巴特："哎，羊眼睛里边怎么有东西硌牙啊？"

巴特一拍大腿："得，白眼仁忘记择出来了，那个东西不能吃的……"

酒过三巡。巴特举杯凑到扎勒森身边,说:"刚才惹老同学不高兴了。"

扎勒森也不搭话,和老何说:"知道咱呼伦贝尔为啥从胸口处宰羊,而不是像别的地方杀猪那样抹脖子?"

老何眨巴着眼睛。

"那是为了让牲畜不流血而死。它死前的血都流在腹腔里,不淌到外面,这样它下辈子还可以托生。羊也是一条生命,人吃它的肉填饱肚子,但也要尊重它。宰羊要干净利落,尽量减少它的痛苦,牧民宰羊前,一定要摸一摸羊的头脸,摩挲摩挲羊眼睛,那是在安抚羊的情绪,让羊放松,让它以为主人在给它挠痒痒呢。下刀时要稳准快,不出几秒钟,羊便死了,它的眼睛还来不及眨一眨呢,草原还留在眸子里,它就睡去了。再有,死去的羊,头一定要冲着北方,北方是北斗七星的方向,也是众生灵魂归去的地方;人和牲畜一样,无论走到哪里,死后魂灵都要到北斗七星上去,然后再托生。所以,人和牲畜死去后,头都要冲着北斗,这样灵魂就不会迷失了,就会往生。巴特,知道你杀的羊为啥转磨磨吗?因为它头冲的方向错了,而且它停在死亡的边界,要死没死,所以找不到归宿了……"

巴特不太爱听这些老套的话,故意打岔:"哎,和你们讲讲老何我俩刚才抓羊的事。"他就把方才和老何两人宰羊闹的笑话讲了,包括进屋拿刀出来羊就不见了、抓羊时老牧羊犬也跟着凑热闹等一股脑说了,最后还说:"要不是老何打了牧羊犬几棍子,它还不依不饶呢……"

"打了几棍子?"布日古德愣了一下神,立马放下碗筷出去了。老何和巴特都没在意,扎勒森的表情凝固在那里,问:"那只羊是怎么挣脱绳子的?"巴特说:"我俩哪知道,还奇怪呢,绑得好好的羊怎么说没就没了,捡起地上的绳子看,就像有人给解开了似的。"扎勒森听到这儿也呼地站起身,转身到外面去了。巴特和老何两人面面相觑,巴特摊摊手:"我又说错什么了吗?"老何摇摇头:"还是出去看一看吧。"巴特把杯里的酒猛地干了,和老何钻出门来,远远地看见牧主人从四轮车下拽出了老牧羊犬,耸了几下扛在肩上,向远处的河边走去。扎勒森提了铁锹追上他,两人一前一后默默地走。

墓坑是按埋葬人的方式纵深挖掘的,先小心翼翼起下一层草皮,暂置一旁,等坑挖好了再把老牧羊犬轻放在里面,照例头朝北方,填土掩埋,平整、踩实,再将草皮覆盖在上边,看上去和没挖过坑一样。埋了牧羊犬,牧主人脸上没丝毫责怪:"这狗太老了,也算到了寿命。"

老何满脸歉意。四个男人在河边默立了一会儿,扎勒森对巴特说:"草原上还有个禁忌我得说说,要杀的牲畜侥幸跑了,那是天意,是神保佑了它,这时需要放生才是,这只牲畜以后就是自由的了,谁也不可以再对它动刀子……"

太阳已落到地平线上了,那轮烧灼的玉盘正透过海浪般的晚霞迸射金灿灿的光,给整个营地镀上了一层毛茸茸的金线,就连牛羊牧归的叫声都满附着金属般的清脆。几个男人往回走,炊烟笼罩的羊圈处,萱萱正与轮椅上的琪琪格给一小群失孤羊羔喂奶。一只半大羯羊的力气可真大,萱萱双手握紧奶瓶子,被它嘴巴吮吸得差点脱了手,她和羯羊一个这边拉一个那边扯,仿佛做着"拉锯扯锯"的游戏。萱萱笑着,咯咯咯;琪琪格也被逗笑,哈哈哈。两个女人的笑声像被晚风推送的炊烟。

老何没有喝多,却被草原的黄昏灌醉了,他索性一头栽在草地上不肯再走,他伸展四肢仰躺着,望着穹庐般的暮色。就在这时,布日古德的歌声响起来了,他是唱给琪琪格听的,他和他的老婆近在咫尺,却好像在隔山相望,蒙古族情歌低缓、纯净,似潺潺溪流从耳际流淌,后半段又转向高亢,好像天上的百灵尽情啁啾……布日古德搓着那双被劳动磨炼出的坚硬、弯曲、粗糙的大手,眼睛却是那般清澈,流淌着温柔爱意的泉水,只流向琪琪格一个人。

后来的歌声是女主人接续的,她的声音很小,却是一拔而起,像一条彩带直上九霄,之后在天空千回百转,又向远处的暮色抛去。歌声四处寻觅,终于找到了眼前这个憨实诚恳的男人,一起生儿育女的男人,天天喂马劈柴、拾捡牛粪生火做饭、饲养牛羊一刻也不得闲的男人,牧人辛苦的生活也没有磨灭他眼里的柔情,两个人还像初恋那般纯粹。

萱萱这会儿终于摘掉了太阳镜,她的左眼好像遮了什么东西,看仔细了才知,那儿有一道伤疤,从眉骨纵贯到眼帘下,左眼球外溢着豆大的白斑。她蹲坐在歌声里,眼眸笼罩了一层水雾,在最后的一抹夕光中闪烁着晶亮……

那天晚上,老何和萱萱在蒙古包外面发生了激烈的争吵,原因不明。扎勒森竖着耳朵只听到两人以下一些断断续续的不着边际的对话。"萱萱,就帮我最后一次,我老何求你……""我受够了,你们这些老谋深算、衣冠楚楚的男人……""就最后一次，你知道我的处境，贾老板现在只想让我当他的替罪羊，你让老爷子和他说句话，我就不至于成待宰的羔羊了……""你自己掉进污水里的，自己不爬上来，没人能救得了你……""你能！萱萱，老爷子当年为了捧红你，别的不说，光给那些烂导演就砸了多少银子。当初也是我把你介绍给老爷子的，要不是你惹怒了他……你也知道，那些打手并不是冲你去的，是你替那个男人挡了刀子，可是你毁容后，那个薄情的浑蛋还不是一样抛弃了你……""你闭嘴，这一切早就和我没关系了……""你想要多少钱我都给你，你不是要整容吗？你不是想要回你的眼睛吗……"紧接着的却是两记响亮的耳光声。"你敢打我，萱萱，你敢打我！""姓何的，你把我当什么人了！"

须臾，萱萱冲进蒙古包来，拎起拉杆箱夺门而去。暮色已四沉如铁，扎勒森使了个眼色，布日古德赶紧骑摩托车追去。蒙古包的灯光下，老何的脸青一块紫一块，白衬衣已满是泥土。巴特酒醉，躺在床上睡着了。老何揪着头发呆坐了半晌："老何何以解忧，唯有杜、杜康！"他拿过酒瓶子欲再饮酒，被扎勒森拦住："别喝了，老兄，我带你去山上看看草原夜色吧。"

月悬南山，那晚的月亮虽说残缺了一角，竟是出奇地大，把草原照得朦朦胧胧地亮。驱车二十几分钟便跃上了一处山崖。举目四望，大野苍茫而静寂，无遮无拦的头顶上到处都是天河似的繁星。老何不吵不闹，只呆呆地仰望星空，半天才说话："兄弟，来到大草原我才知道什么叫幸福，人无欲无求才叫幸福。庙里那位师父说得没错，我就是六根不净的秋山羊。刚才萱萱的两记耳光打醒了我，我是自己掉进污水里的,就要自己爬出来……"

那柄"勺子星"正在西北方的天空悬着。老何指着那七颗星问扎勒森:"那就是北斗吧? 我还是小时候在草地上见过它呢,一晃几十年没再见到了,它还是那个老样子。草原上什么东西都没变,人心也没变,扎勒森你说得对,人只要守规矩心就不会变,多好啊! 草原上什么都是真的……"

那晚萱萱没再回来,布日古德一直把她送到城里的酒店。老何却拉着扎勒森说了一晚上的话,什么"你们大草原上,别说对一条狗、一只羊,就连对一草一木都充满尊重";什么"没有割草、挖坑,人给人设局、设陷阱,你们活得多简单、多真诚啊,其实简单就是真诚……"扎勒森还真行,一直听他啰唆到天明。

原计划要在布日古德家住几天,结果老何第三天一早就匆匆离去了。临别时他非要与布日古德的两个女儿见上一面,仍旧是巴特、扎勒森驱车作陪。在创业园,老何饶有兴致地参观了布里亚特制衣公司,详细了解了她们的生产规模和实际困难,像来视察那样关切地问这问那,最后他背起手,指出了她们要目前存在的问题和方向,发表了简明扼要的讲话,鼓励她们要认准时机,发扬一不怕苦、二不怕累、三不怕……总之要干好,好好干! 最后他与布日古德的两个女儿亲切握手,互留了名片,这才依依不舍地与制衣车间的牧民老乡挥手告别:"人民就像水之于大海,团结起来,就一定能够取得胜利!"话讲得挺好,大家都热烈鼓掌。老何语重心长地向布日古德夸赞:"年轻人大有可为呀! 世界是他们的也是我们的……"

上车前,他忽然想起一件什么重要的事情,从口袋里摸出几元脏兮兮、皱巴巴的钱来,要找布日古德买一枚琪琪格亲手做的太阳花。他满脸愧意地说:"我的钱有点脏,不像你们的那么干净,若不嫌弃……"客人的钱哪里能收,布日古德早准备了这份礼物,用哈达托举双手奉予客人。老何一副如获至宝的谦恭样子,忙不迭地将钱揣回原处,反复搓洗了手,把太阳花捧在掌心,一会儿又挂到脖子上,再紧贴于心口,仍放心不下地问:"太阳花真能保佑平安吗?"

布日古德诚恳地点点头,用蹩脚的普通话说:"戴上这个,男人再远、再远地走,回家的路也准保能找到……"

巴特和我讲这个故事时,已是一年以后的二〇一九年,我俩在火锅店涮羊肉。巴特端着酒杯说:"海作家,你应该把老何的故事写成小说,想知道老兄后来咋样了吗?""我正想问你呢。""回京没一个月吧,老何自首了,据说一条泥鳅牵出一长串大鱼来……"

巴特给我倒满酒,神秘兮兮地和我碰杯,说:"这不算稀奇,前面还有一件蹊跷的事呢。"我一边盯着巴特,一边把酒干了。巴特故弄玄虚地望望四周,这才附耳言道:"和你说千万别传出去。去年秋天,刚过完中秋节,布日古德打电话给我和扎勒森,说他大女儿的银行账户里忽然多了一笔款,数目很大,不知是谁汇来的。用途一栏里写着'善款捐赠购置生产设备之用',我问他有没有署名,他说有倒是有,但不像人名,只写了'秋山羊'三个字。"

我猜想匿名者一定是老何无疑。巴特却把头摇成了拨浪鼓:"老何这人你不太了解他,铁公鸡,抠门。上次他来我全程作陪招待,为的啥? 就为了有笔生意差点钱,还没等我向他张口,他就一脸哭穷,反复和我说,兄弟,地主家现在也没有余粮啊,有笔闲钱我早答应给萱萱看眼睛了……"

许是一口酒呛到了鼻子,巴特说这话时,一股血流从他的鼻孔爬出来,细如蚯蚓,一直流到嘴边。我拿了餐巾纸递过去,提醒他流鼻血了。那一刹,我恍惚想起巴特杀死的那只羯羊,它摇晃站起时的情景,羊鼻孔也流着蚯蚓状的血……

放生马

云青马老了,老得就像一片退化殆尽的碱草滩,戗毛戗刺的脊背嶙峋,双目暗淡犹如沙尘吹过的黄昏。与云青马一同老去的是我的祖父,中风困住了他的双腿,让他颤抖成风中的一片枯叶。云青马卧在门前沙化土里,祖父倚在蒙古包前,手拄拐杖,一把用钢筋箍定的椅子被他笨重的身躯压得吱呀作响,他游移不定的目光长久地锁住云青马。祖父在风烛残年对家人唯一的要求,就是不要云青马离开他的视线。

云青马还没有老到迈不动步子,它时而起身去周遭啃食寥若晨星的沙棘,四条不太灵便的腿还能支撑起干瘪的身躯,僵直的脖颈尚可轰走蚊蝇。只要望不到老马,祖父就会颤颤巍巍地拄起拐杖,一点一点挪动步子,一寸一寸跟上老马,仿佛那是他的魂灵,没有了它,祖父也将飘散如一盘沙。

祖父抖着暗哑的喉咙呼唤云青马:"唿咧——唿咧——"云青马的耳朵背了,好半天才转过头来,扭动着残缺的耳翼,显出一副孩童般的乖顺样。"咴儿——咴儿——"它仰头回应，嘶鸣声像一把被烧着的牧草，充满灰烬的味道。

"唿咧——唿咧——"

"咴儿——咴儿——"

祖父与老马遥相呼应，你一声我一声，你迎向我，我踱向你，祖父架着拐杖像耷拉着掉毛的翅膀，终于，他与它会合一处，前者却已抱不紧老马的脖颈，只有将头顶住马的颈部借以歇息。接下来，祖父蹲坐在地，用抖动的双手摩挲它的四肢，按摩松塌塌的肌肉，须臾，又抬起它的蹄子察看老马破损的脚趾。祖父老眼昏花，一对眸子被岁月的雨水泡烂了，这会儿却瞧个仔细。他看到右前肢的马蹄铁松动了，便将它夹在膝间，用那只灵便的手举起榆木拐杖，稳稳地敲几下，咚咚作响的声音，仿佛一只啄木鸟敲醒着老树。

"昂阿（云青马的昵称），你的蹄子快磨烂了，我得给你修一修。"祖父对老马说着，"等修好了你的蹄子，我还要你驮着我远游呢。"

"知道你跟随我有多少年了吗？一个寒暑是一年，算一算你跟我这个老头儿都有七个巴掌的缘分了。看看你现在，老得和我差不多一个样子……"祖父咧了咧没牙的嘴乐了。

祖父正认真钉马掌的工夫，我父亲骑着摩托车从营地外回来，路过老人家的身边时却一把夺过他手中的拐杖："阿爸，你真是老糊涂了，这么做会把自己的腿敲断的。"

祖父抬起眼睛："你是谁？没瞧见我是在给昂阿钉掌吗？"

"我是你的儿子达喜，我要告诉你，你敲打的是自己的膝盖。"

"达喜？"祖父眼神空茫，"马掌就要掉下来了，你快把铁锤给我。"

"哪里有什么铁锤,这是你的拐杖。"

"快把它给我,我要给马钉掌……"

我父亲不得已,没好气地把拐杖丢给祖父,但他挥动双手,冲着祖父空无一物的身边吆喝了几声,转头对祖父说:"你的老马肚皮饿了,快让它吃草去吧。"

"可它的蹄子还没修好……"

"我会帮你修好它的。"

"我可不相信你的鬼话。"

父亲白了老爷子一眼,搀扶着他,一步一步地往回走。

"阿爸,算我求你,你的腿脚不好,就不要乱走了,你孙子阿斯汗会帮你照看它的。"

"你早知道孝顺我就好了。"祖父说,"对了,我让你从镇子上买的豆饼呢? 我还要好好喂喂我的老马,让它驮我上路。"

"买了买了。"父亲拍拍自己的肩膀,"瞧,就在我的肩上扛着呢。"

"达喜,你越来越能骗人,你肩上什么都没有。"祖父推搡开他,"你不是我的儿子,你从小就爱撒谎。"

"阿爸我可真拿你没办法,你该糊涂的时候怎么一点都不糊涂……"

我家那匹云青马其实十几年前就死掉了,这个祖父明明知道,可就是在祖父知道云青马死掉的那一天,他的脑子出了毛病。

"阿斯汗，你快帮爷爷打水去，昂阿要渴坏了。"祖父到什么时候都不会忘记我的，我是他的长孙。我一边应允着，一边跑向不远处的机井。我打开电闸，接了满满一桶水，装作一边给马饮水的样子，一边用铁刷梳马的鬃毛。"昂阿，你多吃多喝，看看你这几天不好好吃草料，都瘦多了。"家人里，只有我自愿配合祖父，帮他老人家侍弄别人看不到的老马。祖父从小把我看大，按我父亲的话说，老爷子除了对云青马好，其次就是对我这个长孙好。不知怎么的，我对祖父也有种天生的亲近感，那种冥冥中的感觉甚至超越了血缘。而那匹不存在的云青马，或许是祖父打小把它灌输给我，以至于在我的脑海里牢牢地生根发芽，有时我竟然也能看到它的肉身，真切得连马毛都数得清。不过，那种幻象不是时时都能显露，它只出现在我神清气爽的时候。

今天中午我用汗板为云青马刮汗时，它的肉身就没有显现。傍晚，祖父又要我为老马洗澡，我打来清水，把马拴在拴马桩上，其实那只是一副马笼头。我做这些惟妙惟肖，祖父持着板凳坐在我的面前，细眉细眼地瞧着我做的一切，说："等给昂阿好好喂上几天草料，让它长长膘，爷爷就要骑马远行了。"我说："爷爷，您要去哪儿呀？"祖父慈爱地摸了摸我的头："你知道吗？爷爷活这么大年纪还没有走出过咱这片沙荒呢，我要去看看真正的草原。"我眼睛一亮："爷爷您能带上我一起去吗？"祖父想了想："爷爷当然想带你去，可是云青马老了，它驮不动我们两个呀。"说着话，他又指指马的肚皮："这儿，这儿不干净，对，是这儿。咳儿，瞧瞧，它的腿下边好多大包，一定是牛虻给咬的，这些该死的小东西……"

叔叔家的小妹萨如拉六七岁，围在我们的身边嬉笑："哥哥你在做什么呀？你是在为空气洗澡吗？"

祖父板起面孔："小孩子离马远一点，小心踢到你的鼻头。"

我父亲远远地在蒙古包里看着这一切，他要我去打一瓶酱油而我现在无暇顾及，这让他气不打一处来。父亲踢飞了进屋啄食的鸡，撵走了到处拉稀屎的鸭，背着祖父冲我凶凶地打着哑语，我佯装没看见，继续我和祖父的活计。有祖父在，他是不敢对我怎么样的。

祖父的脑筋并不总是处于混沌之中，他偶尔也明白一阵，明白的时候就咒骂我的父亲："你这个不孝的儿子，你额吉就不该把你从灰堆里捡来。瞧瞧，你的嘴巴里都是黑灰……"

老爷子那是怪罪我父亲呢。这个责怪可由来已久，事情就出自云青马，正是它导致祖父的脑子坏掉了。

那是十几年前，祖父要将他的老云青马放生。那可是他最心爱的伙伴，生产队解体前，他一直骑着它为队里放牧，等包产到户，他舍不得这匹坐骑，用两头牛的代价换得了它。老爷子对云青马的感情一度让他的亲生儿子嫉妒，直到今天，父亲酒醉后还和我们唠唠叨叨，说他小时候犯错，祖父竟骑着云青马追撵他，用套马杆套他，"可是你们得知道，你们爷爷从来没有用套马杆套过昂阿"。后来我们乡村土地沙化，由牧业转为农耕，作为我家唯一能犁田的牲畜，祖父不得不忍痛让云青马架犁耕田。不过，那是怎么样的情形呢？说起来至今还是我们乡村的笑话——云青马犁田时，祖父竟然备了另一副扛把子，自己充当另一匹马拉副犁。"没有谁见过一个男人把自己当牲畜使唤的。"乡人嬉笑着和我说。云青马就这样为我家效劳了二十几年,直到它老得和祖父一样走不动路。就是这样一匹马,祖父要将它送归自然去。

那天,祖父最后一次为云青马洗净了身躯,梳理过皮毛,与它一同走向远处的山冈。那是乡村的公共坟地,墓与墓之间尚存着小片草地,除此之外,我们乡村已找不到任何可以让牲畜饱餐一顿的牧场了。祖父在那里守了云青马整整一夜。第二天早上,祖父牵着肚皮滚圆的老马回来,把缰绳交给了他的长子。祖父说:"去吧,达喜,去把它放生到乌珠穆沁或者呼伦贝尔吧,走得越远越好。去找一片最好的草原,要人迹稀少、有水有山谷的地方,把昂阿安置妥当,否则不要回来。"我父亲问:"为什么? 这不是你的心头肉吗,怎么要将它放生? "祖父说:"昂阿在我们家里辛劳一辈子,苦了它了,现在它年老了,我再不能自私地把它留在身边,我们要还给它自由,让它到真正的草原上,去它该去的地方,你明白吗,儿子? "

父亲摇头说:"是你糊涂了,阿爸。"

"照我的话去做吧。"祖父热泪盈眶,"本来我要亲自送它走的,可我怕舍不得它。达喜,你能办好这件事吗? "

父亲应允下来:"那好吧,阿爸,我正好骑着它去乌珠穆沁看望我的同学。"

"你可不能一路骑它,它老了,腿吃不住劲了,你骑上一个时辰就要下马牵着它走,累了就歇一歇。路上要给它喝干净的水,给它吃最好的草料。"

"你就别啰里啰唆了,这些我都记得了。"

父亲打马而去的时候，祖父站到最高处的沙坨子上眼巴巴望着，直到云青马和父亲成为一个黑点，消失在光秃秃的沙海里……

父亲走的那几天，祖父就像丢了魂一样，做什么都心不在焉，丢东落西，还时不时地向村落里仅有的几条路上张望。偶尔他瞥见昂阿戴过的马具和门前的拴马桩，就禁不住流泪。

一周之后，一身酒气的父亲终于坐着长途大巴回来了，他下了车，尘土飞扬地向自家营地走来。祖父迫不及待，远远地迎上前去，声音颤抖着问他："怎么样？我的儿，昂阿放生在哪片草原了？"

父亲打着酒嗝，目光躲闪，说："一切都遵照你的话做了，我把老马放生在、在锡林郭勒了……"

"那里的水草怎么样啊？"

"那还用说，当然大大地好。"

"那是怎么个好法？"祖父刨根问底。

父亲耐着性子，东一句西一句地和祖父描绘了一番锡林郭勒草原的水草有多么丰美，河流有多么宽阔，山谷又是多么幽深，云青马在那里像在天堂一样，吃喝得饱饱的，只顾在阳坡上晒太阳睡大觉。

祖父听了，赞许地点点头，脸上露出欣慰的笑。这天傍晚，我祖父煞有介事，以萨满的仪式点燃了一堆篝火为云青马祈求平安，他不断冲着四面八方泼洒奶子，嘴里念念有词，一遍一遍为他的老伙伴献上吉祥的祝福。

可就在那天晚上，祖父却做了一个奇怪的梦。他梦见云青马眼神哀戚，冲着他不断悲鸣。祖父扑上前去，云青马却躲闪开了。就在这时，祖父看清了它的身躯，老马浑身是血，脖颈处已与身体断得只剩下一层皮……祖父惊愕住了，不由得瘫坐在地，双膝做脚移向老马："昂阿！昂阿！你这是怎么了？是谁、谁把你弄成这样？昂阿，你到底怎么了……"

我父亲那天早上是在马鞭子狠狠地抽打下惊醒的。祖父满脸怒容："你说，昂阿到底被你弄哪儿去了？""阿爸你疯了吗，我不是把它放生到锡林郭勒了吗？""不，撒谎的东西，你没有把它放生，你快说，到底把它弄哪儿去了？""就、就是锡林郭勒，你打死我也是锡林郭勒""来，当着佛祖面发誓。"祖父揪起父亲的耳朵，把他拎到佛祖面前，父亲跪在那里，嘴唇哆嗦，左瞧右望："我……"

我父亲年轻时毫无定性，贪杯好耍，骑着马一路来到锡林郭勒盟。他先在乌里雅斯太镇上和同学喝了两天酒，赌输了所有的钱，这才去东乌珠穆沁草地。半路上他遇到了几个赶马的男人，便停下来询问他们，哪边的草地好，人烟稀少，有河水有山谷。几个浑身污垢的男人上下瞟了父亲几眼，反问他找草地做什么。父亲在马背上还未醒酒，歪歪斜斜地堆在那里，大着舌头说："阿、阿爸要我把、把这匹老马放生，让我寻找、找这样的草地。""马要放生？"几个男人禁不住哈哈大笑了，"那不如交给我们，我们替你放生，省得你还要辛苦走远路。""那可不行，阿爸交给我的事情我、我得办到，否则没法和、和老爷子交差。""哦，原来你还是个孝子。这样吧，看在你这么孝顺的分上，我们给你指条明路，把你的不中用的老马卖给我们吧，我们给你几个钱当路费，否则你的马放到哪里都是白扔。这个年头，谁见了没主人的马都会拉去杀了吃肉，即便没人发现它，狼也会把它吃掉的。"父亲急了："那、那可咋办？我阿爸可、可是让我把老马安置妥当才能回家。"男人乐了："这小伙子心眼倒是实诚，你想想看，把这匹老马卖给我们，我们替你在草地上看管放养，不也是等于放生了吗？"父亲闷头琢磨了一会儿，还真是这么个道理，简直两全其美……他接过男人给的钱，一再叮嘱："咱们说好了，可要善待这匹老马啊！"男人拍了拍他的肩膀："放心吧，老弟，马现在是我们的了，我们不会亏待它的。"

祖父听完浑身颤抖："我问你，达喜，那几个男人放的马群是什么样的？我说的是每匹马屁股上烙印的花纹。"

父亲想了想："都不一样，当时我还奇怪呢，怎么一家的马，却是不同的烙印呢？"

祖父就是在那一刻瘫倒在地的，口歪眼斜，嘴吐白沫，他手指着父亲："你、你、你、你把昂阿卖、卖给马、马贩子了！"

祖父昏睡了三天三夜，等他醒来，脑子便故障百出了，我阿爸、几个姑姑和一个叔叔轮番上前，他都不认识，满脑子只记得云青马。"昂阿，我的昂阿呢？"他挣扎着从床上爬起身，才发现自己的一半身子不听使唤了，但他无暇顾及，挥舞着那只好使的手臂，看到谁都只说一句话："快、快去，把云、云青马找回来！"

眼见着老爷子一病不起，父亲懊恼不已，坐着班车又去了一趟锡林郭勒，可是草地茫茫，到哪里去寻找那几个马贩子？他心中料到，老得不中用的云青马早就被他们屠宰吃掉，这会儿连骨头渣子都没了。不过，父亲并没有空手回来，他想既然老爷子的病起因于马，那就再买一匹小马驹子算了。等他风尘仆仆到了家，自作聪明地让家人搀扶起老爷子，让他看看自己带回了什么，我祖父的目光空洞地越过小马驹子，问道："是昂阿回、回来了吗？它、它在哪儿？"父亲以为祖父的脑子坏掉了，哄骗他说："阿爸，它就是昂阿，你看看它的毛色……""不，它不是昂阿，它是、是一匹还没断、断奶的小马，你从哪儿弄来的，就、就送回哪儿去，不要让这个孩子，见不到妈妈……"

祖父的病就此落下了，无药可医，直到父亲娶妻生子。我即将出生的那天早晨，许是添丁进口的喜讯触动了祖父锈蚀的神经，他几年来第一次自己拄着拐杖下了床，一步一步挪到晨光耀眼的屋外，遮目远望了一阵子，忽然眉开眼笑起来，冲着远处呼喊："唿咧——唿咧——"我阿爸好生奇怪，凑到他跟前问他："你这是召唤谁呢？"祖父手指院外："你瞧，云青马，是云青马回来了……"父亲朝院门口张望了半天："没有啊，阿爸，你的眼睛是花了吗？"不等我阿爸说完，祖父已一瘸一拐地迎去，挥动拐杖别开了院门。像配合祖父一样，一股小旋风摇摇晃晃地刮进了我家小院，围着祖父转来转去，直旋到我家的屋檐下才消失不见。就在这时，屋内传来哇哇的啼哭声，我在母亲使出最后一点力气时终于降生了。

从那天开始，那匹任谁都看不到的老马又回到了我们家里，所有家人都被老爷子的魔法惊得目瞪口呆。而祖父的病情就此好转，再不用人搀扶照料，他早早起床，拖着半瘫的身子喂马劈柴，自此不再让老马远离自己的视线，生怕它再被父亲卖掉。我们家就是从那时起搬到了沙坨子里的，那是应了祖父的要求。祖父说："我们再不能住在巴掌大的院子里了，这个一泡尿就尿到院墙的地方太憋屈了，我们要迁居到能容得下云青马的地方去。"我父亲虽然极不情愿，但因为心里有愧，对他的阿爸也只能言听计从。

我的出生确实为祖父带来了欢乐，如父亲所说，祖父对我的喜爱堪比云青马，稍有空闲就哆哆嗦嗦地把我抱在怀里，上下端详，仿佛我的身上藏着什么秘密，一会儿又把我翻过身去，看我屁股上的那块青色胎记，看着看着就抖动起胡须，露出一副诡异的笑容。那时，我的几个姑姑已经相继嫁了人，叔叔也自立了门户，我父亲从早到晚忙着种田，母亲喂鸡养狗，只有幼小的我成了祖父的陪伴，我就在这片沙坨子里，在祖父的眼皮底下慢慢长大。

我是一个长相特别的孩子，两只眼睛间距过宽，鼻孔奇大，躺在摇篮里时就懂人事似的，见到谁都笑上几声，可那声音据乡人说糟糕透顶。嗯对，就像一匹马驹子的叫声。另外就是我的视力相当好，夜晚没有月光也能看清远处的物体。还有，我走路走得很早，八个月左右就能满地跑了；三四岁的时候，便可帮助祖父干活，给云青马割草喂料饮水。直到我现在长到十几岁，四肢发达，越发能跑善跳，为此，乡人还给我起了个绰号，叫我"飞毛腿"。我满山遍野跑来跑去的时候，祖父在后面呼唤我，怕我摔倒了。有时他会叫错我的名字——昂阿，你慢一些！他这么喊我的时候，我并不觉得别扭，而是愉快地答应着。反倒是祖父愣住了，问："我刚才叫你什么了？"我说："是昂阿呀。""那你怎么也答应呢？"我说："爷爷，您就当我是您的小马驹子好了，我就是昂阿。"祖父听了，抖动着嘴唇，扑簌簌地落下老泪。

祖父让小妹萨如拉离马远一点，小妹却偏要凑到跟前，我本来忙着给马洗澡，并未在意。我举起铁桶往老马身上浇水，水花四溅，萨如拉看着欢喜，蹦跳着扑过来戏水，却被一股力量生生地弹了出去，跌倒在几米之外的地方。萨如拉哇哇地哭起来，我连忙把她扶起，好在小妹没有受伤，只是衣服前襟上有一个碗口大的泥蹄印。

那些天里，祖父嚷嚷要云青马驮着他出门远游，我便积极为他准备。除了我，家里人只当那是疯言疯语，没人信，因为那匹老马根本不存在。我母亲心地纯善，和父亲说："不行你用摩托车驮着阿爸出去转一转吧，阿妈去世得早，他老人家为了拉扯你们几个孩子，一辈子没出过远门，兴许心里憋得慌呢。"我父亲闻言吹胡子瞪眼："用摩托车驮他出去？你以为他是八岁的孩子吗？万一有个三长两短，你来负这个责啊？"母亲白了他一眼，父亲则背着手走出门去："都给我消停消停吧，这个家都够演一出戏的了。"

父亲说让这个家消停消停，可事与愿违。那一天早上，给田地浇了一遍水的他迟迟不见祖父起床，便来敲老爷子住的蒙古包门，敲了好半天也不见动静，推门看时，只见床铺上空空如也，被褥倒是叠得整齐。父亲以为老爷子在近处转悠，房前屋后瞧了一圈，却一无所获。这时他还没有慌张，骑上摩托车四处去找，他想一个腿脚不利索的老爷子不可能溜达多远，可方圆几里转遍了，仍没见祖父的身影。

真是活见鬼了。父亲回到村上，召集了我叔叔和许多乡人分头去找。父亲即便不算个孝子，但他也不想让我祖父曝尸荒野。人们大车小车、灯笼火把，从白天寻到日落，又从黑夜寻到天亮，竟然连祖父的脚印都没找到。乡人和我父亲好生奇怪，难道说云青马真的显灵，驮着它的主人云游四方去了？回头一想，即便那匹老马还存活于世，也该老得不成样子了，别说驮着祖父，连它自己走路都费劲。这时，叔叔忽然想起我来，提醒我父亲说："达喜，你的儿子阿斯汗呢？他平素和爷爷最亲，或许他该知道老爷子的下落。"父亲一拍脑门，这才把摩托车掉转方向，回过头来找我。

彼时，我正背着祖父奔跑在距家乡百里之外。这里开始有连绵的丘陵，那是沙坨里见不到的石头小山，山上面薄薄的一层泥土，生长着稀稀拉拉的野蒿和不知名的碱性草。开始有泥沟般的小溪，两边是一簇簇的柳毛树、低矮的山榆，偶尔有几只山羊、绵羊，或三五头乳牛在溪边食草。祖父拍拍我的肩膀："孩子，你累坏了吧，快停下来我们歇一歇。"我抹了一把汗水，将祖父放下来，拿起水壶先给老爷子喝上几口，自己又猛灌了一气。祖父说："天都亮了，阿斯汗你已一夜没合眼了，我们不急着赶路，你快睡一会儿吧。"我说："爷爷，我看得清夜路，不困也不累，我正兴奋着呢。"这话并非假话，虽然我只十五六岁，可精力充沛，浑身是劲。我一边和祖父分食干粮，一边问他："您老人家累不累呀？"祖父说："我高兴还来不及呢，一想到去草原，我就什么都不在乎了。"说到这里，祖父就像孩子一样和我相视而笑。

继续赶路的时候我有点晕头转向，我问："爷爷，这回我们该往哪里走？"祖父眯着眼睛辨别了一番，说："那边最高的山上有一个石头堆子，该是蒙古族人的敖包，专门给人指方向的，我们到那里去看一看。"歇息过一阵子后,我体力恢复,没费什么力气就背着祖父爬到了山冈。

祖父一来到山顶,站到敖包堆子面前,便跪倒在地。老人家已经很多年没见到过敖包了,这是族人用来祭祀长生天的地方,如今在我的家乡,因为沙化已找不到任何一块石头来堆砌敖包,这个传统自然也消失了。祖父像丢失多年的儿子终于见到母亲那样老泪纵横,三拜九叩,我也学他老人家给老天行了大礼。祖父拉住我的手坐下来,说:"阿斯汗,我知道这都是长生天的眷顾啊,让云青马的魂灵又托生在我家里,我早就看出来了,你就是我的云青马。"我心里一惊,虽然我曾和祖父说自己是他的马驹子,可那毕竟是戏言,我挠着脑袋问祖父何以见得。祖父说:"你的屁股上面那个青色胎记的形状,正是云青马曾有的烙印啊,那是我亲手给云青马烫上去的……"

现在我就像匹青葱骏马那样,驮着祖父奔走在郁郁苍苍的群山峻岭。这里白桦黑桦参半,落叶松密密匝匝。头顶上,游走的白云像大海般波澜汹涌,而山涧间,浩荡奔流的大河仿佛正驮运着群山。祖父张着嘴巴左瞧右望,眼睛都有点不够用了。祖父问我:"阿斯汗,我们俩这是来到仙境了吗?"我像马那样打了两声响鼻,告诉老人家:"这不是什么仙境,我问过路了,这是大兴安岭,越过这座山岭,我们就到草原了,那就是传说中的呼伦贝尔……"

祖父闻听,又流得满脸是泪,说:"孩子,到了草原,你要找个没有人烟的地方,那里只要有河流有山谷,你把我送到那里,放生到那里就行了……"

我笑了："爷爷，您又不是马，怎么可以放生呢？"

"我是马。"爷爷说，"我就是那匹一辈子受苦受累的云青马……"

"您刚刚还说我是那匹云青马呢，爷爷。"

"没错，阿斯汗，我是老云青马，你是小云青马，瞧，现在我们一老一小就是一对放生马……"

此刻，我忽然感到祖父把着我肩膀的手臂像铁钳般有力。"把我放下来吧，孩子，我要自己走一走。"

我说："爷爷，我还是驮着您走吧，我不累。"

祖父不容分说，从我的后背坠爬下来："你看那天上的鹰隼，它老了，翅膀都耷拉着，可还能在天空中飞翔。我也要下来走一走，我要在这青山绿水间看到自己的身影……"

我看到祖父站在山岭上的腿脚忽然变得坚实，似一副鹰爪抓拿着松柏。这会儿祖父手臂一挥，将那把拐杖像丢烧火棍那样丢下山涧，接着从喉咙里发出几声老马才有的噗噗噜噜声，便摆动起半瘫的身躯向前挪移。我看到祖父滑稽的奔跑姿势像极了鸭子，不由得笑了起来，可发出的笑声却是马的嘶鸣。

"咴儿——咴儿——"我叫了几声……

"咴儿——咴儿——"祖父也随声附和……

祖父开始还迈不开步伐，跑着跑着，不好使的那只瘸脚竟然也灵便起来，慢慢跟上了我。我们俩真像两匹并肩而行的马，鬃尾飞扬，四蹄如风，向着高高的山岭、苍翠的大地，迎着阵阵松涛，铆足了力气撒欢而去……

野鹿,野鹿

　　那些年还没有禁猎,没有封山护林,漫山遍野还轰轰隆隆地响着"爬山虎",血管一样密集的公路上到处是运材车辆。山岭除了北部仅存的几片原始林保护区,余下的只有稀稀矮矮的次生林,根本遮不住天空,到了夜晚,看满天的星星比秃子头上的虱子还清楚。那时候,林子里的鸟兽似乎也瞅不见了,玛卡作为族人里有名的"老猎",进山一趟,背夹里也只能带回几只山鸡或者灰鼠,为此,沮丧不已的他瞪着黄浊的眼睛,天天骂骂咧咧:"这林子完蛋了,毛都没有啦!"

　　"毛都没有"这句话,玛卡是和运材车司机小孙学的。那天他和几个同伴从贝尔茨河边又空手而归,一辆运材车从他们身边路过,歪戴帽子的小孙扒在车窗上,嬉皮笑脸地问领头的玛卡:"怎么,又毛也没打到啊?你们还叫什么猎人?还是回家喝驯鹿奶去吧。"

　　要不是他放完臭屁一溜烟跑掉了,玛卡非拿枪崩了他不可。

　　"连盲流子都敢嘲笑我们啦,"玛卡嘟囔着,"人要倒霉了,老鼠都咬你的脚指头。"

玛卡这么说是有缘由的。那年春天,他家的驯鹿产崽,竟然接连生下了几头没毛的小鹿,你没见到那小怪物的丑样,因为没毛,裸露的皮白惨惨、皱巴巴,像刚孵出的雏鸟肚皮一样难看,而且它们的叫声也怪声怪气,黏黏糊糊,仿佛粘到哪里都抠不下来似的。玛卡生来还没怕过什么,可当看到几只怪模怪样的小家伙冲着自己跌跌撞撞地走来时,他竟不由自主地躲到了树后去,并狠唾了几口,觉得好不晦气。

几天后,灰头土脸的玛卡用驯鹿驮来了纽拉萨满,他要请玛鲁神去去自家的邪气。纽拉萨满已老成了一截枯朽的木头,但她的一对眸子仍炯炯有神,像夜森林一样幽深。三十多年前的一场变故,纽拉把自己的萨满服连同槌鼓一起埋进林子里,后来却再也找不到了,打那时起,她就像丢了魂魄似的犯了疯癫病。玛卡把纽拉萨满带到自家驯鹿群,指着那几头没毛的鹿崽给她看,纽拉萨满咧着空洞的嘴巴笑开了锅:"这些小东西,怎么也把自己的衣服弄丢了呀……"

傍晚,纽拉萨满披挂了一身松树枝充当萨满服,在一堆篝火旁,老人家像风吹树叶似的抖动一阵之后,便倒在地上口吐白沫,问玛卡,是不是多年前猎杀过一头长着白脖颈的野公鹿? 它的大鹿角有着七个叉。玛卡眼睛呆滞,不安地点点头,问:那又怎么样?老萨满说:"那时你年轻不懂事,还没等公鹿死去就剥了鹿皮,掏了它的鹿腰……这头公鹿的灵魂没散,它在报复你呢,是它给你的驯鹿群下了诅咒……"

纽拉萨满装神弄鬼的时候，十六岁的格拉就在一旁瞅着呢，他是玛卡的儿子，刚刚初中毕业。篝火噼啪作响，火光把一个巨大的晃来晃去的身影投在四周的森林上，那呼呼乱窜的浓烟引来了夜莺的叫声。冷眼旁观的格拉就在老萨满跌倒在地抽搐的那会儿，禁不住咯咯乐了。

当晚，纽拉萨满就在旁边的帐篷里住下了。

"要我说，别信那个老太婆的，"格拉躺在床上，屋子里黑漆漆的，没有一点月光，他和玛卡有一句没一句地说着，"山都没有衣服了，鹿有毛才怪呢。"

玛卡打了个"嘘"的手势，好像隔壁的纽拉能听见似的。

"我看早晚会禁猎，总不能把野生动物都赶尽杀绝。"格拉又翻了个身。

这话真不中听。玛卡在黑暗里白了格拉一眼，读了几年书就懂得多啦？对于儿子，他越发看不惯。

半夜的时候，睡梦中的格拉忽然睁开了眼睛，他望到了一张被火把照亮的恐怖面孔，要不是转瞬认出了她，格拉差点惊叫起来。

"别怕，孩子，我看出了，你是天神选定的人，你有先知，以后会成为萨满的……"

"不，我可没有先知，更不会成为什么萨满，有时，我只是随便说说而已……"

纽拉萨满走后，玛卡开始寝食难安，要不是妻子阿伊莎阻拦，他就要开枪打死那几头"雏鸟卵"。越是病弱的小崽，越能激发母爱。

"就是一只蚂蚁，也不能说踩死就踩死呀……"阿伊莎一边絮絮叨叨，一边找来几件破衣烂衫，一针一线地为鹿崽缝制起花花绿绿的外套来，以此为它们遮风挡雨，防蚊虫叮咬。等几头鹿崽再出现于营地时，那稀奇的、来路不明的模样着实让人啼笑皆非。

这年刚刚入冬，猎人的营地真的传来了禁猎的消息。上边传达的意思和格拉说的一样，从今以后，野生动物一只也不让再打啦！而且没过多久，乡里就开始派人收缴猎民的猎枪。

那天早上刚下过一场清雪，乡长老布的吉普车车辙就压到了玛卡家营地。玛卡正在帐篷里用獾子油擦拭他的猎枪，客人进了门他也不搭理。老布递过一根香烟，玛卡伸伸舌头，表示自己嘴里含着口烟。

老布说："什么年代了，还吃口烟？"

"咋了呀，这个年代你就不吃肉啦？"玛卡撇撇嘴。

"肉得吃，"老布说，"我现在最爱吃从山下买来的猪肉。"

"你早就不是猎人啦，"玛卡说，"可我不吃那东西，一股臭饲料味。"

"可这是上边的规定，以后野生动物咱只能看不能吃了！再说山上也没什么东西了。我说老玛，不让打猎，枪留着也没用，还不抵一根烧火棍呢。"

"没有猎枪我们还是不是猎人啦？"玛卡望着一旁的儿子格拉说。

"你说对了，咱不是猎人啦！"老布说，"老玛你还不知道，咱们乡马上就要搬到镇子里去了，上边都把房子给咱们盖好了，这叫生态移民，以后咱们都是城镇居民了！"

格拉在旁边一直竖着耳朵听，这时就挠了挠乱蓬蓬的头发问："乡长，这可是真的？"

"当然是真的，"老布望着格拉亮闪闪的眼睛说，"啧啧，那房子可带劲了，设计师都是从欧洲请来的。所以格拉，我们不能老在林子里待着，我们要走出森林去，欧洲人能大老远来我们这里，我们就要到欧洲看一看。"

"我还要去南美洲呢，我要去阿根廷看球星踢足球。"

"踢足球好，干啥都比打猎强。"老布讲的道理已经很多了，最后他说，"老玛，把枪给我吧。"

话说到这份儿上，玛卡再倔强也没啥用了。他拿过自己的猎枪，调了调准星，对准老布的脑袋。

"你、你这是干啥？"

"听着，老布，怎么的我也要再钻一趟林子，再打一次猎，完事也不用你费油跑腿，我让格拉把枪扛到乡里去……"玛卡一字一句地说。

"你疯了吗，还要去打猎？"阿伊莎说。

"我要去找那头野公鹿，它阴魂不散呢，昨晚它还来我的梦里，蹲在乌力楞里叫我的名字。"他凶巴巴地学着野鹿叫，"玛——卡——"

阿伊莎瞪着眼睛瞅丈夫："真是这么叫的？"

"它就是这么叫的，"玛卡肯定地说，"它存心要和我过不去，我就得和它较量较量，看它的魔法强还是我的猎枪响，我可不能眼瞅着咱家的驯鹿崽都没毛。"他回头问格拉："猎人的儿子，你要不要和我一起去？"

"去猎一头鹿的影子吗？甚至连影子都没有，我不会去干那种傻事。"格拉说。

"世界上你看不见的东西多了，可它们就在那儿，"玛卡说，"别说一头野鹿，就是一根小草也有魂灵，你别不相信。"

"好吧，玛卡，你就拿回证据来给我看一看，魂灵到底长什么样。"格拉不屑地说。

"等着吧，格拉，我会让你见到它的。"

第二天一早，玛卡就备上两头驯鹿带上干粮上路了，他要去的方向是多年前他猎杀野鹿的那片林子，没记错的话，那该是贝尔茨河下游的原始林区，他要去那儿碰碰运气，否则又该到哪里去找那个鬼东西呢？阿伊莎没有和他告别，那会儿她在给那几头没毛的鹿崽加厚棉衣。天气太冷了，树林冻得嘎吱嘎吱地响，树上挂满了银色的雾凇。这么冷的天气，格拉懒得钻出被子，他的头发乱得像乌鸦窝。

"格拉，太阳都晒屁股了，还不起床，你想睡一个寒假吗？"阿伊莎在帐篷外喊他。

"我本来要待在镇上的，是你们偏要我回来，到山上遭这个罪！额宁，我待会儿就下山去，我要和我的伙伴去镇上踢足球，看电影。"

"你得帮我照看这个家啊，玛卡回来见你不在，又会生你的气。"

"咱家的发电机坏了，我可过不惯没电灯的日子，我要去镇上修一修,玛卡回来你就和他这么说。我还要去看看欧洲人给咱们设计的房子,告诉他们网线布在哪里。"

格拉早有预谋,早饭还没来得及吃,一辆运材车就来接他了,帮他抬走了发电机。临走,他趴着车窗和阿伊莎说:"我还需要一双球鞋,玛卡答应过我的。"

"等他回来,卖了鹿茸就给你买。"

运材车司机就是那个嘲笑玛卡毛都打不到的小孙。"听说你们猎人都要失业啦?"他幸灾乐祸地说。

"你们不也一样。"格拉冲他笑嘻嘻的。

"我们又不打猎……"

"林子也快不让砍伐了,"格拉说,"有天不砍树了,你还运什么木材呀?"

"千万别乱说,"小孙轰大油门爬坡,"臭小子,我可不想失业,我上有老下有小,都指着我运木材养活呢。"

"早晚的事,"格拉说,"总不能让山岭也光了身子。"

格拉走后没几天,阿伊莎遇到了麻烦,没毛的鹿崽还是没耐过严寒,阿伊莎发现它们时,其中两头冻掉了耳朵,一头冻成了冰坨。阿伊莎拿来自己的围巾,包裹在没了耳朵的驯鹿头上,冻僵的那头,她拎着它的一条后腿将其拖到了林子里去,以防猎狗将它吃掉。就在这时,玛卡风尘仆仆地带着驯鹿回来了,他挎着猎枪披着一身霜雪,驯鹿背上和他的手里都空空如也,这足以说明一切。阿伊莎上下瞅瞅丈夫,禁不住掉下了两颗眼泪疙瘩。

"赖皮(鹿崽的绰号)死了,"阿伊莎抽泣着,"你把它弄到树上去风葬了吧。"

"又不是什么神鹿,丢掉算了。"

"不,那是我侍乔大的。"

树上的积雪不断落在玛卡的头顶和肩膀上,他努力拖拽着鹿崽爬到那棵水桶般粗的松树上,直到把它卡在树杈间安置妥当。此时,红彤彤的夕阳正照着黑黝黝的森林,耀眼的光亮从树隙散射下来,让阿伊莎有点睁不开眼睛。

"玛卡,我怎么看不清这林子了,好像一切都那么陌生……"

"是你的眼睛花了,我看哪儿都好好的。"

冬昼短暂,夫妻俩回到住处时,太阳已沉没了。帐篷里昏昏暗暗的,唯有炉火将熄的光亮,阿伊莎往灶膛里添了几根木段。

"怎么没见格拉?"

"他去镇上修发电机了,你没见帐篷里熄着灯吗?"

"我看他就是不想在山上待,他的心野了,不属于这片林子了。"

"还是说说你自己吧,"阿伊莎说,"别告诉我你又白遢了几天狍子腿,什么也没找到。"

"不,阿伊莎,我正想给你看这个。"玛卡一边拿过自己的猎枪,一边打开手电筒,在明亮的光柱下仔细摸索着枪管,终于,他用手指小心地夹了一根比松针还细弱的东西,举到阿伊莎的眼前,"瞅瞅,这是什么?"

"一根毛?"阿伊莎回答。

"嗯对,就是一根毛,一根野鹿的毛!"玛卡郑重其事地说。

"啧啧！"阿伊莎翻着白眼，不屑地转过头去，"你真的疯啦，一根毛，啧啧啧，还不知道是哪儿来的毛呢！"

"它不是从天上掉下来的，也不是我身上的，你听我说阿伊莎，我先在一片灌木丛里发现了一坨鹿粪，我当时还捏了一小块放在嘴里尝了尝呢，那可是一坨新鲜的野鹿粪，它还没有冻僵，里边还有三叶草的味道呢。我后来四处找了好半天，直到钻进一片桦树林，在一棵树的树干上我看到了这撮兽毛，没错，这是一头野鹿的毛，是它在树干上蹭痒痒时留下的。阿伊莎，别的你可以不信，但你要相信我这双'老猎'的眼睛，当时我就用枪管挑了几根……"

"所以，你只带回了几根毛？"

"是我的干粮不够了，要不我一定会觅到它的……"

"你认准那是你要找的野鹿吗？"

"这个我可不确定，可有什么关系呢，要是一头别的什么鹿那不是更好，我们冬天就有鹿肉吃了。"玛卡把鹿毛收好，放进他的皮口袋里，仿佛那是一根金丝，"阿伊莎，你今晚多给我准备些列巴、奶坨子、豆油、圆白菜，还有洋葱，我明早还要去追撵那头野鹿，不能再延迟了，我答应过乡长要尽早缴枪的。另外，等格拉回来，你转告给我儿，和他说林子里不是毛都没有啦。"

玛卡这次出行带上了猎狗西尕，这是一只老掉牙齿的四眼狗，它已经追不上任何猎物了，只能给主人做伴。玛卡满载着行装，仿佛去西天取经似的。当他牵着几头驯鹿迎着冬日的阳光、鹿铃叮当地走去时，不知怎么，阿伊莎竟无缘由地伤感起来。

"玛卡！"她在后面喊了一句。

男人回过头来，"怎么啦，阿伊莎？"他的狍皮帽子四圈因哈气结满了白霜。

"没什么，我想让你早点回来……"

"放心吧阿伊莎，我不会住到山里不回来的。"

"要是真的找到了那头野鹿，你把它赶走就是，别再伤害它了。"

"别婆婆妈妈的了，我知道自己怎么做……"

原始林区已是白茫茫一片，没被雪完全遮蔽的森林密密匝匝，勾勒着山峦的轮廓，一条冰冻的河床泛着铁皮似的清冷的白光，蜿蜒在莽莽苍苍的山岭间，沿着这条河道，有一行猎人和几头驯鹿、几只猎犬杂沓的足迹。玛卡寻着上次做的标记重新找到那坨鹿粪和林中的那撮鹿毛，猎狗西尕的鼻子还没老掉，还能嗅出猎物的气味，它用低鸣的犬吠告诉主人，此地确曾有个大家伙出没，这验证了玛卡之前的判断没有错。他绊了驯鹿，带着西尕继续前行。老猎犬虽然走路有点迟缓，但一股神秘的气息正刺激着它的天性，让它昏花的老眼又放出光亮。

兜兜转转不知爬了几道山岭，在一片落叶松和白桦的混交林里，终于，玛卡听到了那个久违的他想要听的声音，没错，那是一头野公鹿的叫声，遥远地从山那边传来，却像一束微妙的光，穿透着重重森林，"呦——呦——"那一声声鹿叫，真让人心颤……

那一刻，玛卡的呼吸也不均匀了。按道理，作为一个狩猎大半辈子的莫日根，他什么样的猎物和场面都该见识过，可这次不一样，原因他也说不清，总之心里很不平静，以至于再走路时两腿都有点颤抖……在一片冷雾沉沉的林间空地，逆风匍匐的玛卡看到了那头野公鹿——它个头高大，身子是灰褐色的，七个叉的犄角像大树的枝干一样高高地举向天空。玛卡安抚下西尕，猎人的本能让他迅速抓起猎枪，借着灌木丛的遮掩，他不断地接近野鹿，找到最佳射击的角度。在准星瞄准之前，他甚至忘记了自己为啥来追踪这头野鹿，更没想它是从哪里来的，他只带着一个猎人寻见猎物的极度兴奋。可是，等他在瞄准镜里看清野鹿的那一瞬间，他执着的意念忽然被撩拨了一下，就像一块火炭被劲风猛地吹醒——这头雄鹿他认得！它脖子上那条白色的颈毛太特别了，就像一团雪落在上面不曾融化，那是别的野鹿所没有的，因而显得那么扎眼，任谁见过一次就不会忘记；再看它的左耳，玛卡的头皮酥麻起来，是的，当年那只阔叶般的鹿耳朵曾被他的猎枪打穿了一个洞，而今那耳缺还赫然在目……

"啊——"玛卡惊叫了一声，那是被什么东西重击之下不由自主的哀叫，为此，他闭目喘息了好一阵，再睁眼去望那头雄鹿时，只见它已警觉地窜入林中，右侧臀部有一处黑洞洞的枪伤，玛卡知道，那也是出自他的猎枪的杰作……

这是丛林里的一头鹿王，很多年前，玛卡的头发还像狗尿苔一样乌黑时，他遇到了它……玛卡不能再往下想了，他精神恍惚地往嘴里塞着口烟，是的，那头雄壮的鹿王撞到他枪口上了，这是它的命数，要知道玛卡的枪法，还没有什么猎物能逃过他的枪口。那次同样，玛卡追踪这头鹿王足有三天之久，在它身上种下了三颗子弹，最后不出意外地征服了它，把它猎杀在一片河滩上。年轻气盛的玛卡用猎刀剥了它的皮，摘了鹿腰子充了饥……做这些的时候，玛卡其实也曾感到野鹿没有死透,它鼓冒冒的眼珠还翻来翻去,嘴里吐着沉闷的口气,发出"吭哧吭哧"的呻吟……直到剥掉了鹿皮,它的后腿仍在抽搐,偶尔用尽全力蹬踹一下;特别是摘取鹿腰子时,腔子里的血还滚热烫手呢,等他把那颗拳头大的东西拽出来,它还在跳动……可那会儿的玛卡什么都不怕,不消喝一碗奶茶的工夫,他就把它肢解了,大卸八块。当他用几头驯鹿驮着战利品回来,整个乌力楞都轰动了,野公鹿的肉像石头一样结实,颇费了一番族人的牙齿呢。那时儿子格拉还没出生,没见过当时的场面,否则他就晓得做一个猎人的荣耀和骄傲了……

玛卡抖着手重新摸起枪,决定跟上这头雄鹿,他要弄个明白,这一切到底是怎么回事,一头野鹿死而复生?那它究竟想干什么?猎狗西尕指引着玛卡钻过一片又一片林子,前面是一座帽子状的山峰。就在山脚下的松树和桦树混交林里,西尕突然停住脚步,立起两耳,发出窥见猎物的警示——那头野鹿不紧不慢地在不远处的一排松树后,闪现出身形,仿佛它一直在等待着玛卡,此时便静静地毫无畏惧地观望着眼前的猎人。一时间,野鹿和玛卡就这样暴露在彼此的目光下。玛卡端着枪,此时已不知所措,没有哪个猎人会这么近距离地直面猎物,而且那个猎物正咄咄逼视着自己。玛卡心虚着,鼻尖上满是汗水,西尕吠叫起来,摇摇晃晃地就要扑咬上去,但被玛卡喝住了。这头鹿看上去那么雄奇,犄角能把天托起来似的,多么漂亮、高贵的野物,却被他猎获了……它在仇恨他,它要以牙还牙!可是,它那对珍珠似的眸子里为什么没有寒光,没有凶恶的怨恨,反而充满了一种宽容的温和,平静得像潭深水。这使玛卡感到很奇怪,有那么一瞬，他甚至莫名地羞愧起来，他低垂下眼睑，红了脸面，像个做了错事的孩子，可过了一会儿，他又想起了什么，不由得打了个冷战，接连后退了几步……

　　玛卡举起了猎枪，对准野公鹿，他的手臂像乱颤的树枝，并恶狠狠地吼道："别装相了，野鹿！我看到了你心里藏的刀子……"

　　"我没有什么刀子，玛卡，"野公鹿瓮声瓮气地，"那个东西，只有你们猎人才有。"

　　"你会说话？你到底是谁?！"

　　"我是你的亲人，玛卡，"野公鹿慢悠悠地说，"很久以前，你们族人和我们野鹿、熊、狍子都是近亲，我们都在一座小山里嚼食山果、苔藓、青草和树叶，相处得就像一家人。后来，在太阳升起的那边，来了一个老太婆，她浑身金光，长着巨大的乳房，人间的幼儿都归她哺乳，她就是你们的创世萨满。对，就是她把山岭拓展开，弄成现在这样，然后把人和我们也区分开了。可那个萨满并没有让她的后人杀戮我们，后来，是你们把什么都忘记了，把我们这些亲人都当成了猎物……"

　　"别废话了，野鹿，我们是猎人，两只手生来就是为拿猎刀和猎枪的，就要吃你们的肉，这没什么过错！"玛卡咬牙切齿地说，"现在我只想知道，你到底是活的还是死的？我多年前杀死过一头和你一模一样的野鹿，你是它的魂灵吗？"

　　"是的，玛卡，你没看错。"此时，天近黄昏，高大的野鹿背光而立，剪影像一座雕像。

"所以,你报复我!"

"不,是白纳查神在惩罚你们,不是我,我只是一头被你们生剥了皮的鹿,尸骨无存……"

"既然这样,我就再剥一次你的皮,让你连魂灵都不复存在……"玛卡的眼睛闪着血红的光,那光只有狼眸里才有,就在那一瞬间,他扣动了扳机——"咣——"那枪响太震耳了,整个林子都被震荡开来……

"咣——咣——"

格拉就是被这三声枪响惊醒的,他惊愕地抬起头,眼前电脑的屏幕仍频闪着,电子游戏还在连珠炮般地继续。刚刚他梦到了玛卡,阿爸正在山林里与一头野公鹿对峙,并且对着那鹿开了枪。"啐!"他往地上唾了一口,梦到枪声可不是什么好事,怕是自己玩《森林猎人》的游戏过了火,一天一夜没睡觉,打个盹儿的工夫,梦见的都是玛卡在狩猎。格拉提着可乐瓶走出游戏厅时,司机小孙正巧来找他。

"你小子不好好踢球,跑到这里来了。"小孙叼着烟卷。

"我这是踢球累了,休息休息,"格拉的头发刚刚理过,染成了桦叶黄,他仰脖灌了一口可乐,"发电机帮我修好没有?"

"修好了,我帮你拉回去?"

"你把我也拉回去吧,我有好多天没回山上了,'老猎'没准唠叨我呢,我刚才梦见他啦。"

"我的小祖先神,你怎么才回来?你快把我急疯啦!"阿伊莎一边轰开几头抢盐吃的驯鹿，一边和跨下车的格拉说，"我就等你回来，一起去林子里找玛卡呢。"

"他走了多久了？"

"和你前后脚走的，按理说早该回来了，他钻林子从来没走过这么长时间。乡长都来找过他两次了……"

"他没准找到那头野鹿了，正走在路上驮它的肉回来呢。"

"白纳查神保佑！可我等不了了，格拉，明早咱们就去找他吧，他带的列巴和菜早该吃光了。"

"可我们去哪儿找他呢？山岭这么大。"

"他和我说过他要去哪里，我认得他留在树上的记号……"

阿伊莎和格拉是举家迁徙的，拆卸了帐篷、吊锅，把所有家当都放在驯鹿背上，每人各骑一头驯鹿，其余的驯鹿被拴成一长串。他们出发了，吱吱呀呀地蹚着没膝深的积雪。

"阿伊莎，我梦到的那头野鹿会说话，它说，过去咱们和它们，还有熊、狍子什么的都是一家人。"

"也许是呢，到现在，我们还管公熊、母熊叫额替坎（爷爷）、额沃，不是一家人，怎么会叫这个称呼呢？"阿伊莎用木棍驱赶着走得慢的驯鹿。

"可是梦里的玛卡还是朝那头野鹿开了枪。"

"他疯了，但愿这一切不是真的……"

第三天中午，迁徙的一家来到了贝尔茨河下游，并且找到了玛卡在丛林中用猎刀留下的树标，他们就在这里扎下营来。接下来的那些天，母子俩每日按着树标四处寻找，扯着脖子呼唤玛卡。一周后,就在两人快喊破喉咙时,他们来到了一座帽子状的山峰前,脚步踏进了那片松树和桦树的混交林,从树隙透下来的阳光掩映着树木的暗影,使林间雪地看起来斑斑驳驳的。再往纵深处,格拉的眼睛就被一个物件吸引了,那是一杆歪斜着的、被雪掩埋半截的猎枪,它的旁边有一处隆起的雪包。格拉拽出枪来,认出那猎枪的枪号是玛卡的。阿伊莎忽然意识到了什么,她跪下身来,迅疾地扒开那个偌大的雪包,随即,里边露出一具赤身裸体的尸体,像一头被剥了皮的野鹿。等阿伊莎拂去那物头上的积雪,不禁失声惊呼:"玛卡!"

"他身上没有伤。"格拉说。

"可怜的人……"阿伊莎啜泣着。

"他是光着身子死的,是谁扒光了他? 是那头野鹿吗?"

"不,格拉,在山上冻死的人,临死前都会感到燥热,自己会脱得光光的……"

重重叠叠的山岭已有了春天的气息,空气中弥漫着林木即将发芽的清香,似乎还夹杂着一股海风才有的腥味。寒假临结束,格拉又搭上了小孙的运材车,这次拖车没有拉运木材,车厢里只有一袋子鹿茸,那是格拉要拿到镇子上卖的。

"春天的味真好闻,我就爱闻这个味道。"格拉背着书包,怀里抱着玛卡的那杆猎枪,他要顺道到乡政府把枪给老布送去。

"可惜我就要闻不到这个味了。"小孙说。

"怎么呢?"

"都怪你臭小子的乌鸦嘴,"小孙瞥了瞥外面的山峦,"林子要禁伐了,山岭上的树一棵也不让砍了。"

"咳儿,我就说嘛,早晚的事,山岭总不能光了身子……"格拉沉默了一会儿,"听说了吗,纽拉萨满死了。"

"当然,听说是刮大风那几天死的,那几天风刮得可真大,快把林子掀翻了,我躲到小工队的地窖子里避风,就听说她死了。这个老太婆一直没找到萨满传承人,走时也不安心。"

"嗯嗯,这大风就是她刮起来的……"

"天!她要干啥?"

"她临死前在翻找自己的萨满服呢,就用风掀翻了林子里的一切……"

"她最后找到了没有?"

"在牛耳河的一个贮木场,大风把山那么高的原木垛搬掉了,在它的底下冒出一个快烂掉的木盒,纽拉的大女儿认出来,这就是母亲过去装萨满服的箱子,可是那上面的锁头是打开的,里边什么都没有……"

"那是怎么回事?"

"族人说,是纽拉萨满的魂魄把它穿走了……"

根河镇的街头可比林子里热闹多了。格拉卖掉了鹿茸,便一头钻进了体育用品店,他要买一双球鞋,这是阿爸生前答应他的。格拉在一排塑料钉鞋的货架前停下来,选了一双尺码合适的坐下试穿。这时,他注意到了鞋子的标志,那是一头鹿的剪影,长着七叉犄角,像极了他梦中玛卡与之对视的那头。对,就是它在黄昏中背光站立时的剪影,一点没错,格拉的心微微惊着。标志下有一行字母——wild deer,格拉读出了这个英文单词,为了确认无误,格拉问店老板:"这鞋子的品牌是?"

"野鹿。"店老板回答。

"哦,野鹿……"格拉恍然地望向窗外,时值傍晚,楼群林立的小镇街灯初上,车水马龙,人流熙攘……

鹿哨

　　丘克牵着一头秃角的驯鹿,和甘步库两个人背着枪,领着西班穿行在林子里。西班十几岁的样子,右肩斜挎着一管桦树皮做的鹿哨。他的额头受伤了,那儿瘀青着一个拳头大的包,几只讨厌的苍蝇围着渗血的伤口嗡嗡转。

　　时值正午,路两旁的次生林遮不住明晃晃的太阳,丘克已满头是汗,他摘下绿军帽扇扇风,嘟噜着那张因长期酗酒而麻木的脸,回头看了一眼西班。少年落在后面有段距离了,正不断地举起水壶往嘴和脖子里灌着水。

　　"西班,快点。"丘克大声催促着他,随手整了整驯鹿背上的驮具。驯鹿晃一晃被锯掉了鹿角的大头,一副滑稽相,鼓冒冒的鹿眼要掉出来似的。

　　甘步库提着裤子跟过来:"我说不带他,你偏带。"

　　"别小瞧这个孩子,他鹿哨吹得好。"

　　"那又能怎么样? 现在的林子,找一只鹿比找一颗星星还难。"

"狩猎不要说这些忌讳的话。"丘克朝他瞪了瞪眼睛,喘着粗气停下来,双手扶膝借以小憩。

"嘁,都什么年代了……"甘步库捋了捋苇絮似的乱蓬蓬的长发,汗水已将它们打成绺贴在额头上,他索性一屁股坐下来,"丘克,我肚子饿了。"

"天黑前我们得赶到有水的地方,再翻过两道岭就是。"丘克瞄一瞄头顶的日光,找了个背阴处盘腿坐下,双手抖得像在筛糠。他胡乱地打开背袋,倒出一堆饼干、火腿、榨菜和水,从中快速翻出一个袋装白酒,用牙齿咬破一角,咕咚咕咚地吮吸,直至塑料袋见瘪。甘步库一把抢过来,张大嘴,让酒水成线状浇到喉咙。这时候,西班赶上来了,气喘吁吁,脸色涨红得像野草莓。

丘克唤少年坐在自己身边,双手把住他的肩头,噗的一口酒喷在他额头的伤口上。有酒水溅到了眼睛,西班啊的一声叫,赶忙揉搓。丘克把他推搡到一边去,回头又抓了一把吃的给他,少年摇摇头,一声不吭地,钻到一大盘树根下躺在那里一动不动。

甘步库瞥了西班一眼:"他怎么整天跟哑巴似的,不说一句话?"

"还不是'瘸腿犴'惹的……"

"你说他那个继父?"

丘克点点头:"那个家伙对西班不好。"

"他对玛莎大婶也不好,这谁都知道。"

"要是卡道布大叔还活着就好了。"

"那还用说,卡道布可是使鹿部出了名的猎人……不过,我看这个小子也是完蛋货,现在的孩子只会打游戏。"

"以后他们用不着打猎了，不打游戏打什么？总不能天天晒太阳。"丘克迷离着一对小眼睛。

"都怪达瓦，要不是他去森林管护站拿枪顶着人家的脑袋要酒喝，上边也不会收咱猎民的枪。"

"迟早的事，"丘克又吮了一大口酒，"他们说了，枪支管理法里边要是有括号，写了使鹿部猎民除外，他们就不收。可是后边没有括号。"

"这么说是达瓦和括号一起把咱们害了……"

"不管是谁害的，这可能是咱最后一次狩猎了。"丘克拿起枪，喝过酒后他的手竟不再哆嗦，粗硬的手掌摩挲着发烫的枪管。因为年久，枪身至枪托的漆皮已渐次斑驳，每一块剥落的痕迹都记录了丘克的狩猎经历，虽然它们都像落叶般去了。

"所以你叫上了西班……"

"是的，我想让他做一回猎人，像他父亲那样。"

"他可差着呢，唉，咱们的好猎人都死光了。"

说这些话时，一旁的西班始终微闭着眼睛，眼皮不时动一下，好似落了什么蚊虫，两只手紧紧地抓着那管鹿哨。

重新赶路的时候，太阳的光比刚才还要烈一些。西班似乎感觉饿了，一整根火腿把嘴巴塞得满满当当，大口咀嚼吞咽，步伐也快了许多，一步不落地跟在丘克屁股后面。不过对甘步库，他却不理不睬。

走了快一整天，没见到一片原始林，矮矮细细的人工林和次生林子里真的没什么野物了,连鸟的叫声都很少听到。路过的鹿道上只有偷猎者下的钢丝套和"捉脚",丘克和甘步库见到就拆掉,像两个拆弹队员似的,这也耽搁了不少行程。

夕阳隐没在山林里时,丘克他们终于翻下了一道山岭,前面是一条狭长的河谷,隐隐能见到亮亮的河湾,大片大片的灌木丛覆盖着这里。

丘克被酒精拿坏了的腿本已疲惫得迈不动步子,不过现在他来了精神,两只眼睛也有了光亮。在进入河谷之前,他瞄好了桦树林里的一根站杆,像头熊那样呼哧带喘地提了猎刀走过去,几声咔咔响动过后,枯木吱呀呀地重重倒下。丘克拎起它使劲向山下撇去。

西班一直在后面瞅着丘克的背影,等他走回时忽然开口,这是他一天里说的第一句话:"卡道布……他长什么样?"

丘克一愣:"你问你的父亲?"西班点点头。

"个头和甘步库差不多一样高,脸盘,嗯……比甘步库的大一点,颧骨圆……"

"不,我想,他应该更像你……"西班扭过头去,望着天边升起的第一颗闪亮的星。

择了一块远离河岸的下风处,丘克给驯鹿拴上足绊,放它去密林里,那儿会有它爱吃的苔藓。那根站杆很快变成了一堆篝火,热气腾腾的吊锅架在上面,里面煮着米粥。一只灰鼠子被甘步库烤在火中吱吱冒油,那是猎人们这一天唯一的战利品。

"丘克,今晚别去蹲夜了,我的脚上都是疱。再说这一路上你也看到了,林子里屁都没了……"

"到这个河边就是为了猎鹿,难道我们是来生火的吗?"

"不可能有鹿了,有的话,那些比瞎蠓还多的偷猎者,他们的套子不会是空的,最起码也会有白骨……"

"那你还来干什么?"

"说实话,丘克,我只是想最后摸一摸猎枪,和你走一趟林子,这就够了。我喜欢对着篝火喝酒,烤点什么吃,没有比这更舒坦的了……"

"可是甘步库,你知道我喜欢什么吗?我喜欢在准星里看猎物移动的样子,然后听见我的猎枪扣动扳机,砰——砰——"丘克一边举枪做瞄准动作,一边模仿着枪声,"那声音真他妈带劲……再看猎物,猛地前蹿,一个跟头栽下去,这就是一个使鹿部猎人要做的。"

"我累了,只想一头倒在这里睡觉。"甘步库往火堆里加柴。

白酒还剩下两袋,丘克不再言语,咬开一袋喝下一大口递予甘步库,再喝自己这袋。这让甘步库很不高兴,拿了灰鼠子扭头到旁边一个人去吃。

丘克用眼睛瞥着他,从后面一个偷袭,抢了鼠肉撕下两条大腿递给西班,剩下的又丢给他。

"我打的灰鼠子……"甘步库抱屈了一句。

"这他妈还是我买的酒呢。"丘克朝他挥了挥拳头。

篝火熄灭成一堆红炭时,火光暗淡下来,灌木林的暗影和漫天的星星随之从他们的周遭隐现了。甘步库躺在铺展的犴皮上打起酒鼾,丘克也已酒醉,摇摇晃晃地爬起来,踢了他一脚,甘步库翻个身照睡不误。

"完蛋货……"丘克嘴巴直勾勾地打着酒嗝,他的手脚已不听使唤,他趔趄着将猎枪挎在肩头,"走,西班,打猎去……"

"你、你喝多了。"西班蹲在地上,把下颌放在两臂中间,一副沮丧相,"你不是个好猎人……"

丘克走过来,用手摸摸西班的头:"走吧,臭小子,我要证明给你看,丘克是个莫日根……"

"你的手都端不住枪了。"

"瞅着,"丘克转过身去,一泡尿撒得断断续续,"我的手能掐住家伙撒尿,就能……端枪……"

西班狐疑地望一望他,眼睛落到甘步库的猎枪上。"我能用他的枪吗?"

丘克咧嘴乐了:"你……个头还没枪高呢……"

西班把鹿哨斜背在胸前,两手端起猎枪扛在肩上:"只要有野鹿,我会打到它的……"

在最后一点炭火的微光中,一高一矮两个人的背影向着黑黝黝的灌木林行去了。

半个残月升在远处的山崖顶时,丘克和西班已接近了窸窣作响的溪流,一片铁色的泡子就在前方沉睡着,更密集的红柳林和芦苇荡掩映着它。柳丛里不时传来一两声夜鸟的孤鸣。

丘克屏着酒气和呼吸,他找到一块开阔地,从这里能窥视到大半个水泡。他藏在一簇大灌木丛的树根下,示意西班埋伏在他身边,西班却扛着枪向水泡沿靠近。

"西班,"丘克压低声音喊他,"别往前去……"西班回头瞅了他一眼,转瞬间淹没在芦苇荡里。夜色又恢复了原样,一切都静悄悄的。

突然,河谷里传来雄鹿的哞叫:"嗷——嗷——"

那叫声短促而急切,一声接一声,像极了真鹿。丘克一愣,立耳辨听,才知晓那是西班的鹿哨。

"小兔崽子……"丘克一乐,咧嘴骂了一句。停顿了好一会儿,却听不到任何回应。

"嗷——嗷——"又一阵叫,仍没有野鹿回应。

被淡淡的月光悬照的峡谷太静谧了,仿佛天地间的一切都沉浸在它的梦里似的,丘克就在这呦呦鹿鸣中昏昏睡去。不知过了多久,他再睁开眼睛时,眼前的一幕让他一个激灵爬起来:不远处的水泡岸上,一头强壮的雄鹿正擎着树杈般的大犄角,来来回回颠着碎步,亢奋地东张西望,这会儿正伸长绒白的脖颈"嗷——嗷——"地叫。两声震耳呼吼把丘克的手叫得发颤,他强作镇定,抖着手端起枪,瞄准雄鹿那挺拔雄伟的身躯,可他的手指却不听使唤,就连枪栓的位置都摸不准了。他蜷缩了身子低头狠咬了一口胳膊,这才将手指伸入扳机……

"砰——"

那一声枪响震人心弦,回音经久不息。瞬间,雄鹿一个前趴栽倒在夜色里,将月光激荡出层层涟漪……

"我说过……我的手能掐住家伙撒尿,就能端枪……"丘克一个大酒嗝打出来,满意地吧嗒吧嗒嘴,他想爬起来去看个究竟,身子和脑袋竟比老树墩子还沉,只能张着嘴巴歪下头倒在那里……

天刚放亮时,仍在树丛下酣睡的丘克被甘步库喊醒,甘步库惊惧着没了血色的面孔:"丘克,快看看西班,你快看看西班……"

晨雾弥漫的岸边,西班仰躺在那里,胸口和地上凝固着一大摊刺眼的血泊;他的头上多了一个用树枝和芦苇扎成的草帽,一只手还紧握着鹿哨……

丘克瘫坐在地。旁边有一颗闪光的东西被他瞄到,那是一枚弹壳,他拾起来看了一眼,就摘下帽子,双手狠揪着头发,好半天才发出声音:"去吧,甘步库,去把玛莎大婶找来……你返回去就近找到公路,那儿会有林业管护站,你打电话给玛莎大婶……我在现场守着……"

"到底是怎么回事?"

"我让你去,你他妈就快点去!"

甘步库不敢再言语,一步三回头,连滚带爬地钻进了林丛。

太阳沿着弧线从峡谷的一边终于滑到了另一边。

有人影出现在夕阳的山坡处,那是甘步库牵着驯鹿的剪影,灰白色的驯鹿背上驮着的正是玛莎大婶。再下行坡度变陡,老妇人爬下驯鹿背,她包着褐色头巾,敞着衣扣,与驯鹿一起颠着碎步向这边匆匆而来。

河滩上,西班的身体上覆盖了一层晒蔫的柳枝和草叶,同样晒蔫的还有旁边的丘克,他一动不动地守在那儿,注视着来人,脸黑得吓人。

老妇人走到跟前,并不瞧丘克一眼,就一头跪下来,掀开西班脸上的遮盖,把他的头紧紧地搂在怀里……

"我的儿子,阿妈到处找你呢……昨天早上那个瘸子打了你两棍子,我恨不得一枪崩了他……可谁知道你跑到这里来了……我的儿子……"

她的眼睛这会儿转到丘克身上,闪着猎刀的光:"是你杀了他?"

"你听我说,玛莎大婶,我不知道怎么开的枪……我只是听到了鹿叫……"

"所以你把西班当成了鹿……"

"怪我,怪我喝多了酒……"

"可是丘克,你不知道山岭里没有野鹿了吗?怎么叫它们都不会再来。"

丘克还想再说些什么,玛莎大婶却拾起了地上的枪,对准了他的胸口:"去吧,丘克,去学几声鹿叫,让我也听一听。"

丘克一怔,犹豫了一下,最后还是掰开西班的手指,取出了鹿哨。他慢慢地沿着泡子沿往远处走,背影像一头受伤的刚刚从泥地上爬起的鹿,趔趔趄趄地,直走到另一片芦苇荡里……

那几声鹿叫是丘克发出的,里边带着说不出的悲鸣和嘶哑的杂音,像尖利的石头划伤了喉咙。

玛莎大婶始终端着猎枪,对着那儿,她扭过头问甘步库:"他叫得咋样？”

“不、不怎么样……”

老妇人点点头：“连个孩子都不如。”

“要说鹿哨，卡道布大叔叫得最好。”

“是酒把你们这些人弄坏了，我说的不止这些……”玛莎大婶眼里闪过一点晶亮的东西，她轻轻试了试扳机，“林子里什么都没了，使鹿部的好猎人都死光了，留着枪给你们这些没用的猎手只会伤人……”

“砰——”一股弹片的青烟在丘克的头顶散过，他的绿军帽像一只鸟那样飞射了出去……

这时，玛莎大婶把猎枪丢在地上，用手背抹了一下眼睛，解下头巾到河边去洗了又洗，回头用它仔细擦拭了西班乌青色的脸，再脱去他被血弄脏的衣裤，这才打开随身携带的包裹，里面是一身崭新的狍皮衣和犴皮靴子。玛莎大婶就像给睡熟的孩子穿衣那样，一点一点为西班穿戴整齐，最后上下端详了儿子一番，说了一句：“这才像个使鹿部猎人，长大一定像你的父亲……”

老妇人双手托起儿子，把他高高举起，放到那头灰白色的驯鹿背上，然后就牵起缰绳，冲着山中那最后一抹夕光踉跄着走去。甘步库小跑着，跟在她的后面。

他们刚刚爬上山崖，一声沉闷的枪响从河谷里再次传来。甘步库眉头一沉，他预感到了什么，用手揪住胸口，转头去看，却见身后已是一片暮色苍茫，莽莽丛林好似泼墨在谷底，什么都看不清。

父亲狩猎归来

　　如果说我们村这十几年来还发生过什么大事，那就得从一头黑熊说起。请白纳查神原谅，恕我直呼了亚亚（黑熊的神圣称呼）的大名。没有它的出现，我们恩都力村只能越来越死气沉沉，街头除了终日酗酒者的丑闻，偶尔会掺杂几头毛驴寂寞而高亢的嚎叫，此外再无微澜。

　　可这绝不同于往昔。至少在族人放下猎枪之前，我们猎民村曾经一片生气。那时，无论少长，男人们最热衷的该是背起猎枪，三五人组成一个阿额小组，牵上几匹好脚力的骟马，再带上五六条耳聪目明的猎狗，一头钻进山林，直到猎取了足以向整个乌力楞炫耀的收获才会回来。这个时候，男人们的腰板才最挺拔，闻讯而来的孩子和女人们则大呼小叫，前呼后拥地，如同迎接英雄那样，将猎物卸下马背，再帮男人取下猎枪。男人们接过一瓢凉水咕咚咕咚饮尽，用满是血污的衣袖抹一把干裂的嘴巴，许多天来用雪搓洗的脸上这会儿就露出了得意的笑容。

萨满说："世界总在颠来倒去。"这句话说得没错。不知从什么时候起,山岭上森林浩瀚、松桦参天的景象不见了;原来狍子、马鹿、野猪、罕达犴、黑熊、狼、狐狸、猞猁到处出没,甚至还有老虎和棕熊的身影,而今也仿佛一夜之间消失了踪迹。

　　以我父亲为塔坦达的族人,终日像瘦狗一样去山上转悠,结果都是无功而返,连只山鸡和野兔也猎不到。整个乌力楞陷入了从未有过的恐慌,那恐慌来自饥饿和失去林木遮挡突然暴露于山岭之间的茫然无措。也就在那个时候,政府出面了,号召猎民要放下猎枪,退猎归农;并要保护野生动物。总之现在没有了猎枪,不去种地还能干什么,总不能混吃等死。

　　于是,我们每家分到了十几亩土地。世代以狩猎为生的族人根本不会这种耕田的技艺,握猎枪的手一旦拿起铧犁,都不知从何下手。一直以来,我们族人都是乌力楞氏族公社分配制的,谁打到了猎物,都要按阿额或者整个乌力楞的人数均分,实在分不得的内脏肠肚也要由吐阿沁(妇女)煮熟,像宴会一般由大伙一同吃掉。那场景热闹非凡,大人小孩混迹一处,或蹲或坐,吃肉唠嗑儿,甚至还会唱起"赞达温",跳起"罕贝舞"。每每这时也是孩子们最兴奋不已的时光,我们玩"打鬼护子",直弄得尘土飞扬一身泥土才算罢休。可是农耕生活就完全不一样了,划给自己十亩土地就是十亩土地,谁也不能多占一寸,自己过自己的日子,谁也帮不了谁。没有了狩猎的团结,亲缘关系疏远了;没有大公无私的猎物均分,人们变得极端自利。

　　不再狩猎的村庄注定像被砍伐后的林地一般沉寂。就在这时,一头野兽的出现,像颗子弹那样打破了这一切。

我的父亲也听到了野兽的消息,他曾经是恩都力村最棒的莫日根,作为一个猎人,他关心猎物就像农民关心天气一样。可这几年我父亲已威风不在,同其他族人一样,自从放下猎枪之后,他头两年还将分得的土地胡乱用犁杖翻一翻,把种子像给小鸡撒米似的扬到地里。可人们所盼望的麦子和苞米没有像变戏法那样长成森林,杂草反倒是一派榛莽的模样,稀疏、纤弱的庄稼最后基本无所收获。这样反复几年,父亲对耕种失去了仅有的好奇和兴趣,任土地荒芜,再不去管。放下猎枪的失落让父亲颓靡不堪,他每天天大亮才从炕上爬起来,然后饭也不吃,驼着背干咳不已地走向熟悉的山岭,直到夜晚星星出齐才慢吞吞归来,和我们也一言不发,好像同整个世界已无话可说。

整个家庭生计就靠母亲养猪维持着。有一天母亲无可奈何地问他:"你整天啥活不干,上山瞎溜达啥呀?"

父亲呆愣了半天,才说:"我在数数。"

一个四十几岁的男人每天去山上数数,父亲的回答让我们兄弟几个啼笑皆非。可事实就是如此,父亲用他的猎刀对漫山遍野被砍伐的树桩进行了清查,密密麻麻白惨惨的树桩上,无论落叶松、柞树、杨树,还是黑桦、白桦,每一棵都让父亲刻上了阿拉伯数字,那情景壮观得让所有人都目瞪口呆。而且他刻得是那么端正、认真、一丝不苟,像给那些死去的树桩雕刻墓碑。父亲酒醉后曾诡秘地对我们说:"树也有灵,它们的尸骨被运走了,不能连个记号都没留下。"

可父亲的不务正业也让他吃尽了苦头,他凭一己之力想清查几百里山岭上的树桩是不可能的。为此他接连害死了我家和叔叔家共有的三匹马，两匹是累死的，一匹掉进了偷猎者的陷阱里崴折了腿；他还踩碎了几十双布鞋，刻坏了整个镇上的猎刀。

更多的时候，背手上山的父亲目睹了林业工人的采伐作业。当数十台油锯轰鸣作响，将一片片参天大树齐根锯断，父亲就伫立在施工现场，傻呆呆地看着这些熟悉的树木轰然倒去。父亲神情恍惚，弯下腰去抚摸树桩残存的体温，上面满是湿淋淋的树木的血液，而倒伏在地的大树尸体依然那么苍翠雄伟。伐木工人问我父亲："你在干什么？"父亲慌乱地举了举手中的猎刀："我、我等着刻、刻树桩……"

伐木工人哄堂大笑，笑得和风摇树叶一样哗啦哗啦响。而我的父亲也显出了相当地愤怒，他的表现方式是，不等他们锯完树木，就先用刀子把整个林子的树根部都刻上了数字。筋疲力尽的父亲用自己的方式回敬了伐木工人。

直到有一天，父亲被自己累倒了，他浑身忽冷忽热，头晕目眩，夜晚总突然从梦中惊醒，嘴里喊着我们闻所未闻的数字，大概比星星还多上几倍。这么多的数字，即便那是鹿毛，也会把人压垮。

父亲高烧不退，翻着白眼仁胡言乱语。母亲请来村上的老萨满为父亲看病。老萨满为他占卜，看看是哪路神在怪罪。他在父亲叠好的衣服里放了一把斧子，等老人家用没牙的嘴念叨到白纳查神时，十几斤重的斧子竟像鹅毛那样晃晃悠悠地飘了起来。老萨满拍了拍我父亲比火炭还烫的额头，说："这是山神白纳查附在他身上了，怪罪你的莫日根好久没给它祭献猎物啦。"

可是光秃秃的山岭上哪里去找猎物呢？母亲掉下眼泪。

老萨满说："别急，孩子，我已替他向山神许诺，让他日后猎到东西，趁血没干前涂抹在白纳查神的嘴边……"

母亲给老萨满提了一只嗷嗷乱叫的猪崽作为酬谢。老人家走出院门又回头叮嘱："许愿就得还愿，等他病好了，就去打一只猎物回来吧，否则要大难临头的。"

父亲的病竟奇迹般地好了。这天清晨小鸡还没叫三遍，他披上衣服穿鞋下地，脸色虽然惨白，浑身虚汗，可像刚刚做个噩梦那样，问我们："我这是怎么了？睡了多久？"

就在这个时候，关于野兽出没的传闻来到了我们恩都力村。它的出现先是与几处农人的庄稼地被毁有关——租给外地农户的农田不知给什么庞然大物毁坏了，青涩的苞米被过早掰下来丢得满垄沟都是，秸秆成片倒伏。从地上丢弃的苞米穗子来看，那是一个不同于野猪的大嘴巴家伙干的。紧接着，又有不知深浅的猪和鸡去山岭中散步，也被猛兽伤害了，弄得鸡毛飞舞、猪肠涂地。

农户们来请父亲出山，作为村里的塔坦达，父亲有责任为他们排忧解难。母亲本来担心他大病初愈，身体虚弱，刚要说话阻拦，但被心切的父亲制止了。就这样，农人用毛驴车拉着父亲（退猎归农后，村中的马都换成了驴）到山上查看现场。驴车驶过两道山岭，次生林低低矮矮，凡是没树的地方种满了土豆、苞米、高粱、木耳，一片连着一片。越过眼前的山冈就到了庄稼被毁之地。忽然，一阵初秋的西南风吹过，掠过父亲的鼻翼，父亲大惊失色，猛吸了几口气，脸上竟呈现出酗酒人才有的痴迷。他对着瓦蓝的天空扯起嗓门，颤抖着高呼起来:"亚亚,是亚亚!"

嗅一嗅空气就知道是头黑熊,农人们那天对我父亲钦佩不已。很久以来,他们对我父亲都比较轻视,他们不知道这个村庄的历史,不了解族人的过去,只认为我父亲不过是个土著二流子,天天游手好闲去山上穷逛。特别是父亲十几年来刻树桩的行为,在他们看来简直不可理喻。现在我父亲终于用他猎人的鼻子让农人们服气了。来到肇事现场,父亲看了一下杂草地上那些黑熊足迹留下的扁平大坑,再到倒伏的苞米地里拾起几穗啃食残缺的苞米,父亲蹲下身喃喃自语:"是额替堪!"族人历来把上了年岁的公熊王叫作"额替堪"。父亲神情异常,仿佛陷入了回忆的泥沼:"我小的时候就见过它,额替堪,没想到它还活着……"

父亲的断言让农人们心惊肉跳。要是这么算起来,那头老黑熊大概得一百来岁了,而且它还是黑熊之王。他们张着嘴巴听父亲讲述这些,一时之间愕然无措了,好半天才镇静下来。

"那怎么办?"农人问我父亲。父亲摇摇头。

农人急了:"必须杀死它,否则我们的庄稼可就完蛋了!"面对乡人迫切的求助目光,我父亲却犹豫不决了,他像个哲人那样,原地徘徊了十几圈,最后对他们说:"你们让我考虑一下。"然后头也不回地走了。

在我们族群里,对熊的敬畏是显而易见的,不仅不能直呼它的大名"牛牛伙",而且将公熊以祖父——亚亚、母熊以祖母——太贴相称。很久以前,族人是不准猎熊的,因为熊最早是人,后来才变成了熊。据古书记载:从前有一位女性祖先,去深山里采野果,一时之间贪多忘归,结果离家越来越远,就迷失了方向。找不到家了,她只好独自一人留在山林里生活,后来因为寒冷,身上慢慢长出了浓毛,又为了方便吃杂食,嘴巴也凸起来,并生出了利齿和刺舌。许多年后,她的丈夫寻找她来到这片林中,看见一只黑毛熊正在采食都柿,便拉弓射箭,一箭射死了黑毛熊。等猎人来到近前看仔细了,才发现熊的右前肢上戴着红手镯,那手镯上的花纹和印记表明这正是他妻子的;再看黑熊的眉目,依稀还能辨出妻子的模样……

不过禁忌终有被打破的时候,后来当族人拥有了别拉弹克枪和步枪时,一切规则都被改写了。但对于熊,族人仍旧倍感神秘,特别是它的凶猛无畏,总叫人恐惧不已。只是近十几年来,熊作为山岭中最大的猛兽已经越来越稀奇难见,随原始森林一同销声匿迹了。

夜晚,躺在炕上的父亲心事重重,辗转反侧。母亲唉声叹气:"要是头鹿或是头野猪就好了,哪怕是只野兔……"

"有什么好?"

"那样我们就可以给白纳查神还愿了……"

父亲在黑暗里瞪了瞪眼睛:"就是只蚂蚁,我也不能踩死!"说完转过身去,背对着母亲。

第二天一早,农户们又来找我父亲,一院子的人咳嗽吐痰,吵吵嚷嚷,把我家门槛都踩破了。可我父亲就是闷在屋子里不出来。我和几个伙伴在人群里挤来挤去捉迷藏,一会儿又扒着门缝瞧我爸。伙伴问我:"哎,你爸为啥不出来?他是不是也怕熊瞎子呀?""我阿爸才不怕呢!我爸是最棒的莫日根!"站在门口劝我父亲的矮个子农人听了,恨恨地说:"什么莫日根,我看你爸比我们还胆小如鼠。"

许是这句话激怒了父亲,他望了望躲在农人屁股后头的我,就走过来推搡开矮个子,用他那双有力的雕刻树桩的大手扶住我的肩膀,说:"你说得对,儿子,阿爸是最棒的莫日根。"他并不转身,对那些农户说:"好吧,你们去找一支猎枪来!"

农户们这才破涕为笑,熙熙攘攘去到乡政府,很快批来了猎熊的批条,还扛回来一只旧式的别拉弹克枪和一口袋子弹。

那天早上,我父亲从几个农民的手里重新接过猎枪,他的眸子闪闪发光,用粗糙不堪的手反复摩挲着枪杆,半天才抬起头,眼睛湿润地问我叔叔:"还有鹿腿骨髓吗?"叔叔知道他要擦枪,不耐烦地说:"嘿,啥年代了,还有那东西?"

父亲要上山猎熊了!这消息传得比秋风还快。我和几个哥哥兴高采烈,满街巷去传播散布。父亲这会儿竟重现了年轻时的神采奕奕,他的腿脚也不再瘸瘸拐拐,他召唤上叔叔,还有过去阿额的几个好伙计,一同挑灯密谋,擦枪摩掌。我和几个小伙伴扒窗偷窥,看见父亲目光炯炯,他甚至还光着臂膀——说也奇怪,过去父亲与我们天天生活,我从没看出父亲的肩膀这般强壮,肌肉竟像黑桦树一样结实,在灯下还泛着乌黝黝的光。从那一刻起,我对父亲充满了崇拜,他本来有着非凡的本领,不过是被时间的树荫埋没了。你看,只要他一开口讲话,别的伙计和叔叔都洗耳恭听,而别人提的意见却需要父亲点头方可。叔叔说,路过林业局时得借个大铁笼子,父亲抽了口烟,点了点头表示同意。这使我倍感骄傲,幼小的内心也因父亲出征前的庄严变得更加激动了……

第二天天不亮，父亲他们就出猎了。几个人、几匹马和几条狗，隐没在黎明前的轻雾里。

老熊王为什么会跑到村庄来？父亲的判断是：它在树木稀疏、低矮的山岭上已经寻找不到栖身之地，更没有野果、野物可食，最后误把庄稼地当作了天堂，把村庄当作了食源。

父亲出猎的那些天，我在做什么？如今回想起来，仿佛我只做了一件事，那就是隔上一个时辰就一溜烟地跑到村口望上一望。少年顽皮的我也不再无知地玩耍了，只翘盼父亲狩猎归来，真正的莫日根父亲即将给整个村庄带来震撼，带来英雄之举，这多么让人期待……

在村头徘徊的时日，我还第一次感受了大自然的壮美，之前幼小的我从没有在意过这些。特别是太阳要落山的时候，那巨大的火球稳稳地停在山岭上，它的旁边缭绕着大片大片红灿灿的云霞，仿佛要把整个村庄遮蔽了、熔化了。此时，天却是透明的，高远无比、深不可测，单把一个火球的光辉映照在暗淡的大地之上。与它相比，我们的村庄和山岭显得那么低矮，只有恭顺、臣服的份儿，而蚂蚁一样走来走去的人简直渺小得不值一提。而此时我想，这样的晚霞父亲该见过几万次，他一生徘徊在山林间，见过不知多少自然的美景。这会儿我多么希望父亲忽然间从太阳中向我走来，他黑色的剪影踏着红霞而来，腰板挺直得如同枪杆……至于那头老熊王，我相信已经被父亲神勇的猎枪击毙了。

苦苦等待了九天，却始终没有父亲的踪影。我心情开始烦躁，母亲压抑着隐忧。第十天的早上,我没有早起,赌气地趴在被窝睡懒觉,晕晕乎乎中,就听见母亲冲进屋来唤我,激动不已地说:"快,快起来,你阿爸他们回来了!"

我是被母亲拽搡着跑向村口的,母亲的腿脚比小孩子还要灵便。村人们也闻讯簇拥而来,见到母亲都龇着牙扬起笑脸。消息是其中一个伙计快马来报的。我不顾母亲的阻拦,撒腿迎向了村庄外的山岭。我跑得痛快淋漓,心情像松涛一般激荡。跑着跑着,我就看见了父亲的队伍,一个肩扛别拉弹克枪的汉子牵着马走在最前面,身后是一个巨大的看不清内容的家什。我一边奔跑一边使劲揉着眼睛,想辨认父亲的身影,我认出了打头的是我的叔叔,就疾步跑向他。我气喘吁吁,到了近前第一句话就问:"黑熊呢,打到了吗?"

叔叔摸了摸我的脸,使劲点点头,就拉着我的手走向了队伍的后面。我这才看清这身后的家什,原来是一个有一间仓房那么大的铁笼,里面正是那头黑熊之王——额替堪。它高过我几倍的样子,像小山丘一般黑乎乎地塞满了笼子,此时正屏着呼吸用一双黑眸子望着我,嘴边吐着大团白沫。随后它放开呼吸,猛地向我喷过一股臭气,我就像一片羽毛般被吹倒在地。

我抹了一把脸,惊魂未定地坐起身来,探目寻找我的父亲,可在归来的队伍里竟然没有看见他的身影,这让我失望,我认为父亲这时应该像盖世英雄那样走在人群最前面才对。我问:"我的阿爸呢,他在哪儿?"

叔叔望着我,许久没有回答,这让我感到莫名其妙。我说:"没有看见阿爸啊!他在哪里?"

叔叔转过身去,抽搐须臾才说:"你阿爸他、他被额替堪……"

从叔叔的悲痛中我预感到父亲遭遇了不测,可我不能相信他的话,就像我不能相信自己的耳朵,再转头望向同归的族人,他们一个个表情肃穆,沉默而哀伤。一种震惊袭击了我,让我大脑呈现出暴风雪般的空白,我大声喊:"不,你胡说,我阿爸不会被黑熊吃掉的,你们胡说……"

我不顾一切地往森林中跑去,跑得落叶纷飞,大雪从天空簌簌而降,整个林子都在同我一起奔跑……

叔叔后来对乡人说,那天,我父亲他们分头行动,去寻找黑熊的踪迹。是父亲最先发现的额替堪,就在它向我父亲扑去的一瞬间,一起跟去的伙伴看到父亲举起了枪,他的枪口都已经触到额替堪胸膛的白毛了,可他却没有扣动扳机,反而把枪丢掉了……

接下来我的记忆被初秋的大风吹散了,少年的我像父亲那样,独自一人背着手走向了光秃秃的山岭。我穿过寒冷而萧瑟的树林,踏过父亲刀刻的漫山遍野的树桩,越过枯瘦的河流,去寻找父亲的秘密。而莽莽山岭间总有一个孤独的身影挥之不去,这时的我似乎读懂了父亲,我泪流满面,大声地对着山林说:"你永远是这森林里最好的莫日根,安息吧,我的父亲……"

父亲鱼游而去

那年，父亲死去的时候我才五岁。我父亲被乡人从河里捞出来时，样子就和活着的他不一样了，这使母亲有理由怀疑。母亲用一种疯子似的神情震惊了我："这不是我的男人，这分明是一条臭鱼。我男人他不会死的，他已经变作真正的鱼游走了……"

母亲说这话时太一本正经了，以至于让我不得不信以为真。母亲这么说也就这么做了。她认为岸上那肿胀得和一条鼓肚的臭白鱼一样的尸体不是父亲，就毫不犹豫地拉起我的手，头也不回地离去了。

这举动分明让乡人目瞪口呆，他们望着母亲散乱的头发、憔悴不堪的背影，摇着头说："这女人肯定是疯掉了。"

那具不被认领的尸体被无可奈何的乡人草草埋葬，这也埋掉了我对父亲的最后记忆。事实上，幼小的我也宁肯相信母亲的话：我原本又黑又壮的父亲怎么会一下子变成那种样子？那才真叫不可思议，要知道父亲在我的印象里是和黑熊一般高大的。

母亲回到河岸边临时搭建的窝棚里，就不再像往日找不见父时那样悲伤了。她也不再茶不思饭不想,而是开始找来稍显干燥的柴火,埋锅做饭。她把乡人施舍的半袋米小心翼翼地倒出半碗,为我做了几天来第一顿热气腾腾的米粥。这时的母亲似乎也恢复了如以前一般的平静,但在乡人看来,她的一个异常举动还是为她的发疯提供了佐证:头不梳脸不洗的母亲找来一口锈迹斑斑的大锅,用水和磨石把它刷得干干净净,安置在窝棚内的地上,四角用砖砌实,使大锅看起来四平八稳,然后气喘吁吁地担来洁净的河水把锅注满。我先前并不晓得母亲做这一切是为了什么,直到她歇息下来,俯下身在水面兴致勃勃地探究。母亲一会儿趴在锅沿侧耳谛听,一会儿又瞪大眼睛鹰视水底。最后,一个气泡从锅底冒出来时,母亲终于喜笑颜开了,她指着锅底对我说:"你瞧,你爹正在里面游来游去呢。"

这话足以吓坏我,因为锅里除了水,根本什么都没有。

我战战兢兢地告诉母亲:"你看错了,这里面根本没有人……"

母亲严厉地告诫我不许胡说,随后又笑嘻嘻起来,说:"你还小,当然看不到他,但你爹能看见你,他还向你招手微笑呢……"

一个盛着河水的锅里竟能隐藏这么大的秘密:我所看不见的人却能看到我并向我发出召唤。我内心矛盾重重的不禁对母亲的魔法感到寒冷和恐惧。

那场大水来临之前,我活着的父亲给乡人的印象总是在半百里之外的河滩里尘土飞扬地开掘。远远望去,你甚至会错以为那是只沙鼠正全神贯注地在挖掘洞穴。母亲生我之前的一段时间,父亲和她曾经有过相对短暂的平静生活。可忽然有一天,沉默寡言的父亲开口说话了,他对母亲说,他要把家搬到距村落二十几里远的那个干枯掉的河床上。母亲先前还以为父亲在开玩笑,等他动起真格时,瘦弱的母亲不得不和他吵得昏天黑地了。她甚至认为这是父亲的神经出了毛病,本来在村里住得好好的,却要搬家到荒无人烟的河滩里。对于母亲的作梗,生性孤僻的父亲不予理睬,一意孤行。父亲的理由是:"这村里吃水太难了,到处都打不出一口井来。"

是的,我故乡的地下水极为匮乏,方圆十几里的地方只能找到一个有水的井眼,乡人为了吃水费尽艰辛。

如父亲所言,那片还残存有贝类化石的河滩里确实井水颇丰,胳膊粗的井管打入地下十几米深,满带沙土的井水就漫溢而出了。

不过事情远远不像父亲说得那么简单。家搬到河滩不久,母亲就发现了父亲不可告人的秘密,她认定那才是父亲搬家的真正原因。父亲每日清晨以拾粪为名,背地里却在河床上四处拾捡毫无用处的贝壳。更令母亲气愤不已的是,他没有把风化成石的贝壳作为收藏,而是放进嘴里吞掉了。母亲几乎能听见贝壳滑过他喉咙时发出的艰涩声,他的吃相相当难看,几近狼吞虎咽。

没人能知道他这样的嗜好从何而来。被惊吓坏的母亲蹲在地上,呕吐不止。

在此之前,父亲应该是个老老实实的正常人,从没有吞吃任何杂物的迹象。父亲甚至以洁为美。在饮水都相对困难的日子里,父亲宁肯少喝一些,也时常擦洗身子,这和终年不洗澡的乡人就大不一样了。尤其是下雨天,父亲会像一只鸭子那样兴高采烈,他不但不会随同乡人一起奔跑着避雨,反而大步流星地走进雨中,找一个背人的地方脱光衣服,一丝不挂地在雨中沐浴。就这一点来说,并不能证明一个人的行为反常,谁不向往痛快地洗个冷水澡呢?

那个年代,日子拮据,善良的母亲以为父亲馋肉了,她甚至为这个自以为是的想法感到内疚。这天她特意卖了积攒多日的鸡蛋,到遥远的集市上买来猪肉,满心欢喜地煮了一锅,等傍晚劳作归来的父亲享用。当母亲把香喷喷的猪肉呈现在饭桌上想给父亲一个惊喜时,结果却令母亲大失所望,父亲对那盘肉连眼皮都没抬一下。母亲柔声说:"这肉是我从集上特意为你买的,你别舍不得吃,我的那份留在锅里呢。"

我的父亲基本上没有顾及她的情绪,把那盘肉直截了当地推到母亲的跟前,说:"还是你吃了吧,我看着它恶心。"

差不多一年之后,河滩上的贝壳被父亲小鸡啄米似的吞食光了,偶有残余也像清晨里的星星般罕见了。母亲因此暗自高兴,她的想法是:这回贝壳没有了,我看你还吃什么?

那天清晨,父亲照例早起去拾捡"牛粪",母亲为了证明自己的窃喜是真实可靠的,于是悄悄尾随而去……没多时,母亲就跌跌撞撞地回到家里,她捶胸顿足,垂着鼻涕和一线线泪水和乡人说:"你猜他在干什么? 他在吞吃沙土,一把一把的沙土……"

透过沙柳的枝叶缝隙,我母亲真切地看到了这一幕:父亲像一只偷食蜂蜜的狗熊那样,把大把大把的沙土塞进嘴里,干燥的沙土把他的嘴塞得满满当当,以至于嘴张得相当艰难,但这丝毫不妨碍他的顺利下咽,喉结蠕动得像一只拱上拱下的鼹鼠。母亲用一声尖叫打碎了父亲的吃境,他仿佛刚刚被人从噩梦中惊醒,瞪大眼睛愕然地望着母亲,眼神茫然而空洞。

一段时间以来,母亲和父亲的房事进行得相当痛苦。母亲对姐妹们说:"你们知道吗? 他的那个东西像一大把石子,粗粗糙糙的,一会儿又变得绵软了,窸窣得像一把把沙子,干燥、闷塞,简直让人无法忍受。"

在发现父亲吞食沙土之前,母亲没有理由拒绝父亲的性爱折磨。作为妻子,母亲是个贤惠得逆来顺受的女人。但从现在起,母亲再也不能容忍一个男人的胡作非为了,她决定用自己的办法对父亲施以惩罚。母亲一转身回到家里,首先从门里丢出了父亲的铺盖,接着属于父亲的物品像排队跳水的青蛙那样,一一从门里蹦到门外。

母亲想,或许男人不久之后会似个犯了错误的孩子站在家门口,或者走进屋来向她苦苦哀求,这样说不定心地善良的她就会把委屈的鼻涕眼泪再一次甩在地上,然后像长辈那样告诫他,贝壳和沙土都是不能吃的,人又不是鱼和泥鳅,怎么能消化那种东西呢?

基于这个想法,母亲开始了漫长的等待,并且一边佯装成怒气冲冲纳鞋底的样子,一边不停地向窗外张望。不过,我母亲是一个缺乏耐心的人,在等待父亲归来的时间里,她显得烦乱不堪、心神不宁,这从那只被纳得七扭八歪的鞋底上就能看得出来。可一切都出乎母亲的意料,那一天,父亲不仅没有向她讨饶认错,甚至都没有回来。夜晚来临时,空等了一天的母亲只好把丢出去的东西再重拾捡回来,万一下雨怎么办? 最后,绝望的母亲瘫坐在地,伤心地哭了。

父亲为什么要吞食贝壳和沙土？我至今也无法解答。可自从父亲没有归来的那一天起，就注定他再也不会回来，他将用他反常的举止走完他的一生。

几天之后，母亲和几个帮忙的乡人踏上了寻找父亲的路途。他们沿着父亲依稀的脚印，在炽热的河滩上徒步走了五十余里，远远地望到前面一处新掘出的湿沙丘，并不断有新沙土飞扬到上面。他们走上前，发现掘土人正是我的父亲。

乡人向我描述当时的情景时，说起了这样一段令他们啼笑皆非的对话，他们问父亲："你这是在干什么，挖沙鼠吗？"

"不、不是。我在寻找水，寻找大河……"父亲神情呆滞，像得了失语症，说话相当笨拙。

"你疯了不是？这儿的河水干涸快上百年了，你到哪儿去找水，找大河？"

"河流没有干，它是……躲到地下去了。"父亲答。

乡人笑成一片，说："那你是想把河水重新挖出来不成？像你这么挖，恐怕一辈子也挖不出来。"

"不，有一天，它会回来的……"

父亲就这样开始了他的掘河生涯。他风餐露宿，昼夜兼程，犹如一只不知疲倦的掘巢之鼠。父亲就此远离了家庭，远离了母亲，远离了耕种。即便是母亲生下我的时候，父亲也没回来看上一眼。孤立无助的母亲想起这些就潸然泪下，直至患了眼疾。那时，母亲怀抱刚出生的我怨天尤人，她甚至认为我是父亲揣在她肚子里的一把沙土变成的。母亲这样认为也不无道理，那是因为我怪异的皮肤。生下来不久的我皮肤竟然干燥无比，生满了像鱼鳞一样的黑痂。只有在沙土里掩埋的铁才能生出这样的鳞锈来。

当乡人把我出生的消息告诉父亲，并幸灾乐祸地告诉他，我是个浑身长鳞的怪物时，父亲没有表现出他们期待的失望，相反，他却诡秘地笑了。没有人能理解他的笑是何意，那笑分明很得意，仿佛他蓄谋已久的阴谋终于得逞了。他和乡人说了这么一句："那是我的种。"

多年以后，母亲回想起父亲的反常之举，总把这一切的缘由归结到父亲的跛脚上，母亲也是这世上唯一明晓父亲这一底细的人。父亲跛脚这谁都知道，可就是没有人真正见过那只跛脚的模样。无论严冬酷暑，他总是像过去的女人那样用一条裹脚布把跛脚包裹得严严实实。

许多年前，父亲作为一个流浪儿来到母亲所在的村落。那天正下着倾盆大雨，父亲衣衫褴褛，躲在贡老头儿家的大榆树下面避雨。贡老头儿回忆说："那小子浑身都湿透了，像只小野猫那样蜷缩着，身子哆哆嗦嗦。我看他挺可怜的，把他唤到屋里来，还生了火给他烘烤衣服。这小子脱光了腔，可就是跛脚上的那块布死活不脱，湿漉漉的，全是泥水。我把他弄到厨房的柴火堆里睡上一宿，问他的父母是干什么的，他说是打鱼的，都死掉了；又问他从哪儿来，他说从很远的北方来。我说，有鱼的地方一般都挺富裕，你怎么要起饭了呢？他沉默了半天，告诉我他家那里的大河干涸掉了，无鱼可打。我又问，你为什么不把脚上那块布脱下来一起烤烤呢？他说那里有伤口，脱不得的。"

贡老头儿最后说:"可那块布一裹就是几十年,什么伤口也不至于这么长时间不见好哟。"

然而母亲和父亲结婚的当晚,母亲却真实地见到了那只跛脚。父亲是个从不喝酒的人,至少乡人从没有见过。结婚这种大喜日子,酒是我们乡俗里新郎难逃的劫数。先前父亲拼死不饮,结果被几个爱闹事的汉子按倒在地,捏着鼻子灌了大半壶酒,就这半壶酒让我父亲几乎不省人事。乡人知道惹了祸,七手八脚把父亲抬进洞房一哄而散,之后发生的事只有母亲一人知道。打那以后,母亲对父亲的跛脚一直都心有余悸,避之又避,缄默不提。直到父亲被大水冲走,母亲才神秘兮兮地告诉我:"你爹不会被水淹死的,知道我和他结婚那晚看到什么了吗?我帮他宽衣解带时,看到他那只跛脚,竟是一只青蛙的脚,脚趾间还长着蹼……"

父亲死去二十年以后,我为了探究父亲的故乡,曾经根据母亲和贡老头儿的模糊描述,去过一次父亲北方的故乡。在接近辽河平原时,我见到了一片干涸成沙漠的大河床,河滩之宽广不禁让我想象它多年以前波涛滚滚的气势。我站在遍地黄沙之间,听着昏黄的大风呜呜地吹过,沙尘打在我脸上像挨了耳光般疼痛。后来我找到了当地一位百岁老人,他正在放牧一只骨瘦如柴的山羊。我问老人:"这河是什么时候干涸的?"这个满脸黑树皮般皱纹的老人耳朵背,我在风中向他嘶喊了半天他才听清,他告诉我:"大概在六十年前吧。"这和我父亲的年龄相吻合。我以为这差不多就是我父亲出生的地方了。我问老人,这里六十年前是否有姓孙的渔户?老人诧异地上下打量我,问我打听孙姓渔户干什么,我说只是随便问问。老人颤颤巍巍地指了指自己的鼻子,说他就姓孙,年轻时是这儿最有名的渔夫。老人说:"可惜好时光不再喽。现在别说鱼,连半点鱼腥味都嗅不到了。"

我说:"我问的这渔户也姓孙,没准和您有亲缘关系。六十年前的时候,这家的大人早早死去了,留下一个六七岁的孩子逃到外地要饭吃。这孩子一只脚跛,而且这只脚、这只脚是只青蛙脚,脚趾间长着蹼……"

老人听到这儿,捂着空洞的嘴笑起来,说:"小孩子,你别骗我老头儿开心喽。我活了快一百岁了,还从没见过人能生出青蛙脚来。"

我自觉问得有些唐突,正准备告别这个笑得上气不接下气的老人时,老人忽然不笑了,他拉住我,神情诡异地说:"你说的这个人可是真的?"

我使劲点了点头,告诉他:"那是我的亲生父亲。"

老人用枯手指敲了敲脑袋,说:"让我想想、让我想想……对了,长青蛙脚的人我虽然没见过,可好像听老辈人说过有这样的人,不过,渔户里生出这样的人来可是大背运,非常不吉利,那就意味着有大灾祸喽!"

我问:"能有什么大灾祸呢?"

老人茫然若失,说:"河水会因干旱而枯掉,沙子会生出翅膀,人们会被饥荒弄死的……"

父亲对我家乡河床的开掘进行得艰苦而卓绝。我无法猜测他当时孤独劳作时的心境,一个人终年吞食毫无滋味和毫无营养可言的沙土,夜以继日地进行着别人看来一无所获的苦力,远离亲人和人群,他心里所想无人能知,他甚至不再和任何人说话。他生存的意义仿佛只在于周而复始地重复那几个枯燥而简单的动作:挖土,扬出,再挖再扬。终日面对的是无声无息的黄沙和变化的四季。

可谁能说父亲在他生命最后的五年时间里没创下奇迹呢?那就看一看他开掘出的那条宽阔的深渊似的沟壑吧,远远望去,像连绵之山的沙丘正是他用一个人的体力一锹锹掘出的。如果站在沙丘上往下望,你会看到那深达数米的沙沟最底下已渗出浅浅的一股清流……父亲死去多年后,我每每重回故地,还会看到那座未被沙土填没的沟壑。

母亲在守护大锅的日子里一直喜形于色。劳动之余,她经常伏在锅边与河水煞有介事地聊天。这个时候,她总会呈现出从未有过的幸福。她喜滋滋地告诉我:"你爹他再也不走了,他再也不离开我们了。"我小心翼翼地问母亲:"他和你都说了些什么?"

母亲说:"说天上的事,还说地上的事,还说河水里的事。他从来都没有这么多话的。"

尤其是晚上,母亲会突然把我从熟睡中唤醒,她大惊小怪地指着大锅,说:"快看,你爹刚刚跃出水面,还放了一个响屁呢,真是笑死我了。"

可我爬起来看到的却是一幅月亮倒映水面的安静画面。

那天晚上,五岁的我第一次梦见了我的父亲。梦境清晰而静寂,令我听到了自己因恐惧而发出的怦怦怦的心跳声。父亲并没有以一条鱼的形象出现,他像极了一头大熊,满头满身的黑毛,浑身臭气熏天,把我夹在臂弯里没命地奔跑。我耳边是呼啸的风声,还有父亲撼天动地的沉重脚步,以及一头熊的喘吁……

如今当我轻易回溯梦境,我知道那是对父亲最后记忆的延续,它也许真切地发生过,是幼小的我在梦中又重新回来了。

那场大水来临之前,应该说没有任何预兆。多年以来,我故乡干旱多于涝灾,那一年的夏季却接连下起了瓢泼大雨。先前,乡人还兴高采烈,以为风调雨顺的年头终于来到了。可是雨下起来就没完没了,仿佛要把这些年来没下的雨一股脑下个干净。乡人的满腔希望被大雨浇灭,面对捉摸不透的苍天唉声叹气。

大雨终止了乡人的劳作,人们都躲在风雨飘摇的村落无聊地歇息。可父亲的开掘却没有因为下雨而有片刻停歇,相反,他的热情更为高涨。大雨倾盆而下,他掘出的沙土像快乐的鱼群在空中跳跃、飞扬、散落、聚集。有时泥沙因为雨水冲刷而大面积下滑坍塌,父亲就再奋力把它们重新扬上沙丘。

这天清晨,雨水稍歇,父亲照例进行着挖掘。那个冥冥中的信息是突然来到的,父亲听到了也嗅到了它。一瞬间,他像一头野兽被猛然惊扰,呼地立起身子,警惕地四下谛听,禁不住的激动和紧张使他显得局促不安。接下来,他屏住呼吸,小心地俯身在沟底不断上涨的水面。忽然,父亲两只眼睛闪出异常的光芒,从喉咙里发出了熊一般噗噜噗噜的低吼。是的,父亲听到了那个在大地的肚皮里蠕动的婴儿,那是铺天盖地的大水在远处咆哮……

片刻之后,父亲开始了他生命最后的奔跑,发了疯似的不顾一切地奔跑——那也是我梦中之景的重现。因为脚跛，父亲的重心不断失衡，像折了一只翅膀的大鸟，这使他奔跑的样子总像要跌倒那样，但这丝毫不影响他奔跑的速度……

父亲为何奔跑？有乡人嬉皮笑脸地说，他或许是为了逃命。可事实上父亲是在逆流而上，他是在向洪水来的方向奔跑，那同样也是家的方向，彼时母亲和我正在家中熟睡。后来母亲每每想起我的父亲都禁不住潸然泪下。母亲说，虽然你的父亲五年未归，他像个呆子那样只知道挖掘沙土，人们都以为他变作野人心无他物了，可谁能想到他从来都没忘记过这个家，没忘记过他的妻儿。在最危难的时刻，他的心里所想就是要救出他的妻子和孩子。

而我对那场灾难的来临却全无记忆。洪水来得太迅猛了，我仿佛是一下子掉进了一口深不见底的水井，接下去就什么都不知道了。

父亲毕竟是两条腿的人，在他就要接近家门时，洪水的脚步提前抵达了。滔天巨浪顷刻而来，转瞬间淹没了一切，横扫了一切。又粗又壮的父亲如同一只蚂蚁被洪水席卷而去……

乡人说，我和母亲是被父亲救起来的。"你父亲的水性真好，他像条无所畏惧的大鱼在水里快速寻游，直至找到你娘俩。先发现的是你，他挟着你终于把你送上岸后，又去找你的母亲。他用一只手托着你母亲另一只手游啊游，耗尽了最后一点力气……你母亲获救了，可他却再没能爬上岸来，仿佛是被人拽了腿一样，挣扎又挣扎，最后不得不沉入水底了。"

乡人叹息不已："你父亲临沉入水底时，那个眼神看了叫人落泪，他就像一个孩子做到了自己想做的，竟然满脸都是微笑。"

那一年,北方太多的土地遭遇了百年不遇的洪灾,我故乡亦难逃劫数:距我家数百里的一条大河的河堤被骤然冲垮,洪水一泻千里,殃及了大片本就贫瘠的土地。

父亲失踪以后,母亲曾拉着我沿着大水的下游寻找了数日。因为父亲的营救,母亲重生了对他的爱恋。她披头散发,跟跟跄跄地到处游走,疯子似的逢人便问父亲的消息。而我就像一枚被她携着的在风中飘零的树叶。

不知追寻了多少里路,只感到日月不停地轮换,在我的头顶弧线般划过,而洪水滔滔永无止境。流离失所的人们哀伤又绝望,圪蹴在岸边的高冈上,麻木地窥视着我和母亲。

一个阳光刺眼的黄昏,母亲和我遇到了那个让人惊奇不已的老头儿。他当时正在河边钓鱼,嘴里咿咿呀呀地哼着歌。走近些就看见老头儿长得好生吓人,秃头秃眉毛,却长了两根翘起的鱼须子一样的胡子,两只眼睛也不像老人的眼睛,如同玻璃球般又圆又亮。更令母亲和我惊讶的是,他裸露在外的皮肤也生着鱼鳞状的斑纹。神情恍惚的母亲冷不丁瞧清他的长相,着实吓了一跳,捂着嘴神经兮兮地笑了,说:"老人家,你怎么和乌龟长得一模一样呀……"

老头儿听了,转过头来愠怒了,尖着嗓子说:"你这妇人怎么张口就骂人哩?"

母亲方感到自己的无礼,红了脸说:"我只想和你打听一下,你见过一个左脚长着青蛙蹼的男人吗?他被大水冲走了。"

老头儿转了转眼珠,说:"你说的是一条鱼吗?我可见过一条鱼生得就是这般怪样,它的左下鳍就是一只青蛙脚。先前我把这又黑又壮的东西钓上来,还以为它的左下鳍受了伤呢。这样的鱼我还是头一次见到……"

母亲愕然地张大嘴巴,半天才说出话来:"那你把它怎么样了?"

老头儿说:"当然是剥鳞去肠煮着吃喽。"

母亲听罢瘫坐在地,手指着老头儿:"那可是我的男人,你、你怎么能把他吃掉……"

老头儿闻言一翘胡子,说:"你这妇人竟信口胡说,一条臭鱼怎么是你的男人呢?"

接着老头儿又变得一本正经起来,说:"和你开个玩笑而已。不管是不是你的男人,总之我没把它吃掉。你知道吗?那条黑鱼的眼睛会说话,我把它从钩上一摘下来它就向我求饶呢。我那天心情还好,就拍了拍它的肚皮,舍了这口吃的,把它又重新放回河水里去了。你猜怎么着,它回到水里冲着我还点了三下头呢!"

对父亲最后一段记忆,出现在梦见他的那个清晨。天刚蒙蒙亮,我被母亲大声唤醒,蒙眬中的我看到了她大惊失色的表情和地上那口破碎掉的大锅。锅内的河水已遍地流淌,直流到窝棚外面去了。

我俩推开门去,望见这样的一个情景:水流尽头,两行湿漉漉的脚印显然是从水中蹚出,走向了不远处的河水。那是一双跛子的脚印,左脚映现着青蛙的蹼形爪纹……

母亲凝神呆视,等把我唤过来分享这一奇迹时,那脚印已消失无踪,我只望到了苍茫天空下的那条大河,正向着远方奔流……

骑手嘎达斯

太阳被羊毛坨子似的云雾遮蔽了一整天,这会儿就要落到明澈的西天去。从牛乳状高耸的包格达山向四周的山下望去,辽阔的贡诺尔草原仿佛是一瞬间被拉开的一般,起起伏伏的地平线无边无际,使人只想敞开胸膛深深地呼吸。而眼下,在山顶和陡坡间伫立的人们并没有心思观山看景,他们小声议论,神色略显紧张,时不时翘望着远处一条向东方延伸的沙石土路。近处的山下,一匹枣红马在俯身吃草,那是一匹即将分娩的骒马,肚大如鼓。山顶上守候的人都是年长者,其中一个身着萨满服饰的老人引人注目,他七彩斑斓的披挂一丝不苟,黄铜头饰的垂帘遮蔽着苍老的脸。与他宽大的萨满服相比,他的身躯略显消瘦。此时老人正推开身边遮挡视线的族人,哆嗦着站起身来,口中喃喃自语:“来了,他来了……”

顺着老人所指,人们看到一辆厢式冷藏车从莫日格河方向冒出来,席卷着漫天的尘土向着包格达山驶来。山坡上的年轻人闻讯迎下山去,不消一支烟的工夫,冷藏车已经疾驶到山脚下。从车上下来两个穿素袍的男人，走到车后打开了厢门。一会儿，几个族人就抬了一副担架从车后走出，在众人的簇拥下径直向山上行来。

担架上的人从头到脚覆盖着廉价的草绿色军被，其僵硬而冰冷的气息证明那是个死者。不知是爬山的原因还是担架太重，抬的人显得十分吃力，旁边不时有人过来搭把手。众人沿着蛇形的小径终于到了山顶，按照一位主事者的吩咐，担架头冲东北方向，端端正正地放在早就搭设好的木柴堆上。年长者围聚过来，老萨满从死者的左侧弯下身，颤抖着手要掀开盖头被角，却被一只手拽住了衣袖。那只手是从军被里伸出的，被萨满服的裙裾遮住无人察觉。老萨满停顿了一下，惊讶地端详了一下被裹里的人，随即将被子抚平了，又仔细掖了一掖，这才站起身来，接过二神手中鼓槌，缓缓开始了萨满祭祀。而此时太阳已然落去，澄明的天色渐渐暗淡下来。人们神情肃穆地有序排队，将携带的酒和奶洒在木柴堆上，为死者做最后的祈祷。

随着萨满鼓槌的落定，主事者已点燃了火把，高声诵道："嘎达斯，你是贡诺尔草原的骑手，在遥远的西域获得了好的名声，如今回故乡安息吧！"

人群散开，主事者要将尸体付之一炬，老萨满却挥手制止了他。主事者疑惑地望着老萨满，老萨满气喘吁吁："祖先神告诉我，要让嘎达斯见见明早的太阳！"

主事者说："可是按族里规矩，在外面死去的人是要在夜晚火化的……"

老萨满蹒跚着坐下来，喉咙嘶哑："他是贡诺尔草原的骑手，不应该落日时走，祖先神要留他一夜……"

贡诺尔草原初春的夜晚依然寒风料峭。包格达山上,人群散尽,老萨满让主事者也回去歇息,自己要独守死者的魂魄。主事者顺便告退。四野静寂,一堆篝火燃烧殆尽,风吹木炭火星飘零。老萨满这时就手持一段点燃的松木,近前呼唤死者的名字:"嘎达斯,嘎达斯……"

须臾,那只苍白的手复伸出来,摸索着揭开了头顶的军被。骑手嘎达斯露出了蓬乱如草的头发和毫无血色的黑漆漆的脸,因为猛然看到光亮,他露出痛苦的表情。

"你是达古拉萨满?"

"是的,我是。你还活着?"

"不,我已经死去了,血在异乡流尽了……"

"可怜的孩子,你的哈尼(思想之魂)还停留在中阴,我可以帮助你往生。"老萨满说。火把照处,嘎达斯棕黄色的络腮胡子与头发相'杀'一处,清瘦的脸上仍能映现一个骑手的硬朗,脖子后面粘连着黑红色的厚厚的血痂。

嘎达斯用手遮了遮火光,沉沉地咳嗽了几声:"你们是怎么知道我的消息的?"

"额尔齐斯河岸布尔津的一个乡长打电话来,说一个来自我们这里的骑手出事了……达古拉萨满能为你做点什么?"

"什么都不需要。"嘎达斯清了清嗓子,"我回来只是想告诉贡诺尔草原自己一路的所见,我就像个朝圣者那样……你是通灵的人,我只能将自己的故事讲给你听。"

老萨满摘下了面具,挨着嘎达斯坐下来,双目紧盯着骑手微动的嘴唇。

你知道的,嘎达斯曾经是贡诺尔草原最好的骑手,拥有莫日格河岸最优良的骏马。你知道的,达古拉老头儿,我七岁的时候就骑着纯种蒙古马获得过旗那达慕的冠军。那时的我就像两岁的儿马子,对一切都充满好奇,一只头羊、一羽云雀,甚至一只蚂蚁。那时的草原没有网围栏,草都齐腰深,我在海一般辽阔的草原上撒欢、嬉戏。少年时半大的孩子里数我最顽皮,我带着一群比车轮高的伙伴到处闯祸、摔跤、赛马、围猎黄羊……有一次我们还用套马杆套过两头狼。那是在初冬,母狼先被我们套住,而那头头狼逃掉了,我们骑马一路追赶。它伤了前腿,还用三条腿一蹦一跳地奔逃。我们把它追到莫日格河,初冬的河水刚刚结冰,一层蒸腾着冷雾的浮水还在冰面流淌。头狼没有退路,只能踏水涉过,可它一旦四脚着冰,浮水就会粘住它的足爪。它拼命挪动、挣扎,而我们几个小伙伴不会给它机会。我至今仍记得它绝望地转过头来望着我的表情,可你知道结果的,达古拉老头儿,我跳下马,只一个漂亮的挥手,它脖颈处喷涌出的血就烫热了我的短刀……

那时,什么对我来说都不在话下。

可从什么时候起我不再快乐了呢?烦恼似乌云一般涌来……对不起,我的脑子摔坏了,往事就像粘了刺猬果的马尾巴。对了,是从二十几岁时,我的心上人嫁给了苏木达(乡长)的儿子,是从那时候起,我的脾气开始坏起来……那都是年轻时候的事了,不提这些了。

是的,骑手嘎达斯可以没有女人,但不能没有马。后来我就把心思全放了马上。现在咱这里没人再养马了,马不值钱,马蹄子还践踏草地,每家的草场还不够牛羊吃的呢。可草原上怎么能没有马呢?没有马的草原就不是草原了,就像蒙古族人里不能没有骑手一样。我不顾"乌鸦"老婆的反对,宁可少养些长犄角的牲畜。我看着我的马群走在营地里,心里就踏实、舒坦。有时手中做着活计不用抬眼,远远地听到它们的叫声,我就感到草原还在,无论它有多么颓败。

我最后养的几匹马是我的命根子,其中有一匹最漂亮的黑马,带着妻妾和儿女。它们也是我家的成员,是我的至亲。有的时候我置身在它们中间,恍忽觉得我其实也是一匹马,可能是它们的首领,也可能是一匹被它们宠爱的马驹。

可就是我的这几匹马,有一天却被公路上拉煤的大卡车一同撞死了。它们本来是要越过公路去对面吃草的。从那时起,我就开始酗酒了,有说不清的东西压在我心口,对了,就好比天塌了那样,死死地压着我,让我喘不过气来。我没有勇气再养马了,也没有力气抬起脚跨上马背。我颓废得像一个脏兮兮的无事可干的乞丐,除了从早到晚地喝酒,我不知道自己还能干点什么……

人都说我遇到了狙特古尔(鬼)。狙特古尔我倒是没有遇到,只是出现了很多幻象,都是和马群有关的。比如我会在半夜突然醒来向"乌鸦"老婆大喊大叫,告诉她大黑马回来了,就在蒙古包外面,让她赶紧扶我去看,可到了包外,惨白色月光下的草原空空荡荡,哪里有什么马的踪影。有时大白天的,我仰躺在阳坡,和我心爱的马唠嗑儿,一唠就是一整天,别的牧人见了都摇头,说这家伙不行了,天天和草说话呢。我能看见的马他们看不见，这让我觉得十分好笑。我起身要和他们辩解，和他们摔跤，可他们早躲我而去了。我只有趔趔趄趄提着酒瓶子站在后面骂他们，叫他们都滚得远远的。

是的，他们都滚了，"乌鸦"老婆也滚了，她说再不和我这个酒鬼过了，她丢下我，一个人去城里投奔她妹妹去了。还有我那败家的儿子，他把我的草场卖给了煤矿，我们嘎查一起卖草场的就有十几户，每家都在镇郊换了一所砖房。可我住不惯四四方方的房子，怎么都觉得别扭，它的院子还没有我的腰带长，一泡尿就尿到头了。为了这，我对儿子不知吼了多少回，我说你弄个鸟笼子把我圈起来这是在要我的命，你还不如用勒勒车拉着我随便丢到哪儿去喂老鸹……后来我是自己出走的，爬也要爬到草原上死。嘎查达不能眼睁睁看我流落荒野，与煤矿的人商量在他们的矿区边上给我扎了个蒙古包，那里曾经是我一眼望不到边的草场，如今就只有守着四面封堵的煤山，天天嗅着煤灰味了。而我的儿子去了城里做了个厨子，再也没回到我的身边来……

要不是那天说书的清格尔泰老人骑马路过我的蒙古包，我现在可能已葬身在酒桶了。他本来是要向我讨一碗奶茶喝，看到我在包外的牛粪堆里蜷着，还以为我死去了呢。他大骂我堕落，用鞭子抽打我的后背，说亏我过去还是个骑手，弄成这个样子还不如一只折了翅膀的野鸭。那天傍晚，清格尔泰把我拉到莫日格河边，用水桶舀水把我浇了个透，他想让我彻底清醒。

夜晚，星星出齐的时候，我头枕在老人的膝上，老人用他满是粗茧的手掌摩挲我的额头，为我清退酒火。老人长叹着说，酒这个东西是蒙古族人的克星,有多少比牤牛还强壮的汉子都毁在了酒上。我头脑混沌,求老人为我说唱一段关于马的书,我说我好久没有骑马了,想听一听马背上的风。老人就给我说唱了《成吉思汗的两匹骏马》,他整整唱了一夜,一段接一段,一会儿像风吹海,一浪高过一浪;一会儿像野燕穿过轰隆隆的雷雨,激动人心,直到将圣祖的两匹骏马显现在我的眼前……当羊羔般温暖的阳光照耀在我身上时,我喝了一碗老人煮的奶茶,一股力量像奶沫子一样在我的筋骨里丝丝缕缕地滋生出来……

清格尔泰带我去敖包祭祀,我们砍来柳条插在石头堆上,把蒙古包里的酒通通拿来,泼洒在敖包周围,祭献了长生天。我跪在山顶行了九拜之礼,并向长生天发誓忌酒。朝山下走去时已是日落天边,我忽然萌发了一个念头——再不想蜷缩在灰暗的蒙古包里了,我要重新爬上马背。老人问我要去往哪里,我说要去西域找寻圣祖的两匹骏马。老人迟疑了一下,摇着我的肩膀说,可那毕竟只是传说!我点了点头说,即便那是一只鹰的影子,我也要在草尖上找到它。清格尔泰思量半晌,最后亲吻了我的额头,说一个骑手的荣誉只在马背之上,无论想做什么,只要跨上马去……

为此,清格尔泰老人将他的云青马赠予了我,并在云雀争鸣的清晨将我扶上了马背,骑手嘎达斯蜷缩了几年的身子终于又凌驾于草原的高处了……

说到这里,嘎达斯又咳嗽了一阵,这使他喉咙里的污浊声小了些许。

老萨满将他冰冷的手放回被子里："清格尔泰老人去年冬天死了，他在去往查岗嘎查说书的路上遇到了暴风雪……"

　　"这我知道。"嘎达斯说，"我回来的路上见到了他，他微笑着冲我点了三下头，背着他的四胡朝西方走去了。我想他一定是去往西方净土，化生于莲花中了，他还会在那里说书的，说他的'圣祖之马'和蒙古族往事……"

　　老萨满会意地一笑："你就这么骑马走了？"

　　是的。起先，我和云青马只朝着太阳的方向，信马由缰。不知哪一天摸到了兴安岭的余脉，顺着山岭穿过一片又一片的白桦和落叶松林，竟越过阿尔山来到了科尔沁的边缘。再往西域，我就一直沿着边境行走，越往西越开阔了。你知道吗？达古拉萨满，我一路走来的筋骨可不比酗酒时了，我早起晚宿，沐浴阳光，渴饮甘露。我心疼云青马，骑上一段路就下来步行。我的身体日渐强壮，皮肤黝黑，四肢充满了力量。没有这样的体魄我也经受不住路途中的风沙雨雪，挺不到古尔班查布其（传说圣祖之马所去之地）。我一路上跋山涉水，翻过阴山山脉，走过河套平原，蹚过库布其和巴丹吉林沙漠，从中央戈壁一直往西……当我横渡马鬃山到达新疆哈顺戈壁以北时，掐指算来，我都走了一年零几个月了。在乌伦古河河边俯身喝水时，我看到了水面荡漾的自己——一个满脸胡子一头鬈曲头发的骑手，他衣衫褴褛得像个浪子，浑身的骨骼却变得像石头一样刚硬。

　　那是哈萨克草原的边缘，我大声地与当地的牧人打着招呼。他们有的是新疆卫拉特蒙古族人，有的是哈萨克族人，见了我这个黄胡子的骑手都围聚过来，好奇不已，问东问西。我就向他们说明自己来自贡诺尔草原,是来寻找圣祖之马的。牧人们对我大为赞叹,不过他们对我说,传说中的圣祖之白骒马喀尔莫克生的两匹骏马或曾来到过阿尔泰山,可那已经是不知过去几百年的事情了,事实上谁也没见过大扎格勒和小扎格勒的踪影。话是这么说,牧人们是怕我失望而来安慰我:"圣祖的马是神驹之身,既然它们踏足过这片土地,那么它俩的影子一定还游荡在群山之间,只要有心没准会找见。"

可我并不在意人们说什么,现在自由之魂正指引我像鹰一般地飞翔,寻找圣祖之马只是我的一个借口了。我仿佛回到了先祖生活的中世纪,那时他们跨马西征或许也不仅仅是为了征服世界,也是为了获得不断横跨大地、走向未知的快乐。

我砍来桦木在河边搭建帐篷,喂马劈柴,点起袅袅炊烟。白天我就会骑上云青马四处游荡:和一些年轻人打打招呼,与年老的阿爸聊聊家常,偶尔会帮助牧羊人放牧羊群,或者去田地里学着老乡们给没膝高的庄稼施肥除草。一旦我牵马而行,我的屁股后头就会跟随一群半大的孩子,他们兴高采烈地蹦蹦跳跳,像拥戴一个英雄那样对我前呼后拥。我则向他们许诺,给宝利格捉一只黄肚皮鸟,帮其其格要一条四眼黑狗,送古丽江一把木制剑……总之我说到做到,这样,这些孩子就更加信服我、崇拜我了。一有空闲,我还会给他们讲一些听来的故事,讲《蒙古秘史》,讲都荣扎那(清末锡林郭勒著名摔跤手),讲嘎达梅林,讲俺答汗和三娘子。

有一天,红脸蛋的宝利格问我会不会讲江格尔,我说自己听说过一些,但不会讲,没承想却遭到了他们的嘲笑。他们告诉我,在阿尔泰山没有人不会讲江格尔,就像没有人不知道阿尔泰山一样。我不禁感到好奇,于是让这些孩子每人讲一段江格尔,不许重复,结果令我大为惊叹,他们每一个都讲得绘声绘色、头头是道。我就知道,英雄江格尔在这个地方多么深入人心了。

是的,江格尔和他的安达洪古尔的英雄故事讲上九九八十一天也说唱不完。特别是唱到江格尔和洪古尔与各种魔鬼征战时,孩子们那涨红的脸、炯炯发光的眼睛和起伏激烈的胸脯,仿佛他们就是那两位大英雄,正在与蟒古思决斗。说到动情处,孩子们更会抄起地上的草棍和树枝挥舞一番,拳打脚踢弄得尘土飞扬。望着这些入迷的孩子,我只有呆呆地蹲坐聆听的份儿。那些天里,我沉迷于江格尔的故事中不能自拔,满脑子都是他和安达纵马驰骋的身影。我试着向孩子们学习这些故事,又向老人们讨教。是的,活在自己遐想的英雄世界里多么幸福,感觉浑身都带着劲。我甚至还用树枝编了一件铠甲,用废弃的马蹄铁打制了一把蒙古弯刀,上面镶满了额尔齐斯河岸的金沙和玛瑙石。

那是多么自由的一段日子啊,无拘无束,心无挂碍。在雄伟挺拔的阿尔泰山峻岭间,你仰望王者气势的雪山,即便在夏天,它的山之巅仍然雪光闪耀,而它褐色的山腰和树木苍翠的山脚正是飞禽和走兽的天堂。幽蓝的喀纳斯湖和广阔的牧场就依偎在山下,宁静的水面倒映着雪山,也倒映着我歪斜着身子骑马游荡的身影。

如果没有什么波折和意外,我可能就这样在西域游荡着生活了,因为安逸,我甚至忘记了自己来到这里的初衷。可那一天,我遇到了一个黑脸膛的哈萨克族牧马人,他拥有一百余匹伊犁马。确切地说,是他骑乘着黑色的伊犁马找到的我,他见了我也不下马,用一种傲慢的神情斜视着我,问:"你就是那个要找成吉思汗骏马的人?"我点头称是。他不屑地撇嘴:"咳儿咳儿,你有什么本事称自己为骑手?"

我把右手放在心前向他行礼,说:"嘎达斯只是一个骑手,并无本事。"

黑脸牧马人一笑:"我也是骑手,倒要向你请教一下'蒙古三技'。赢了我,我马群里的马任你挑选;如果你输了,你要为我放牧三年的牛羊,或者从我的胯下钻过去。

我望了望他:"如果我不与你比呢?"

"那从哪儿来就滚回哪儿去!"

"好吧。"我松开了马缰绳,准备与他较量一番。

先比试搏克,我和他跳着鹰步入场。黑脸牧马人确实力大无比,浑身的肌肉比石磙还要坚硬。不过他求胜心切,耐不住性子,我就用躲闪消磨他的锐气,让他抓不实我也无法发力。一个冷不防,他脚下一个钩子被我躲过,我顺势抱握住他的一只胳膊,一个背摔把他重重地翻倒在地。

再比试远射。我心平如镜,想起教宝利格他们射箭时的情景,那是从五十步起射的,直到一百步、二百步。现在黑脸牧马人将距离拉到五百步,我平心静气将弓拉满,一箭中的,黑脸牧马人也射中目标……距离拉到八百步,仍没分出胜负。八百一十步,黑脸牧马人的箭落空了,沮丧地瘫坐在地上。我又赢了他。黑脸牧马人拍拍屁股站起身,走到我跟前拍拍我的肩膀,说:"好样的,你是个蒙古族汉子。

赛马我就不和你比了,你那匹马都快老掉牙了,和你比算我欺负你。喏,去我的马群里挑一匹马吧,算我输给你的。"

我牵过云青马,告诉黑脸牧马人,这是一个老人送给我的马,我骑着它走了很多的路,它是我的安达,到什么时候我都不会换掉它。说完向他告辞而去。

黑脸牧马人望着我的背影,忽然大声喊我:"嘿,嘎达斯,我叫阿拉腾。我们哈萨克族有句话——骏马要看它的眼睛,骑手要看他的品行,我也想成为你的安达,像江格尔和洪古尔那样的安达,你愿意吗?"

我沉吟片刻转过身,策马到他的身边,把腰带上镶满玛瑙石的蒙古刀摘下来双手递给他。阿拉腾笑了,接过刀子,一把握住了我的手腕。

那天晚上,我随阿拉腾来到他的宿营地,我破例又喝了酒。额尔齐斯河星辰浩瀚,我与阿拉腾对饮了一整夜,胸中仿佛有万马奔腾。

阿拉腾醉了,指着我的鼻子笑道:"嘎达斯,你和我像不像圣祖的那两匹骏马?你是大扎格勒,我是小扎格勒,我们俩是一对兄弟,一对儿马子!"

我苦笑说:"像我这样的凡夫俗子怎么能与圣祖之骏相提并论呢?嘎达斯这么卑微、懦弱,浑身污垢……"

阿拉腾抓住我的衣领,盯着我的眼睛,吼道:"草原上的每一个骑手,只要他配做骑手,有一颗骑手的心,就是圣祖的骏马,这就是你要找的!"

我推开他,抱起我的马鞍,对他说:"不,我要找到真正的圣祖之骏,那才是我要干的,我要亲眼看到它们,才能相信这世界上真的有蒙古神驹!"

阿拉腾头枕着草地四仰八叉仰躺在那里,冲着长生天喊:"你去吧,去阿尔泰最高的雪山找它们吧! 不过哈萨克族老人说,只有灵魂出窍的人才能看到神驹……"

我听了一怔,但我没有回头,大踏步地走了。此时额尔齐斯河的东方渐显澄明,大河像一条银色之带蜿蜒而去。云青马正在雾气飘摇的河岸等我,我的心境一如黎明前的草原,光明而萌动,我想我将不辱使命。

"达古拉萨满,我想告诉你的是,我翻越了阿尔泰最高的雪山,跨过了冰川,用了整整十八天……"

"怎么样? 见到圣祖之马了吗?"

"没有,什么都没有,我两手空空,雪山上鸟飞绝,我什么都没有找到……可你听我说——我的手脚被冻坏了,满身疲惫,回到山下时口渴难耐。我牵着云青马来到额尔齐斯河的一条支流,轰走了一群湖鸥,准备俯身喝水,而眼前的一幕却让我惊呆了,只见巍峨雪山之下的水面,两匹白色的骏马正静谧地矗立,脖颈相交,相互轻咬鬃毛。那是怎样的两团白色? 在它的映衬之下,世界上的一切都暗淡了……"

"两匹白色的骏马?"达古拉萨满听到这儿,不由得问。

"是的,白色的骏马。"嘎达斯眼神散发出异样的光亮,"我从来没有见过这样的精灵之马,长鬃似火苗,头颅如钩月,公鹿一般矫捷之身形,长虹似的尾巴……一切都如颂词中所言,两匹马的一举一动都让人心尖疼,它们是风神的化身……"

"我的天……"达古拉萨满叹道。

"欣喜若狂的我心跳如鼓,只有俯下身躲在芦苇丛里,慢慢地向这两匹白马靠近,再靠近……直到没有任何遮拦了,我不得不暴露在它俩的目光之下。两匹马没有被我惊吓到,反而转过头来看我,目光充满友善。我就蹚着没膝深的水走向前去,伸出右手,掌心朝上。两匹白马将鼻翼探过来,亲吻我的手指,那温热的气息和毛茸茸的触须让我心头一紧,眼泪不由自主地流了下来。我就像个孩子那样轻轻抱住了圣祖之马的脖颈……"

"后来呢?"

"后来不知怎么的我跌倒了,倒在了白马的脚下,头触碰到了一块尖利的石头上。白马受了惊扰,飞扬起长鬃虹尾,踏水而去,直消失在阿尔泰山的峻岭之间……"

嘎达斯讲到这里时,东方的天色已蒙蒙亮。启明星的天边,群星渐淡,连绵的远山与丘陵的轮廓微显。这会儿,漫漫的晨雾缓缓升腾起来,如同莫名的伤感笼罩着贡诺尔草原。

嘎达斯说:"是的,我的魂灵在我倒下的那一刻就升腾起来了,只在马背的高度,缓缓飘浮,无声无响,仿佛一根无形的风筝之线牵扯着它,不让它升往长生天去……后来我弄明白了,那是自己的心思未了,我想回到故乡去,想让贡诺尔草原知道圣祖的骏马还在,那是蒙古族人的神驹,它将永生,只是我们把它丢失了……"

达古拉萨满老泪盈眶:"我的圣祖……这回你的心愿了了,你可以安心地往生了……"

嘎达斯望了东方一眼,面露一丝释然。他僵直的手臂已经上了冰霜,这时又伸出来使劲握了握老萨满的手……

启明星隐去的一刻,在高耸的包格达山上,远远地,一股黑烟滚滚地燃烧开来,顷刻间淹没了整个山冈。忽然,一小股烟雾从熊熊的火堆里飘出,像被什么牵引般地,径直向着山底徐徐寻去,直飘到山脚下那匹枣红色骒马身边。此时骒马正将分娩,焦躁不安地徘徊,这一刻就倒卧在地,等它再次站起身时,身后就多了一匹刚刚出生的白色马驹。只见小马驹磕磕绊绊地迎着刚升起的朝阳蹦跳而去,那娇美的白色像一团涌动的雪火……

寻找巴根那

一

巴根那和我家羊群失踪的那几天，正赶上我父亲的哮喘病犯了。春天干冷的大风裹挟着铺天盖地的沙尘，差点要了父亲的命。母亲瞒过父亲，求乡人到四野和邻村各处去找，都没有哥哥的一点消息。因为昏天黑地的沙尘暴，人们很少出屋，都躲在各自的家里睡觉，或者三五成群地喝酒、赌牌、看黑白电视（那几天正上演《西游记》)。唯有查干村的那顺老头儿提供了一点线索。那天他邻村的亲家杀猪请吃，他喝得醉意醺醺，趴在驴车上，顶着五米之外不见人影的沙尘暴往回走，冷不丁听见有羊群咩咩地大呼小叫，趔趔趄趄地相拥前行，却没见人驱赶。那顺奇怪，以为羊群是被大风刮失的，正欢喜捡了这么一大堆外财，后来一琢磨不对，若是被风刮走的羊应该顺风走，而这群羊分明是顶着大风拼命北移，没有牧羊人是不可能成行的。那顺没敢轻举妄动，满面狐疑眼见着这群羊与自己失之交臂,愣是没发现牧羊人的踪影。当寻找哥哥的乡人不耐其烦地打断老头儿的喋喋不休,直截了当地问他那群羊是不是十一只时,老头儿糊涂了,说当时风太大,他看得不是很真切,也许比十一只要多得多。

那年苦春头上,我家真是祸不单行。由于头年的干旱歉收,加上勒肚子还父亲治病欠下的外债,我家过了正月就缺了吃食,更甭说牲畜。母亲养的一口老母猪正巧下崽,没有正经的饲料可喂,母猪一天到晚只能喝一些米汤和清水糠食,这根本无法提供九只猪崽吃奶所需的营养。骨瘦如柴的母猪甚至走路都打晃,整天因饥饿而满院子嚎叫。我家唯一一头乳牛和那几只羊的情况与母猪相差无几,每天傍晚由哥哥从野外赶回来都东倒西歪,差点被风吹倒。我们家乡属于科尔沁沙地,野外除了遍地白沙就是割过秸秆的庄稼地,牛羊根本无草可食。我贫寒的家境又哪儿来饲料喂它们呢?

苦盼着的青草仍未发芽,终有一天夜里,我家牛圈里发生了惨剧:饿疯了的母猪竟然向卧在牛圈里的那头乳牛发起了进攻,瘦骨嶙峋的乳牛连站立起来的力气都没有,被母猪掏开肚子,活活失去了一条后腿,等我父亲发现已是第二天清晨,那头倒在血泊里的牛还眨动着眼睛……

乳牛死去的一个星期后,我家的三只小羊也相继死去,一只饿死,另外两只因为在村边的垃圾场误食了大量废弃塑料以致肠梗阻而死。父亲在剥开它们的肚皮时,拽出了至少十几斤各式塑料袋。

更为蹊跷的是,我家那两只已长到半大的家鹅,一天傍晚在我哥哥风风火火的驱赶下,跑着跑着竟然扑棱棱地腾空而起,一直跃过邻居家的房顶和院落里高大的柳树，飞到晚霞红艳的天边去了……

家鹅飞走，在我们的民俗里意味着不祥：谁家的鹅飞走，谁家就有大的祸端。被疾病和贫困闹得脾气暴躁的父亲把这一切都归罪于哥哥。那天傍晚，父亲向垂头丧气的巴根那大发雷霆，骂他是个不中用的东西，连几只鹅都看不好。父亲的乱发脾气只能伤害哥哥，要知道巴根那有多么要强，而他的倔强也是村里有名的，谁若是招惹了他，他会一条路跑到黑。

二

说起我哥哥巴根那，他因为家境贫寒，初中毕业就放弃了学业，并自动挑起了家庭的大梁。哥哥还煞费苦心，用耕种之余卖冰棍挣得的钱买了五只兔子，发展养殖业。哥哥以为靠这几只兔子或许有一天能改变家境，这让他在农闲时还要付出更多的劳动：挖兔菜，收拾兔舍。

在最初的半年里，貌似忠良的兔子们也确实为哥哥带来了希望，它们以老鼠一般的繁殖力生下了一窝又一窝的兔崽儿，这让我的家人皆大欢喜。求成心切的哥哥乘胜出击。一次，母亲抓了几只猪崽让他拿到集市上卖，结果卖猪崽的钱被哥哥私自截留，从集上又买了五只母兔回来。就是这几只兔子惹来了祸患，让哥哥前功尽弃，所有的努力成了徒劳。它们进入兔舍后，就把一种因口爪都长疮最后会烂掉而死的疾病传染给了其他兔子，并且任由怎样救治都无济于事。哥哥和父亲当时像两个专业的兽医,翻阅了村里所有能找到的医书,给兔子施以各种药方药品,在兔舍里里外外又喷洒了不知多少遍来苏水,又日夜守候在兔群身边,把兔子一遍一遍抓来用消毒水洗澡,结果兔子照例一只一只死亡,疾病无法阻挡。

面对这样的结局,年轻的巴根那始料不及,那些天里他意志消沉,形容枯槁。母亲看在眼里,疼在心上,只有苦口婆心地劝说。后来过去好长时间,巴根那才从失败的阴影中缓过劲来。严寒的冬天,哥哥又重振斗志,搭别人的四轮车与人合伙做起了买卖。从东镇收了鱼去西镇卖,又从西镇上了菜卖往东镇。谁料,又一件意想不到的祸事打碎了哥哥的致富梦:一次去东镇的途中,满载土豆的四轮车驶过一段该死的冰面公路,就翻下了路基,把巴根那的三根脚趾断送了。我的哥哥花掉了含辛茹苦挣下的所有钱治好了脚,却落了个终身残疾——那只伤了脚筋的左脚成了跛足。

转眼到了娶媳妇的年龄,巴根那本来长相英俊,在村里又有吃苦耐劳的好名声,却因为家境不好,又有脚疾,就没有姑娘肯嫁给他,这更给哥哥心境添忧。这期间,命运仿佛也变着法作弄巴根那。那几年科尔沁连年大旱,因为草原和湿地全部变为耕田,灌溉又耗尽了枯瘦的河流,干旱无雨已是必然。巴根那种瓜不得瓜,种豆不得豆,想搞点副业去邻乡挖药材被罚款,到城里盖高楼做小工又给工头骗——本乡的工头卷了所有民工的钱逃之夭夭……原本活泼好动的哥哥彻底被厄运击垮了,打那时起他就忧郁成性、沉默寡言,一天到晚只知干活、睡觉,跟家里人和邻里都不再说话,偶尔独自去村外沙地里也像个老人那样晒太阳。要知道这片沙地几十年前还是草甸子，更曾是清代赫赫有名的孝庄皇后和僧格林沁水草丰美的故乡。七十年前，我们家乡还出了一位赫赫有名的英雄嘎达梅林，他为了反对放垦草原，战死在我们村子边上的新开河里。如今新开河早已干涸，成了满床白沙。而我的族人也曾属于蒙古族中最古老的姓乞彦的部族，当年追随圣主驰骋天下，现在却成了地道的农耕的汉人，连母语都忘记了。

父亲眼睁睁看着儿子日益消瘦，心下焦急，可一着急哮喘病就犯了。父亲睡不着觉，喉咙里拉着风箱和母亲说："去哈达盖他舅舅家一趟吧。"

母亲问："做什么？"

父亲说："赊几只羊回来。"

母亲问："赊羊干什么？"

父亲冲巴根那努努嘴，母亲会意了，第二天她一早出去，五天后真的拉回几只羊来。

如父亲所料，看见羊群的哥哥，脸上终于露出了久违的微笑。那天巴根那像个孩子一样把几只羊端详来端详去，连饭也不吃就去为羊们收拾羊圈。他把我家那头灰骒驴从驴棚牵出来，拴在了一边，然后把羊赶进去，这样驴棚就变成了羊圈（哥哥后来对羊的痴迷竟然达到了与羊同居在羊圈的地步，这件事一度成为我们乡村的笑谈）。他又连夜去割来谷草，耐心喂给羊群，细眉细眼地看着六只羊抢吃，直到母亲把米饭端到他跟前，他才感到饥饿。

那年的旱灾更加严重，让我家乡几乎颗粒无收：禾苗生长的整个暑期滴雨未下。多年抽水灌溉使地下水枯竭，临到干旱年头，机井竟然也哑了喉咙,"唏溜溜"地叫个不停,就是抽不出水来。乡人苦守着了火的田地,长吁短叹,没有任何办法。可怜我哥哥已经发展到十四只的羊群,熬过了没有草料可喂的冬天,也注定熬不过苦春……这种情形之下,挨了父亲一顿训骂的哥哥,竟然和他的羊群一起失踪了。

三

找不到巴根那的线索,母亲和乡人束手无策。我和哥哥曾经同住一屋,对巴根那的举动稍有了解。那一年里,一向不爱看书的哥哥忽然迷上了一本叫作《蒙古秘史》的书,那是在外上大学的堂兄从学校图书馆带回来的。显然书里的内容无数次使巴根那无比激动,在我俩不到十平方米的小屋里,他读着读着就突然一跃而起,像个哲人那样满屋徘徊,或者猛地合上书本,瞪大眼睛望着我家黄泥土墙出神……有的时候他会忽然问我:"你知道成吉思汗吗?"

当时我只是一个五年级的学生,我摇摇头说不知道。

哥哥表情严肃,说:"他就是我们的祖先,八百多年前,他骑着马征服了世界。"哥哥说这些时太一本正经了,我以前从来不知道自己的祖宗这么了不起,所以震惊不已。

巴根那说:"知道吗?我们的先人原本是生活在大草原上的,大草原知道吗?一望无际,都是草,根本不用愁羊群没草吃,也不用咱们天天到庄稼地里猫腰弓背地割草喂羊,只要把羊放在大草甸子上,羊就吃了睡、睡了吃,直到撑破肚皮。而那儿的马也不用架车干活、套犁耕地，甚至连缰绳都不戴，成群结队，自由自在，想去哪儿就去哪儿。我们的族人也不用种地、做买卖、给城里人盖楼房，他们是骑着马到处闲逛的牧人，每天只要把成百上千只牲畜随便放在哪一片草场，然后看着牲畜吃得五饱六足、顺着嘴角淌草汤，自己则可以天天吃手把肉、喝酒，也可以躺在阳光下睡大觉……"

这些话把我听得愣眉愣眼，特别是听到哥哥说那里的天上地下都是天鹅、野鸭、大雁，我就更目瞪口呆了。在我们家乡，别说这些鸟，这几年就连乌鸦、喜鹊都越来越少见了。

我问哥哥："像这样的草原现在只有在书本里能见了吧？"哥哥诡秘地说："堂哥说了，草原还有，从咱家往北走，在数千里地之外的地方，还有草原……"

"这样的天堂世上还有？"我听了如同看见一大锅肉一般高兴。哥哥接下来的神情变得肃穆了，他哀叹："可惜我们这辈子都见不到草原了……"

我说："怎么会呢？既然世上有草原，我们长大了就可以去呀！"

哥哥苦笑："说得轻巧，咱们穷得都快尿血了，哪来的路费？"我听了就不言语了。

作为蒙古族人的后裔，我的父母本来会说蒙语的，只是他们和我的众多乡人一样入乡随俗，讲起了伸卷舌不分的"辽宁汉语"。而属于我们的母语，只有父母在说一些悄悄话时才被使用。那些日子里，哥哥巴根那总缠着母亲教他蒙语，什么必巴蒙古仑珲（我是蒙古族人）、三拜喏等等。有一段时间他甚至拒绝和我说汉语，当我问他：

"哥,咱家饭好了吗?"他就拿出我母亲说汉语时那种特笨的口音来:"巴大哟(饭),没好呢。"他半蒙语半汉语的腔调让我莫名其妙。更过分的是,我家的收音机也被他霸占了,天天听起了叽里咕噜的蒙语台;在我最想听《隋唐演义》的时候,收音机里却响起他也听不太明白的又拉又唱的蒙古族说书的声音。为此我向父母哭闹了不知多少回,可父亲和母亲不仅不为我做主,反而眉开眼笑了。

有一次,巴根那神秘兮兮地跟我说:"你知道吗? 我们蒙古族人最早的祖先并不是人……"

这句话使我目瞪口呆,我说:"不、不可能,不是人会是什么? "

哥哥压低了声音说:"是狼和鹿! "

听到这话我就心惊肉跳了,战战兢兢地问:"这也是书里说的? "

哥哥使劲点点头,他的表情此时越发凝重,满腹心事地踱出门外。这些话也让少年的我陷入了迷茫,我感到往日平静的阳光都不那么平静了。也就是那个时候,哥哥把他的行李搬到了羊圈。对此我父母也曾阻拦,母亲说:"孩子,好生生的人怎么能和羊住在一起呢? "

哥哥却一本正经地说:"人本来就是狼和鹿变的,睡在羊圈里有什么不好? "

这话让母亲费解。任由父母怎样劝说,哥哥就是铁了心肠,最后他基本拒绝与任何人说话,从此缄口不言。我父母无可奈何,拿这样一个佛爷谁又有什么办法?

如今哥哥和他的羊群一起失踪,我冥冥中有种不祥的预感。母亲此时则是有病乱投医,她找到"罪魁祸首"——我的堂兄,在母亲的心目中,堂兄应该是村里最有学问的人。哈斯把拳头拄在额头上思索了一下,说:"这件事情就交给我吧,解铃还须系铃人,我会把他找回来的。"

母亲听了感激涕零,对堂兄说:"找到巴根那告诉他,这个世界上已经没有草原了,嘎达梅林都不在了,还哪儿来的草原……"

四

堂兄和我第二天就上路了。我们村没有机动交通工具,只能骑驴。可我和堂兄骑驴的样子着实不雅,哈斯感慨地说:"圣主大汗有言,他的后人有一天由骑马改成骑驴时,蒙古族人就走不了天下了。"哈斯就是这样一个酸气十足的人,说话总爱引经据典,到头来只是纸上谈兵。一路上他还一再埋怨自己,不该把书借给巴根那,按他的说法借书给哥哥就等于给马蹄子钉了马掌。

哈斯首先为我俩的寻找指明了方向,他决定先到哈达盖我舅舅家摸一摸线索,因为那些羊毕竟是从我舅舅家赶来的,说不定老羊识途回它们的故乡去了,哪只羊不往好草赶呢? 哈达盖的牧场在西北面,距我家大约二百公里,那也是科尔沁现存的唯一一片还没有沙化彻底的草场,虽然也已经马莲草遍地、草尖贴地皮。

舅舅家也和我们一样,住着黄泥土房,只不过他们的房子方圆几里才有一家,不像我们的连了一片又一片。哈斯去过我舅舅家,所以轻车熟路。我们到舅舅家时已是第三天下午,穿着一件绿色军用上衣的舅舅正在用水泵抽水饮他们的羊群,我最小的表弟巴特在一旁哀伤地哭泣。

巴特小时候去过我们家,我问舅舅怎么了,舅舅瞥了一下拴马桩旁的一匹老马,对他的小儿子说:"让你的两个哥哥看看,那匹马该不该卖掉,都老成什么样子了,有什么舍不得的?"

巴特说:"可它是咱家最后一匹马了……"

舅舅急了:"那又怎么样?卖了它我还要买化肥呢,不买化肥,那兔子不拉屎的地能长出庄稼来吗?"

舅舅扭过头来问明我们的来意,就蹲坐下来,点了根旱烟低头不语了,半天才哆哆嗦嗦地说:"也就十几天前,赊给你们家的羊回来了……"

堂兄听了沾沾自喜,忙问:"那巴根那呢?"

舅舅说:"说的就是巴根那,没有,我没有看见巴根那,只有羊群……"

堂兄和我都愣了,堂兄问:"不会吧,巴根那和羊一起失踪的,怎么可能只见羊群不见巴根那呢?"

舅舅说:"我也奇怪,羊都赊给你家两年了,它们也不是马,怎么会认识回家的路呢?"

堂兄紧锁眉头,问"那现在羊在哪儿?"

舅舅说:"我一看这些羊瘦得不行,就想先在我这儿放几天吧。第四天一大早,我正要把它们给你家送回去,到羊圈一看,来的那十几只羊一只也不见了。"

舅舅又点了根烟,说:"我最后数了数我家的羊群,你猜怎么了,它们还拐走了我家八只羊呢……"

舅舅家的草库仑里有一半种上了苞米和大豆。整个冬天没怎么下雪,哈达盖的草场除了去秋割剩的苞米和大豆茬根,也不见一根露头的春草。傍晚,舅舅带着家小去祭拜敖包,祈求春雨。我和哈斯一同前往。

落日西沉,在最高的沙坡上,春风凛冽,四野静穆。单调而枯黄的扎蓬棵、刺棱草迎风鸣诉,舅舅的衣衫也猎猎作响。我和哈斯紧随舅舅一家,舅舅念念有词,不断往敖包石堆上泼酒、撒奶食。祭祀敖包原本是围转三圈,结果舅舅转了九圈还不停止,舅舅说:"心诚则灵,没准今晚就能下雨呢。"

老天并不如舅舅所愿,天空月朗星稀。舅舅大概喝了一斤老白干,最后喝得有些东倒西歪了,絮絮叨叨地说:"你知道你家羊群里的那只头羊,它可真让人稀奇,长得比一般羊都要矮,白身黑脸,那双眼睛可不像羊的眼睛……"

堂兄乐了,说:"不像羊的眼睛,难道像狼的眼睛?"

舅舅说:"比狼眼睛温和多了。我那天宰杀了一只病羊,那只头羊见了,走到我跟前定定地瞅我,满眼含泪。我看了别扭,用脚踢它好几下,它才一瘸一拐地跑开了,它的一条后腿不知是被谁打坏的。我想,也就是那天晚上它领着羊群走掉了。"

舅舅一边唠叨一边用羊嘎拉哈为哥哥占卜了一卦,他把那七个羊骨头抛撒了七次,最后惊呆了,对我们说,他这辈子不知为多少人占卜过,可从来没有这样的卦相。这是一盘迷卦,嘎拉哈最终的指向是相互抵消,也就是没有去向!

堂哥问:"此话当真?"

舅舅说:"不是我丧气,巴根那已经凶多吉少,你俩还是别去寻他了,不会有什么结果……"

五

既然巴根那没和羊群在一处,舅舅又预言他无处可寻,哈斯第二天一早就要打道回府了。这令我气急欲哭,这样回去又怎么向父母交代?我和堂兄正相持不下,眼泡红肿的表弟巴特追了上来,他怀抱一个旧马鞍递给堂兄,说这是他爸爸要他送来的,那匹老马一大早就让舅舅卖了,留马鞍也没用。他说完扭头去了,走几步又回过头来说:"我爸爸捎话给你俩,从这儿往北走,离此三百里的白音查岗有个女萨满,或许她能预测巴根那的下落。"

那个女萨满在我们科尔沁赫赫有名,方圆几百里没有人不知道她,她是我们科尔沁最后一个萨满了。小时候一旦不听话,父母就以这个老太婆恐吓我们,据说她整天披头散发,昼睡夜出,专吃小孩肉。听说去找女萨满,堂兄来了精神。是的,谁不想亲眼见见这个传说中的老太婆?现在却是我们亲自去找她,这件事本身就充满刺激。

路途的孤寂和辛苦着实令人无法忍受。昏黄的大风几天就把我和堂哥吹干了,吹得我们满脸黢黑,皮肤和嘴唇干裂冒血;口袋里的炒米和奶干也刮进了沙子,咀嚼起来嘎嘎直响,又没有别的可吃,无奈只能干咽;胯下的毛驴走得疲累,任凭百般打骂,也耍赖不肯快行。堂哥又发出感慨,说:"真不知道堂·吉诃德当年是怎么与大风车作战的。"

走了四五天的路程终于看见白音查岗的炊烟了。就在村子外面,我和哈斯就巧遇了那个老太婆。

一条羊肠子般又弯又细的河边,几十头猪正东拱西拱,把河水弄得污浊不堪。她差不多有八九十岁了,银发如丝,牙齿全无,面部的褶皱比猩猩还多,可两只眼睛却闪闪发光。这副平常老太婆的模样出乎我们的意料,堂哥甚至认为认错人了,是那个放猪的小孩听说我俩找女萨满,二话没说直接把我和堂兄带到她身边的。后来我们从老太婆额头的一条月牙形胎记辨认出正是其人,她的这个特征无人不晓。

女萨满正拄着拐棍朝猪们扔石块,口中不停地咒骂,走近了才听清她是嫌那些黑乎乎的猪弄脏了河水。女萨满说:"你们这些肮脏的东西,知道这条河原来有多大吗?别说让你们在里边打泥,就是走到河边也会淹死你们!你们长个丑陋的鼻子到处拱地,把草拱没了,连草根都吃掉了,拱得草场就剩下沙子了,接下来我看你们还能吃什么?!"

堂兄上前诚惶诚恐向女萨满问好,女萨满像没听见一样,继续她的谩骂,瞅都不瞅我俩一眼。堂兄没辙,硬着头皮走近一些,放大声音说:"萨满奶奶,能向您问个事吗?"

许是哈斯的声音过大,惊扰了女萨满,她瞪大眼睛望了望堂兄,随后狠吐了三口唾沫,转身离去了。她走路速度之快,像小孩子一般。

这是个蒙汉杂居的村落。我和堂兄一后一前,尾随女萨满走入一户人家的院落。后来在昏暗的灯光下,这家的中年男人所言让我和堂哥毛骨悚然。他听说我俩刚才是跟随女萨满而来,摇头说,这不可能,因为他妈妈一个月前就去世了。

"你瞧,"他指着左臂的青纱说,"直到现在我还戴着孝呢。"夜晚,哈斯和我就在女萨满的儿子家借宿了。我和衣而眠,心重如铁,好不容易睡着,夜半却被堂哥推醒了。堂哥神情诡秘,对我窃语说:"我想明白了,那个女萨满其实已告诉我们关于巴根那的下落了!"

我惊了,说:"何以见得?"

堂兄说:"你记不记得我问她话时,她吐了三口唾沫,那三口唾沫都是往一个方向吐的,而且一口比一口远,那个方向就是北方!"

六

世上有很多玄机本无常理可循,堂哥一口咬定他破译了女萨满的暗示,我也只能跟着他。接下来的日子里,哈斯俨然成了女萨满的替身,他说往东就往东,他要右拐就右拐,而且一反刚启程时的惰性和抱怨。

一路北行下来,不知不觉又追赶上了那群羊的足迹。堂兄预言说:"瞧瞧,巴根那的行踪还是和这群羊有关,只要找到这群羊就能找到答案。"在追逐羊群的路上,类似舅舅家的事情也不断传来,情形大同小异。故事总是从那些人先拾到一群羊开始,然后不出几天不仅外来羊消失无踪,还拐了他们的几只羊一起走掉了。只不过有一点不同,那就是后来的拾羊者一家比一家拾到的羊多,这说明被我家羊群拐走的羊也越来越多了。他们中的一些人听说我们找羊也动了心,打了行囊就跟上我们,一起向北方进发。只有我和堂兄心里知道,这些人是怕我们找到羊,把他们的也占为己有。结果我们的队伍越聚越大,一个月之后,起码有三十个人跟在了我们的屁股后头。那年的春天,顺着春风吹绿的北方田野,人们会看见一列人群像北迁的大雁,风尘仆仆,日夜兼程……

行色匆匆的人们先前还知道自己是去寻回自家丢失的羊,可走上几天之后,就忘记了因何而走。甚至还有更莫名其妙的跟随者,他们与丢羊无关,也不顾家里的阻拦偷偷尾随而来,他们对我们说:"带上我们吧,我们跟你们走,去看看热闹。"

人们很久没有旅行了,他们早已不再游牧,生下来就固定在了方圆几十里的地方生活,从没有机会也没有理由去更远的地方走走。他们一辈子守着家,守着自己的那点牲畜过活,每天看见的只是同一片颓败的草场或庄稼地,和头顶上的同一片天空,对外面的事知之甚少,心胸也变得越来越狭隘。而现在,他们终于为自己找到了离家出走的理由,所以只要前行,索性不管去哪儿,只要走下去就乐此不疲……这时候如果有人问其中一个人干什么去时,他会茫然地告诉你说:"哦,我们?我们也不知道要去哪里……"

我们风餐露宿,一路风光无限。这么多人一起去找丢失的羊群叫路人稀奇。大人们放下手中的活计驻足瞩望,小孩子则像看秧歌一样追在我们后面大喊大叫。我们在日月轮回间穿行,途经一个个村庄、小镇,路过浩瀚的沙漠、刚刚播种和生出嫩嫩禾苗的田野、连绵不绝的丘陵,以及怪石林立的石冈。荒原上壮丽的日出和田野间鼠群乱窜都叫我们大开眼界,和暖的阳光与阴雨连绵的风寒又让我们大喜大悲。饿了就朝路过的村庄挨家要一口袋米用吊锅煮口粥喝,渴了就随便找一口井打水喝……

可是离家日渐遥远时,我的心情就越来越不轻松。眼下虽然一直在尾随丢失的羊群前行,甚至连羊群的粪便都依稀可辨,但没有一点关于哥哥的消息。与此相反,在我们的队伍里,有关舅舅形容过的那只头羊却越传越奇。事情往往这样,当它越离谱时,就越有人添油加醋。

白音呼硕的韩金山是赶着自家的勒勒车上路的,他一边吆喝着牲口一边唾沫横飞,说:"那群百八十只羊到我家的井旁饮水,我家的那三只牧羊犬扑上前去驱赶,这时,羊群里的一只黑脸头羊忽然就闪身出来,冲着我家的狗发出了两声奇怪的叫喊,那分明不该是羊发出的声音。结果三只牧羊犬像听懂了头羊的话,灰溜溜地闪开了……"

韩金山还说起那天晚上他被尿憋醒到屋外小便所见的事,刚说到一半就被吉亚老太打断了。吉亚老太是寻羊队伍中最年长的一位,这从她那张黑羊皮般的脸上就能看得出来。她弯着背,老眼昏花,两条腿像两个半圆左右摆动,并且双手拄着拐杖。她也是一只羊没丢,自愿跟随来的。吉亚老太不想听这些怪里怪气的事,她对韩金山大声说:"佛爷会让你闭嘴的,我放了一辈子的羊,从没听说过你说的那种羊……"

而和我一起朝夕相伴的哥哥啊,你到底去了哪里? 难道你真的讨厌我们这个家了吗？你可知道亲人们多么想念你……

七

遇到尼玛活佛时，我们大概走到了哈日汗山的地界。

吉亚老太心地虔诚。在她七岁时，她的祖母曾经带她来过这里的达喜庙，如今她记忆犹新。那时尼玛活佛也是个八九岁的小孩子，对此，童年的吉亚老太还很好奇，她拽着祖母的衣角羞怯地问，活佛怎么也是和她一样的小孩子？话音未落，她就被祖母捂住了嘴巴。七十多岁的祖母领着吉亚跪在小活佛的脚下，小活佛闭目诵经，然后为她俩做抚顶礼。吉亚那会儿吓得差点尿了裤子……

这些都是过去的事情了，现在吉亚老太已是一把年纪的人了。在她的指引下，人们费尽周折找到了这个当年曾恢宏一时的庙宇，只不过现今它一如吉亚老太的牙齿，已是残垣断壁一片废墟了。吉亚老太望着眼前的一切，老泪纵横。她哭了一气又一气，最后哭累了，抬起头问那个当地的向导："尼玛活佛还在世吗？"

向导指了指不远处一个地窖子，说："在世呢，喏，就在那儿。这老头儿性子很倔。"

吉亚老太忙不迭地向地窖子走去，堂哥和我紧随其后去看个究竟。吉亚老太路上宣扬着活佛的大慈大悲，据她讲，尼玛活佛比龙王还神，只要念经，他让哪块云彩有雨哪块云彩就有雨，还知道怀孕的乳牛要生的是公是母，以及吉亚的祖母何时何地栽个跟头，会死在春天的归流河里……

借着门开处的昏暗光线,我们看到的是这样的活佛:一个肮脏不堪的老头儿蜷缩在土炕上的毛毯里,他瘦骨嶙峋,张着空洞的嘴喘气,孱弱得如同一只病猫。看到我们进来,他哆哆嗦嗦伸出一只枯木枝般的手,声音微弱地问:"是吉亚来了吗?"

吉亚老太本来还在惶惑之中,听见呼唤,她抖着胆子问:"您是尼玛活佛?"

老头儿说:"我就是……"

吉亚老太这才扑通跪倒,像个孩子似的哭号起来。吉亚老太说:"我的活佛,您怎么也老了哟……"

尼玛活佛似要把吉亚老太搀起,却已动弹不得,说:"我的这把老骨头命中注定是一个叫吉亚的老太婆来收的,我就等着这一天呢。"

吉亚老太又使劲磕头。尼玛活佛说:"起来吧,现在已经不兴这个礼了。"

我忙凑到活佛跟前,说:"佛爷,我想打听我哥哥的下落……"

活佛说:"是那个一只脚有点跛的人吧,他正在一个阳坡上睡觉呢,不过你们会找到他的。"

我一听眼泪就落下来了。还有一个问题困扰我很久了,我问活佛:"家鹅可能变成天鹅飞走吗?"

活佛说:"佛看见牧人没有吃的,就把芦苇絮变成了羊群,世上没有可能与不可能。"

这话我不甚懂,还要问些什么,却被活佛一阵剧烈的干咳打断了。活佛后来断断续续告诉吉亚老太,三三重叠、天上日月同时对称出现的时候，就是他归天之日。他说："我死后，哈日汗草原就不会再有活佛了，没人再俘云降雨，这片草原更会黄沙漫漫……"

我们告别了活佛，吉亚老太自己留下来，她要侍候尼玛活佛，直到他圆寂。

八

那片绿得沁人心脾的草原出现在我们面前时，是在一场连绵的雨后。湿漉漉的人们从一片樟子松林里钻出来，趔趔趄趄地登上耸在头顶的山冈，就被眼前无垠的草原惊呆了：那莽莽苍苍的草原浑然横亘在黛色的天空之下，九曲蜿蜒的藏蓝色大河正在它辽阔的怀抱中缓缓奔流；那些盘旋飞翔在河流上空的自由自在的鸟，是湖鸥，是野鸭，是天鹅，而碎银、玛瑙一样铺陈于草原上的是一群群牛羊以及一簇簇骏马。那些散落的古旧色的蒙古包，在这一片博大的郁葱中、广袤的青翠中，仿佛一棵棵雨后新鲜的白蘑，丰沛的地气形成的薄雾正在它身间徐徐环绕，而它的头顶悬挂着奇幻的壮丽彩虹……

这是在梦中才见的情形，堂哥从驴背上无意识地滑下来，就扑倒在了山冈……

我听见人群里有人轻声哭泣，那是久违的泪水，是丢失的孩子终于见到母亲而洒下的热泪……

人们手舞足蹈，在草丛里尽情打滚、开怀歌唱！他们忘记了所有的不快、隔阂、嫉妒、怨恨，谁见到谁都互相热切地拥抱……

那是怎样的几日时光啊？人们白天与当地满面乌红的老乡晒晒太阳，聊一聊家常，乐此不疲地和牧羊人共同分享一瓶烈酒、一瓶鼻烟；晚上点燃篝火无休无止地载歌载舞，彻夜不眠……人们简直把寻找羊群的事抛到了九霄云外，只有我和堂哥心中惦念巴根那，找遍了所见的羊群，打听了一户户牧人，结果仍未有进展。

这天下午，我一个人去一片草岭的背坡解手，就在我无意间向远处瞭望时，我看见了那片白云一样飘在岭底的羊群，冥冥中的预感使我不顾一切地奔下岭去……

正是在这几百只生机勃勃的羊群里我认出了我家的羊，对，是我家的，这绝对没错——只是它们已不再瘦弱，而是圆圆滚滚的，肥壮极了，要不是它们的特殊耳记，我差点认不出它们来。可是我的哥哥呢？我急切地环顾羊群左右，奔跑着寻找巴根那的身影，可是没有，哪里也不见我朝思暮想的哥哥。难道真像人们所说，这千里迁徙的羊群根本没有牧羊人吗？情急之下的我"哇"地大哭起来。也就在这个时候，我突然间看见了羊群里那只黑脸白身的矮羊，它躲闪在群羊后面，正转过头小心地看我。我惊呆了，因为那眼神是我再熟悉不过的，它属于我乞彦姓氏的家族……

我下意识地捂住了嘴巴，以免自己叫出声来……

那只头羊与我深情地对视了片刻，似有无数话欲说又止，又有几多欣悦交织，可它却忽然转过身，跛着一条腿踉跄而去，一直挤到众羊的前面，领了羊群向远方浩荡拥去……

当时的我不知所措，心中更无所想，只能站在草原上目送着羊群渐行渐远,直到消失无踪……无意间一低头,我瞥见头羊离去的地上,一本书正随风作响,我弯腰拾起来看,原来是哥哥捧读的那本《蒙古秘史》,只不过已残破不堪、无头无尾。我欲翻阅它,却不小心滑落了,它一直滚到山坡下的激流河里,顺水漂走了。此时再看苍穹之上正有日月同时辉映,我就知晓远方的吉亚老太解脱了,而一只鹰在草原上空盘旋许久,终于离去……

　　后来我就擦干了满脸的泪水,重新回到我们的队伍中。我向人们指了指那个羊群拥去的方向,人们又跟着我和堂哥整装上路了,我们像另一拨羊群般跟随着那只头羊的足迹,走向了纵深而未知的茫茫草原。

流沙魔术师

萨茹拉一家人从蒙古包的天窗里爬出来时,被眼前的一切惊呆了——昨日还好端端的天地一夜间竟然面目全非,春天刚刚泛绿的草原不见了,她家的羊圈和几十只羊没了踪影,门前的勒勒车和拴马桩也了无痕迹,就连草地网围栏、一根挨着一根的电线杆亦被谁拔光了似的,那些朦胧起伏的黛色远山也看不到了,而这一切都变成了流沙。没错,铺天盖地、横七竖八的沙丘,天空冒着昏黄的尘烟,沉闷得像一口锈迹斑斑倒扣着的铁锅,日月仿佛也被它隔离在外,一股热烘烘的土腥味直冲脑门,让萨茹拉喘不上气来。

"这是怎么了,乌里塔? 我们不是在做梦吧? "萨茹拉像只呆鸡那样伸长脖子。她的两个半大儿子——讷格和亥勒奥则像两只土拨鼠那样缩着胸腔直立起身子四处张望。

乌里塔瞧了一眼被沙子埋掉的蒙古包,那里还立着高过烟囱的套马杆,他用尽力气将其拔起,趔趔趄趄地向羊圈方向探去。当套马杆戳到一处突兀的像水泥袋子一样闷硬的东西时,乌里塔就跪下身来,奋力扒开沙土——属于他家的羊群正堆在一起,摞成一座僵硬的小山。每只羊湿漉漉的口鼻里都塞满了沙子。

羊一只接一只地被拖曳出来,没了气息的羊沉重如铅,每只膨胀的羊毛里都能抖落出几十斤沙子。几十只羊排列成行,游蛇似的风吹拂着它们沉睡的脑壳和干硬的耳朵,发出鸽哨一样的响声。萨茹拉掰着手指,一遍一遍数着它们的数量,却被乌里塔制止了:"羊都死啦,还数它干啥呀?"

"乌里塔,我们什么都没有了。"萨茹拉睁着死羊般的眼睛看着丈夫,眼里满是泪水。

太阳是第三天早晨出来的,空中的尘埃已落定。一望无际的沙丘像一群群不怀好意的野兽,四面埋伏,有的蹲守在萨茹拉的家门口,有的潜伏在天边,波浪纹状的皮毛闪着黄澄发亮或白茫耀眼的光。令乌里塔没有想到的是,他的坐骑钢嘎哈日还活着。流沙来临前的那天晚上,乌里塔把它野放到查干河对岸,本想让骑乘了一整天的坐骑饱餐一顿……可是如今查干河都被流沙掩埋了,黑马却不知从哪儿冒出的,摇摇晃晃地向家里走来。仅仅三天时间,原本健硕无比的黑马竟消瘦得像头拉磨的驴子。乌里塔踉跄着迎上去,紧紧抱住了马的脖子。

其时,萨茹拉一家正经历着另一场浩劫。和那根套马杆一样,他们已经损失六个奶茶碗、五把白瓷汤勺、两只木制奶桶和两根捣奶棍以及所有的门窗、木椅和床,这些家当全都沙化了,手指一碰就碎成一堆粉末,仿佛被魔术师施了什么魔法。如此想来,整个草原也该是这般沙化掉的。数来数去，一家人发现，只有蒙古包的框架（哈纳墙和套脑是用铁管做成的）、拖拉机的外壳等家什里的金属物和牛皮靴、獭皮帽子等还完好无损，乌里塔由此得出结论，原来金属、石块和皮毛制品比木制品、橡胶、瓷器更耐得住沙化。于是，他打扫掉蒙古包上糟烂的帆布帷幔，用毛毡重新围起。这当口，所有的布制衣物损失殆尽，萨茹拉匆忙找出陈年的旱獭皮、黄羊皮等牲畜皮，为一家人遮羞。

因为没有放血，被沙子捂死的羊吃起来膻臊不已，让人捂鼻。"能用水泡一泡就好了。"两个儿子讨论着难吃的死羊肉。少年无知，说得轻松，只有萨茹拉知道她家的铁皮水车还剩下多少水了。可就连这些膻臊的死羊似乎也等不及被主人慢慢吃掉，就在燥热无比的阳光下接二连三地腐烂了，一个个肚子鼓胀得跟气球一样，并且不断加剧，砰砰的爆炸声像被一根导火索点燃的一样。乌里塔一刻不停地挖着沙坑，用以埋掉那些臭气熏天的尸体和爆破出的污秽物，然后将还没来得及坏掉的羊剥皮去骨，晾晒在背阴处的沙漠里，制成风干羊肉。接着，乌里塔又把羊肠羊肚里未反刍的草渣掏出来，晾晒烘干，充当草料喂给黑马。除此之外，黑马不知该吃什么活命。

最初的那些天里，情况还没变得多么糟糕，野人似的茹毛饮血的生活并没有摧毁萨茹拉一家人的意志。他们穿着遮羞的兽皮，钻木取火，饿食肉干，渴饮仅剩的一点水。一天夜里，多日没有洗澡、满身羊膻气味和汗臭味的萨茹拉反倒唤起了乌里塔的情欲，他爬到妻子身上，似要把她从头到脚吃掉。萨茹拉很久没有感受到丈夫的激情了，虽然有点粗鲁和凶巴巴的，甚至有种陌生的怪诞感，不过早已是一把干柴的萨茹拉还是被他点燃了,她感觉自己就像一张刚剥下的即将腐烂的羊皮,要将男人整个包住。等乌里塔像座沙丘那样从萨茹拉身上坍塌下来时,天都快亮了。萨茹拉抚摸着丈夫的胸脯,那里没有汗水,仿佛摸到的是晒干翻翘的鱼鳞。

"乌里塔,那是什么?你身上长鳞了吗?"

"鱼才长鳞呢。"乌里塔说,"我好多天没喝水了。"

"乌里塔,我们会不会被渴死?"萨茹拉把头倚在丈夫的怀里。

"长生天会保佑我们的。"

"还是要想想法子,我看出来了,老天不会下雨的。"

"你说得对,萨茹拉,明天一早我就去找水源。"

"查干河都没了,满世界都是沙子,哪儿还能有水啊?"

"我要去乌镇上看一看……"

天空好像哮喘病人乌烟瘴气的肺。水车里只剩下半桶水了,乌里塔用军用水壶灌了小半壶。他嘴唇干裂,布满血口,要用这点水支撑着走出去,直到找见水源。

乌里塔驾上黑马,拉着空空荡荡的水车出发时,萨茹拉和儿子站在风沙里为他送行。两个儿子赤身裸体,被沙漠的太阳晒得像两截木炭。他们立在茫茫的沙丘间,像眺望英雄远征那样,直到望不见乌里塔的影子为止。

这会儿,讷格看出了端倪,小声与弟弟耳语:"唉儿,你注意到阿爸的屁股了吗?"

亥勒奥挠挠脑袋,笑嘻嘻地说:"阿爸怎么像长了尾巴,扭来扭去的……"

乌里塔和他的水车走了半晌才找到乌镇的确切方位,流沙没来临之前,有一条油漆路通往小镇。可眼下纵横的沙丘却需要费力地翻越,乌里塔步履艰难,黑马垂头丧气。因无汗可出,钢嘎哈日只能靠不断脱毛的方式为自己散热。日当午时,乌里塔抬头看了看混沌的天空,太阳像在沸水锅里翻滚的鸟蛋。一阵风沙迎面吹来,有沙子迷住了眼睛,他伸手去揉,却不料一根长舌率先抵达了,只轻轻地一舔,就洗刷了眼睛,而那舌头并非出自别处,乌里塔被黑马这个不由自主的举动吓了一跳。

　　爬上一道横亘的沙梁,乌里塔遮目远望,他认出了乌镇背后的山峦上那些原本高耸入云的风力发电机,现在都垂头丧气地耷拉着翅膀,机翼和大半截身子深陷在沙漠里;镇子四周数不清的磕头机(梁式抽油机)也只露出半个脑袋,看上去像被斩首的螳螂;而镇中心的政府大楼、石油公司、储蓄所、邮政局,还有平房区热热闹闹的旅店、修车部、饭馆、小卖店,通通不见了踪影……乌里塔想起前些天刚刚给小镇上的手把肉饭庄送过羊,女老板春花还对他的几只羊挑肥拣瘦,过秤时扣斤去两,临了还在乌里塔的大腿根上摸了一把,意思是让他再给抹个零头……女人的老公,那个叫塔巴的男人只爱打鱼摸虾,整天泡在湖边河岸,一次不小心从马背上摔下来,伤了腰椎瘫痪在床,从此女人更无所顾忌。春花还开了一家旅馆,与那些跑长途拉油罐的大车司机都很熟络,当中一个叫李光头的更是她的相好,每次跑车都死盯她家又住又吃……

　　乌里塔不死心,还要走到近处去看一看。他蹚过东游西窜的流沙,这里原来是芦苇丛生、水草齐腰的沼泽地,每到春天,天鹅、大雁、野鸭、灰鹤像开水锅里下饺子那样,噼里啪啦,叫声震天。"鸟,你们都哪儿去了?长了翅膀还飞不过沙子吗?"乌里塔冲着天空呼喊着,话音刚落,一粒鸟屎就"啪"的一声落在他的头顶,乌里塔伸手摸了摸,举目望天,却不见一只鸟影……

须臾,乌里塔路过一架磕头机,队长老张正与一帮钻井工人尘土飞扬地扒沙挖土。他们头戴安全帽,满脸漆黑,挥汗如雨,工作服遍布油渍,每个人都像刚从油井里钻出来的一样,就要将深埋地下的磕头机挖掘出来了。乌里塔认识他们,老张的钻井队没少买他家的羊吃。

"唉儿,老张,见到你们可真高兴啊!"乌里塔停下来和队长打招呼,可对方像没听见似的,依旧埋头苦干。

"张队长,你不认得我了吗?"

仍旧没有回答。

这会儿,老张来到沙坑边上,拿起大白瓷缸做了个喝水的动作,可瓷缸里边却没有一滴水。乌里塔不得不走上前去拍了拍他的肩膀,竟像拍到一团雾气。

"我问你话哩,"乌里塔提高了嗓门,"张队长,镇上还有人没有?自来水公司还供应水吗?"

老张这才抬起头来,一张比深夜还黑的脸上龇出一口白牙,诡异且谦逊地笑了笑。

恍惚地,乌里塔听到不远处有人呼唤他的名字。一辆卡车烟尘滚滚地开过来,司机从车窗处露出脑袋:"牧羊人,你怎么会在这里？"哦，原来是拉油罐车的李光头。

"我、我正在和老张队长说话。"乌里塔牵着马缰绳。那个饭庄女老板春花也在车里坐着呢，嘴角叼着烟卷。

"哪个老张？钻井队的队长吗？"

乌里塔冲他点点头，李光头大惊失色："流沙来的那天晚上，在野外作业的张队长他们就都被掩埋了，你是活见鬼了吧？"

乌里塔走后，萨茹拉和儿子并没有坐以待毙，作为母亲，萨茹拉像孛端察尔当年独自求生时那样，抱着"死就死活就活"的决心，带着讷格、亥勒奥顶着滚滚热浪去沙漠里寻找吃食。羊肉干很快被消耗殆尽，他们走了一丘又一坡，直到把太阳走下山去，长庚星从天边闪烁……两个少年支撑不住，干渴就要索走他俩的命。小儿子亥勒奥连说话都是干哑的，声音像从嘴里龟裂出来的："渴，渴，我要水，阿妈……"

"你再咽一口唾液吧，孩子。"

"我没有口水了，我的嘴巴像炉膛一样着了火……"

"我的也是，阿妈，我的嗓子冒烟了……"讷格也有气无力的。

就在这时，萨茹拉像发现新大陆一样呼喊起来，一边挓挲起"翅膀"，一边啧啧地招呼两个儿子。讷格和亥勒奥爬将过去，顺着阿妈所指，看见原来是两只甲虫正舞动着长须仓皇逃窜，在沙地上留下了花纹似的足印。

"阿妈，你是要我俩把它吃掉吗？"

萨茹拉使劲点点头。

话音刚落,就传来嘎吱嘎吱的咀嚼声,两只甲虫随即消失不见了。

那个夜晚,母子露天睡在了沙漠里,她和孩子筋疲力尽,已经再迈不动一步。是的,三个人刚刚漫山遍野地追逐那些形体各异的甲虫,黑黝黝的小家伙们以沙粒里的矿物质为食,它们白天躲避灼热如火的太阳,只待傍晚和夜幕降临才从沙土深处冒出来,四处乱窜。母子三人像小鸡啄米一样,每个人都吞了不下几十只甲虫。甲虫干涩的汁液和坚硬的甲壳暂时缓解了他们的饥渴,萨茹拉还保留了十几只活虫,用她枯黄的头发丝串联起来,以备不时之需。彼时,小儿子又凑到母亲身边,经过一番蛋白质的补充,他嘴里又重现了稀溜溜的口水。

"你还要干什么,亥勒奥?"

"我还要吃甲虫,吃两个!"

神启是大儿子讷格获悉的。一早,天刚蒙蒙亮,讷格就第一个爬起来去探看那些被囚禁的甲虫,却被眼前的一幕惊到了——沙丘之上,十几只甲虫排成一排,以一种弯腰撅腚的姿势迎着风向,好似一群入定修行的僧侣在进行某种庄重的祈祷仪式。就在这时,奇迹发生了,那些小小的、弥足珍贵的水滴,就像太阳由地平线升起那样,从它们的后背慢慢露出头来,再慢慢地充盈,闪着珍珠般的晶莹,等到如豆粒大小的时候仿佛被风吹动似的,顺着甲虫光滑如铁的脊背滚到它们的嘴角,瞬息无踪。也有半粒水滴或流到长须上,甲虫就用前足将长须弯曲过来,再吮吸得一点不剩。水滴诞生的魔法让讷格心惊肉跳,等他把这一重大发现报告给萨茹拉时,也意味着他们母子在父亲回来之前再不会渴死。

甲虫的劳动果实被他们毫不费力地窃取了——每当甲虫以无限虔诚换来救命的水滴,萨茹拉和儿子就会抓起它们来,抢先一步将水滴到自己的嘴里。

得到了这个办法后,萨茹拉并没有竭泽而渔,她不能让甲虫没有水吃,在以其为食或打劫它们时也要让剩余的一部分喝个半饱,这样就可以持续利用。他们还发现,甲虫并不是一天里的每个时刻都能获得天赐,神只在黎明前的特定时刻才眷顾它们。于是,萨茹拉向儿子宣布了一个伟大的驯养计划——捕获更多的甲虫,让它们像羊群一样成为新的家畜,以提供更多的水源。

那段时间,为了俘虏活虫,萨茹拉差点拔光了头发,以至于乌里塔有一天归来看到萨茹拉时,不由得心生惊讶,以为干旱不仅能让沙地草木凋零,还会使头上寸草难生。那时,萨茹拉和儿子已经搜罗了上千只各类甲虫,密密麻麻堆满了一座沙丘。它们十几只为一串,被画地为牢,因为不能统一步伐,各自东拉西扯,根本无法逃脱。

乌里塔遇到李光头后就不再往镇子里去了。李光头和他说,乌镇上的人都在挖地五尺,争抢粮库里被埋掉的粮食、超市小卖部里的各种食品,一切能吃的都快吃尽了,能淘的水源都淘干了。说这些的时候,身后的老张和他的钻井队员像被风吹走的泡沫一样,身影不断扭曲、变形,直到倏忽不见了。

"镇长呢?"乌里塔问,"他有没有什么办法?"

"镇长也无能为力,他倒是想了一些主意。工作队挖出了十几个油罐,请中学老师们没日没夜地研究怎样在石油里培养酵母,他们要用这黑乎乎的液体生产什么食用菌。镇长说了,既然连汽车轮船飞机喝了石油都跑得快飞得高,人喝了当然管饱。镇长自己也不闲着,他带领一帮人正在查干河床里挖沙找水呢。"李光头说。

"镇长就是镇长。"乌里塔竖了竖大拇指,又傻乎乎地问李光头和春花,"你俩这是要去哪里呀?"

"我要带春花去寻找新的世界。"李光头笑嘻嘻地说。

春花在一边搭腔:"咳儿,牧羊人,要不要用你的羊换一根烟卷啊?"

"我的羊一只没剩,都死翘翘了。"乌里塔回完话,问她,"春花,你和李光头走了,塔巴哥怎么办?你俩不管他了吗?"

"我可没那么丧良心。"春花乜斜着乌里塔,用手往身后指了指,"放心吧,牧羊人,你的'瘫巴哥'在后车座睡得正香呢。"

李光头建议乌里塔有困难找镇长,乌里塔就转头向查干河床走去。他一直沿着模糊的河道上溯,走出两三日也没见镇长他们的踪影,干渴和灼热就要烧化了人和马,可前路仍旧黄沙漫漫。

"钢嘎哈日,"乌里塔呼唤黑马,黑马停下脚步回头望他,"钢嘎哈日,看来咱俩只能活下来一个……"乌里塔喘吁着:"我若活下来,还会找到水源救我的妻儿,你明白吗?"黑马仿佛听懂了主人的话,忠诚且顺从地矗立在那儿一动不动。"对不起了。"乌里塔掏了刀子,抚摸着黑马树根一样干枯的脖颈,轻轻地挑开其中一根血管,血像黑色蚯蚓蜿蜒爬下,乌里塔一边吮吸着腥咸的马血,一边远眺地平线上虚幻而缥缈的热浪。接下来的几日,乌里塔只有以此止渴。可马血也并非取之不尽，最后竟像岩洞的水珠，无可滴落。当钢嘎哈日把最后一滴血献给主人，那具被掏空的躯壳便永久地倒下了，掀起一阵慵懒的沙尘。

乌里塔把黑马抬到水车上。现在，主人开始驾起车辕拉起马走了，他要将自己的坐骑一路带回故乡安葬。

终于，在河道里，乌里塔遇见了那伙挖沙掘水的人，但里边没有镇长，领头的是开沙场的包老板，还有他雇的十几个工人。包老板过去就在查干河滩开沙场贩卖沙子，由此发了财，如今，满世界的流沙毁了他的生意。包老板圪蹴在新鲜的沙堆上，那是他的雇工们用铁锹堆起来的，沙坑已有一间房子那么深了。乌里塔问包老板："镇长呢，镇长在不在？"

包老板摇摇头，又摇摇蒲扇，他光着身子，汗流浃背："你以为镇长会跑到这里来纳凉吗？"

雇工们哄笑了起来。

"是李光头说镇长亲自带人来挖沙的，"乌里塔说，"你们这是在干什么？还要卖沙子吗？"

"咳儿咳儿，傻子现在才卖沙子，我们这是要卖水。"包老板说，"你要去哪里，老乡？"

"我也在找水。"乌里塔说。

"河被沙子埋了，你没看到吗？"

"所以我要找镇长……"

"天灾人祸，镇长也管不了你吃水的事了。"

"那我就去河的上游看一看。"

"不用远走了,老乡,我怕你去了回不来。我向镇长承包了这个河段,就要淘出水来了……"

乌里塔往沙坑下望一望,工人们已经挖到了湿沙层,他们在坑底看起来像鼹鼠那么小。这当口,包老板让工人提上来一桶湿沙,他用那只戴金戒指的肥手使劲攥上两把,眼见手指缝隙里流出了泥汤,包老板眉开眼笑了。工人们继续深掘,用铁筛捞沙过滤。乌里塔在一旁见证了这一切,他心下激动,恳求包老板,让他也参与到挖沙队伍。包老板拍了拍乌里塔的肩膀:"这个就不必了,你到时掏钱买水就行了。"

一锹锹的泥沙填满铁筛,沉淀出大半桶芝麻酱似的黄泥汤子,须臾,黄泥开始下沉,一汪清水慢慢浮现,映照出工人们一张张欢呼雀跃的脸。第一桶水当然要孝敬老板,工人将水提上来。焦渴数日,谁不想痛痛快快饱饮一顿呢? 包老板端起水桶一饮而尽,终于,他擦了擦嘴巴,狠狠地打了两个饱嗝。沙坑内的雇工们也在争抢水喝,牛饮之声传到乌里塔的耳朵里,让他更加干渴难耐,他央求包老板:"能给我一口水喝吗,老板? 我就要渴死了。"

"我刚才说过,我们挖水是用来卖的。"

"可我什么都没有了。"

乌里塔是迷路后才走到萨茹拉这里来的。当萨茹拉看到自己的丈夫莽莽撞撞地闯到"甲虫营地"时,她又惊又喜,扑上去问他是怎么找到这里来的,乌里塔的注意力却不在妻子身上,只盯向那些乱成一团的甲虫。极度的饥渴让他晕了头,嘴巴蠢蠢欲动,倏忽,让人猝不及防的,一串甲虫就被他卷入口中。

"那是什么?"萨茹拉惊叫起来,指着乌里塔蠕动的嘴。

又一串甲虫被卷了去!这回萨茹拉看清了,那是一根蜥蜴般分叉的舌头,瞬间弹出又收回……

萨茹拉哭泣起来。

乌里塔此行只弄到一泡马尿那么多的水回来,还有水车上钢嘎哈日白森森的骨架。那点水是包老板施舍的,他叉着腰对乌里塔说:"总不能眼睁睁看着乡亲渴死,但是,下次没钱就别到这儿来了,我这里可不是什么慈善机构。"

不过,在回来的路上,乌里塔还有意外收获——他遇到了一大片蒺藜草,在浩瀚的沙地里,哪怕一点绿都会点亮人的眼睛。乌里塔顾不得刺痛,摘了满满一袋子蒺藜种子。当他打开口袋给萨茹拉看时,妻子的脸上并没有呈现丝毫喜悦:"这东西又不能吃,有什么用处?""我们可以种起来,这些带刺的草会在沙漠里生长。"

乌里塔把钢嘎哈日的尸骨风葬在一处沙丘之上,让它的头冲着北斗七星的方向,尾巴朝着太阳,并用萨满的法术为它还魂,让它安息。

接下来的时日,乌里塔开始潜心研究蒺藜种植,他把种子埋于四面环绕沙山的平整地带,那里风沙微弱,水分不易很快流失。他带领着儿子采用滴灌的方法,每日为蒺藜上眼药似的浇一点点水。大概用了二十天的时间,那些浑身硬刺、丑陋不堪的种子竟然真的发了芽,生出了极不真实的娇嫩叶片。

夜晚,炎热使一家人集体失眠,他们整整齐齐地端坐在毡房外乘凉。沙漠层层叠叠，一目九岭，沙砾被月光照耀，远远近近都散发着钻石般的光芒，又好似数不尽的萤火虫在沙漠里飞舞，晶晶点点，闪闪烁烁。天上挤满了星星，一颗比一颗大，一颗比一颗耀眼，密密麻麻，好似空阔的天庭装不下它们了似的，就要到地上来，就要挤破脑袋。一家人难得有此小憩，有此安稳的片刻。

"原来沙漠也挺美的啊……"萨茹拉将头靠在乌里塔的肩上，喃喃地说，"我想活下来，乌里塔，无论怎么样，我们也要和孩子一起活下来……"

夏日的太阳越发灼烤，天空像一块脏兮兮、皱巴巴的土黄色抹布，没有一块成形的云朵。萨茹拉圈养的甲虫因为人为牵绊不能钻到更深的沙层里躲避酷热，正大批大批地死亡。讷格和亥勒奥却窃喜不已，因为这样他俩就可以名正言顺地饱餐一顿了，否则省吃俭用的母亲每日都是定量供应食物的。甲虫死去的时候基本已被烤熟，口感与生食不同，有种油炸的酥香，咀嚼起来像碎玻璃那样咔嚓咔嚓响。

没有足够的甲虫，水再次成为问题。一天凌晨，萨茹拉又早早去守候所剩无几的甲虫，远远地，她看到两个偌大的黑影蹲在沙丘之上，走近了才瞧清，原来是讷格和亥勒奥，他们像甲虫一样迎着风向，高高地撅起屁股，一动不动地匍匐在那里。他俩的脊背经过风吹日晒仿若甲壳般黑硬，此刻被风吹拂，竟有些许潮湿。

萨茹拉冲上前去，伸开双臂把两个孩子抱在一起："我的孩子，你俩这是在干什么呀？"

"阿妈，我们正迎接水滴呢。"讷格说。

自从那天起,讷格和弟弟便不顾父母亲的反对,昼伏夜出,去最高的沙丘上冒充甲虫。两个儿子相当认真,经过细心钻研,不断调整弯腰撅腚的姿势,终有一天,两人的脊背竟然生出了毛茸茸的露珠,像小鸟刚长出的羽绒那样,随即连成一小片油滑而圆润的水,顺着肩胛淌下来,经过脖颈、脸颊,一直流到两个孩子的嘴巴里……

　　与此同时,乌里塔也决定再次出行了。没有水可以滴灌,他的蒺藜草刚长出纤细的枝蔓就要像死蛇一样蜷曲了,再喝不到水它们只能枯萎掉,成为一把干草。这次乌里塔仅背了一个水囊只身而去。临别,萨茹拉为丈夫整理下行装,发现他裸露的后背长满了丘状的囊包,这还不说,他用兽皮遮盖的臀部像支出了一根棍子,那不会是他的那个,那个再长也不会翘到后面来,萨茹拉这么想着……

　　等待丈夫归来的时日,萨茹拉感到了从未有过的孤独。焦虑不安的她一边忙着捉虫,一边遮目望着荒凉的沙原。"长生天,可怜可怜我们吧,哪怕来一片云朵,下几滴雨也好……"萨茹拉唠叨着这些,头昏脑涨得像被烟火熏着了一样。恍惚间,遥远的天边忽然涌现出大海的波澜,像小山一样高的巨浪迎面扑来,上面飞舞着星星点点的海鸥,萨茹拉似乎听到了海鸟的叫声,接着,一艘大船从海面隐现,竖着高高的桅杆。

　　"讷格!亥勒奥!"萨茹拉一边疯了似的呼喊着两个儿子,一边赤脚向大海奔去,可没跑几步就呆立不动了。两个儿子小跑过去问:"怎么了阿妈?"

　　"大海……"萨茹拉指着远方,"我明明看见了它,可是放个屁的工夫又不见了……"

两个儿子嬉笑起来："阿妈,你的眼睛是不是花了？哪里会有什么大海。"

　　"不,真有一艘大船,你们看你们快看……"

　　"大船？"讷格撇了撇嘴,不过好奇心还是让他揉了揉眼睛。咦儿！天际线那儿好像真有什么东西,没错,是一艘轮船！

　　萨茹拉迫不及待地领上儿子向轮船行去。遮目远眺,那艘船在无边无际的沙漠里显得那么突兀、那么孤独,孤独得像天外来物。

　　走到落日西沉,脚底都烫出了血疱,他们终于来到船下。夕阳刺眼的光映照着庞然大物,像给它镀了一层金粉,高大的船体在沙地上投下了巨大的阴影,仿佛为炙热无边的阳光凿了一扇黑洞。可这是怎样一艘残破的船啊,船身腐朽,锈迹斑斑,船的桅杆也被海风扭断,上边低垂着破布似的旗帜和蜘蛛网般的电线……萨茹拉判断,这该是一艘发生了海难被遗弃海底的沉船。

　　母亲领着儿子赤脚爬上轮船。第一层甲板散乱地堆放着残破的渔网、空罐头盒子、杂七杂八的生活用品,却空无一人。铁甲板像烧红的炉盖子一样火烫,三个人只能小鸡似的一会儿抬起一只脚来。母子惊魂未定,小心翼翼继续攀缘,快到主甲板时,忽然听到了几声微弱的呻吟。在驾驶舱外的阴凉处,他们望到了那个老者——一脸大胡子的白人。他虚弱不堪,半闭着无精打采的蓝眼睛,费力地喘着气。老人手里半握着一把手枪,身边东倒西歪着一溜威士忌酒瓶,几只老鼠中弹死在周边,落满黑麻麻的苍蝇。萨茹拉小心地走近他,用手在他眼前晃了晃,以验证他是否清醒。

　　"China？"他冒出一句,动了动眼珠,露出惊讶的表情。

萨茹拉问他:"你、你是什么人?怎么来到了这里?"

"我叫罗利,是远洋捕鱼船船长,来自澳洲。"大胡子笨拙地说着汉语,"我也,不知道怎么来的这里,我们在太平洋捕钓金枪鱼,运气很坏,从南太平洋到北太平洋,航行两个月了,只钓到很少的鱼。那天夜里,没有预兆,突然起了台风,一个晚上就变成了这样,我们的罗盘失灵了,导航仪也坏掉了,轮船失去了方向,就像世界失去了方向。飓风来了,天和大海颠倒了,等天亮时,我们发现大海变成了沙漠……"

这和萨茹拉他们的遭遇如出一辙。"就你一个人活着?"

"我的船员,他们都在鱼舱里,和上帝在一起了,只有我,靠着酒和尿液活着,可已经光了……女士,水,能给我水喝吗?"

萨茹拉摇摇头:"想喝水,我们只能抬你去,去喝甲虫的水。"

"甲虫?"大胡子不明其就,"no,我哪里也不去,我是捕鱼船的船长,世界上没有了鱼,我活着已没有了意义,我要和我的渔船在一起……"

"会有鱼的,我丈夫说包老板在地下挖出了水!"

"可我,等不到那一天了……"说着话,大胡子指了指身边的铁皮匣子,"China,我请求您一件事情,可以帮助我吗?"

萨茹拉点点头。

"这里边是我和船员的遗物,有写给亲人的信件,还有照片、手表和笔,上边都留了地址。我们的船员,有来自英国和葡萄牙的,还有韩国人……如果这世界还存在故乡,有一天,China,请把它们寄给我们的亲人。"他又从口袋里掏出一打花花绿绿的纸币递给萨茹拉,

"我用不到它了,放在身上,也会变成老鼠屎,你拿去,算作报酬……"

萨茹拉摆摆手,只把匣子提过来:"那个东西我们也没用。"

"我不知道该怎么感谢……"大胡子满脸歉意,又递来一本册子,手臂颤抖得像一片枯叶,"这是我用了一生的航海图,或许对你们有用,留作纪念吧……"

萨茹拉背起铁匣与大胡子船长告别,三个人下了船去,踽踽地走着。暮色像被火燎过似的,一片焦煳的灰暗。他们刚走出不远,便听到轮船上一声震耳的枪响,母子不由得回头望去,讷格问母亲:"那是什么声音?"

"那是……一个人绝望的声音……"萨茹拉回答。

那天晚上,疲惫不堪的萨茹拉和儿子回到营地,看到变成一只蜥蜴的乌里塔。他带回了水,却是用他丘状囊包带回来的,他摇晃着尾巴一路爬行,在月光照亮的沙地上留下了四足动物的痕迹。乌里塔回家的第一件事,就是打开水车盖子,笨手笨脚地趴到里边去,接着,奇迹发生了,他后背那些丘状物忽然哗啦啦地冒出水来,就像打开了水龙头开关似的。接着,他又湿漉漉地向那些蒺藜草爬去,将皮囊里剩余的一点水留给那些将死未死的秧苗,让每一棵苗都雨露均沾……

萨茹拉第一次没与丈夫同床共枕,两个儿子也躲在毛毡里对他避之不及。乌里塔没有责怪家人,独自窝在蒙古包门口,像个做错事情的孩子那样低眉顺眼,连个鼾声都没打。第二天没等萨茹拉起床,乌里塔就扒开门缝钻出去,摇摆着尾巴慢吞吞地走了。

"对不起,乌里塔,你是个好丈夫,更是孩子的好父亲!"萨茹拉倚在毡房的门前啜泣,黎明前的微光映出她消瘦的脸庞。

乌里塔往返驮水一次比一次回来得早了,铁皮水车里的水开始变得充盈,讷格和亥勒奥的肚皮鼓胀起来,而沙原上蒺藜草的藤蔓也像偌大的蜘蛛网蔓延开去。细小的枝叶肆意流淌,淹没着凹凸不平的沙地,那些像繁星一样多的黄色小花不久就会结满浑身是刺的果实。

"这些水是从哪里来的?"萨茹拉忍不住问他。

"从包老板他们挖出的湿沙里,"乌里塔说话瓮声瓮气的,仿佛嘴巴的空间过大,环绕出回声了似的,"他们挖了一个又一个沙坑,淘出水来卖给那些排队等待的人们。水淘尽后沙坑就废弃不用了,可他们不知道那些湿沙里还有水分。"乌里塔狡黠地笑一笑:"我偷偷爬进去,在里边蹲上一宿就吸满了水……"

没过多久,萨茹拉的担心就被风沙吹散了。变作蜥蜴的乌里塔并没有因此变得愚钝,手脚也与成人无异,做起事情来反倒更加有板有眼,并且酷爱学习。他找来儿子的作业本,用他那长满鳞片的大手写起了数学公式,画了一张又一张任谁都看不懂的图纸。特别是大胡子船长留下的那册航海图,他翻得都快烂掉了。而秋天来临的时候,乌里塔又开始了一个人的收割,把顶针大小的蒺藜果一一摘下,像麦子那样晾干,堆成小山。然后他自制了一盘石磨,用来将蒺藜果磨成面粉,装入一个又一个袋中,为此,蒺藜果把他的手掌扎得千疮百孔……乌里塔仿佛不知疼痛和疲倦似的,有一天他又打起了蒺藜秧的主意,把它们通通割下,去掉枯叶,用又韧又长的藤蔓编起家什来,并且对照图纸反复修改。先前,萨茹拉还以为他在制做筐篓,可十几天过去,那东西却越编越长,像一项浩大的工程。直到将藤蔓弄成了两头尖尖的一弯月亮。

萨茹拉忍不住问他:"乌里塔,你做的这是什么呀?"

"我在造船。"他头不抬眼不睁地说。

"造船? 唉儿,你疯了是不?"萨茹拉张大嘴巴。

"我听说有个叫诺亚的人,在洪水来临之前造了一艘船。后来,他用这艘船载着家人走了,逃过了一场洪荒……"

萨茹拉摇着头哭笑不得:"可全世界都是沙漠了,哪来的洪水? 你要在沙漠里开船吗?"

"不,萨茹拉,我们一家人可以带着船走出荒原,去寻找大海的……"

原来一切都是为此准备的。萨茹拉从身后抱住了丈夫。她不再嫌弃乌里塔背部那些丘状囊包和癫癫嘟嘟的皮肤,她只想紧紧地拥住这个变作蜥蜴的男人,用湿润的脸庞贴近他强壮的臂膀……

乌里塔一家人即将启程,藤船上装满了蒺藜面粉和水,两个孩子在里面兴奋地滚来滚去,萨茹拉又抱来了那个沉甸甸的铁皮匣。

"带着它会增加船的重量。"乌里塔和妻子说。

"不,我答应过船长……"萨茹拉说。

半个月之后的一天黎明,乌里塔与家人将在一片戈壁滩里遇到那个叫作春花的女人,她佝偻在油罐车旁奄奄一息,车内的汽油耗尽,两个男人将最后的水和食物留给了她。乌里塔和妻子将春花救起,抬到藤船上。皮包骨头的春花憔悴不已,唯有肚子"异军突起",

萨茹拉蹲下身来贴耳谛听，春花的肚皮里，一个新的生命正在勃勃跳动……

接下来的旅途不再孤单。一行人迎着幽暗的日出前行，此时，天边的云霞竟像大海般涌现，隐隐发出渐次宏大的涛声……

冬天到东北来放羊

　　他租的两辆车都是十三米长的高栏货车，一辆装基础母羊，一辆装当年羯羊，本来每车能装六层，他装了五层，还装了一千两百多只羊。司机赵师傅说，两车都超重了，绥满高速是不让上了，只能走301辅道。这样也好，到博克图，他可以吃一顿猪脊骨炖豆腐。别看他是蒙古族人，但也爱吃豆腐，特别是博克图的山泉水豆腐，又水灵又鲜嫩，呼伦贝尔人没有不爱吃的。他爱吃豆腐这事被老孙知道了，就笑话他，说一个草地老乡也学会"吃豆腐"了。听到的人就嘻嘻哈哈地笑，一点都不好笑的事为啥大家都笑了，像捡了谁便宜似的，他后来才懂，"吃豆腐"这里边有着"荤"学问，他就用东北话骂老孙"滚犊子"。安达之间相互骂一骂就更亲近了，显得更"铁"了。"老铁！"他的好哥哥老孙就是这么叫他的，原来他不明白啥意思，他的名字叫特木尔，汉族朋友都叫他"老特"，叫老铁还是第一次，后来等他懂了就觉得这称谓挺舒坦，再没有比两块铁焊到一起更能表达哥俩好的程度了，用老孙的话说，那是铁板一块！

他坐的是赵师傅的车，赵师傅和他是老相识，路上好唠嗑儿。两辆加长货车开出陈巴尔虎草地时，太阳刚从地平线露出冻红的脑袋。十一月初就下过两场雪了，除了被曙光照亮的淡蓝的天，到处已是一片银白。他喜欢初冬黎明的这种清爽、这种凛冽，特别是在高高的货车驾驶室里迎着日出行驶的感觉。今天他起大早赶车，为的就是这个。

"咳儿，米尼阿哈。"他给远在黑龙江候着他的老孙打电话。"米尼阿哈"是"我哥哥"的意思，他愿意这么叫对方，就像对方叫他老铁一样。"咳儿，米尼阿哈，拉羊车在路上了啊！""上路啦，好，好！"对方的嗓门挺大，"我跟你说，老铁，下车咱吃杀猪菜，养了两年的大肥猪，早上就宰了，北大荒六十度白酒，都备齐了，等你到啊，下车咱就去！"

赵师傅就笑，说："你哥们挺够意思，杀了一头两年的猪啊。"他听了，脸上涂满了朝霞和自豪："米尼阿哈呀，那是和我的亲哥哥一样啊！"接下来，他就打开了话匣子，他说汉语显得很笨，笨得就像给马蹄上了脚绊，他给赵师傅讲起他和老孙是怎么认识的，怎么成的老铁——这些年，交通便利了，每到冬天，呼伦贝尔的牛羊也学会串门了，都坐上了"大捞子"车，一路观风望景，一直越过大兴安岭，到黑龙江一带去过冬。过了大岭，天气就暖和多了，牛羊们再不必挨零下四十摄氏度的苦寒，这样不仅膘掉得少，而且还能省下不少成本。就拿今年的牧草价格来说吧，一捆五百斤的牧草，要卖到三百多块，而一只羊要吃掉两捆草才能越冬，这可是一只当年羯羊才值的价钱。来到黑龙江的农村就不一样了，机械化收割的庄稼地里，黄豆地里有黄豆粒,玉米地里有玉米穗,如今的农民年年丰收,根本不在乎这些漏掉的小鱼小虾,更不会弯腰撅腚去地里捡拾,加之遍野的大豆秧、玉米秸秆,这东西对农民没啥利用价值,过去烧火用,现在农村都集中供热了,要不是做饲料让牲畜吃掉根本没法处理,现在大地里焚烧秸秆都算违法,那叫污染大气。所以,那些年,黑龙江人就朝呼伦贝尔牧民喊话:"哎!蒙古族大兄弟,冬天到东北来放羊吧,俺们这儿暖和!"

一来二去的,草地老乡们就这么被"喊"来了。老孙是讷河人,特木尔先和他加的微信,嗑儿唠得挺好,事摆得也特明白,等哥俩终于见了面,更是越唠越投脾气,老孙就要和他拜把子,就是拜安达。"我和你说大兄弟,俺们这边也有少数民族,和俺们屯子隔一条诺敏河就是达斡尔族自治旗,俺们讷河还有个鄂温克民族乡,都离得不远,平时,俺们就喜欢和少数民族打交道,实在,直来直去!这又来了蒙古族兄弟,我得和你拜把子!"

说拜就拜,哥俩都挺认真。拜完把子就喝酒,二两半的玻璃杯,端起来就干,老孙说:"我知道你们草地人能喝酒,这都结拜安达了,以后就是一家人,喝酒就得放开喝,咱们都别装。"其实,东北老哥不知道,草地人能喝酒那是细水长流地喝,牧闲时把牛羊撒到草场上,没事可干了,就弄一塑料壶巴尔虎白酒,像羊边吃草边倒嚼似的,一直不住嘴,就这么一口一口地抿,能从日出抿到日落,像今天这样一杯一杯干还是头一回。大嫂在旁边看着不对劲了,跟家里的使眼色,那意思是别让客人喝多了。老孙会意了,一拍大腿,说:"对,大兄弟,你是客人,我是地主,我得多尽地主之谊,这么着吧,接下来我杯杯干,你喝到月亮门儿(酒杯刻度),哥不和你打酒官司……"

那天酒喝得真尽兴,直到把"大兄弟"喝成了"老铁",说好一亩地一冬天十五元租金的,老孙主动给降了:"就十块! 安达都拜了,就是老铁,三千亩地虽然只有一个巴掌是你哥的,可这个主我今天就替乡亲们做了。"大嫂正给哥俩添酒呢,急了,说:"你快拉倒吧,老孙,咱家的地不要大兄弟的钱都行,别人家的地你不跟人家商量能行啊?""能行! 咋就不行呢? 咱屯人要听说是我的亲兄弟,那还用说啥呀,我老孙在这个屯子说话好使,吐个唾沫都是钉! "

"喝酒的那天,都喝多了,喝完了不是吗,地就真给便宜了。"特木尔和司机老赵比画着手指头,掰来掰去的,"那年我的羊有六百只,三千亩地我租了,原来三个数,便宜了一个数。米尼阿哈呀,讲究人哪! "他把那两根手指头又变成一根竖起的大拇指,说:"真想他了我呀,我俩都三年没见了,疫情闹的,好不容易又能见面了,今年我呀,又能到东北去放羊了……"

拉羊车是下午两点多进的讷河。博克图的豆腐吃了,兴安岭的雪坡爬了,路越走越开阔。手机那头,老孙还急得不行呢,电话几次三番地打来,一会儿问进了齐齐哈尔没有,一会儿又问到没到富裕。等拉羊车过了拉哈镇,车轮拐下双嫩高速,一辆小轿车早在收费站那边等着了,老孙和两个年轻人冲大车摆摆手,便一路开道,没出一个小时,即进了一方村落。

天气好,冬日阳光没见过这么充足的,锦缎似的罩住四平八稳的村屯,显得村屯温暖又阔绰。白色小轿车亮闪闪的,径直开到村前头的玉米地,平平展展的田里没有积雪,金黄色的秸秆一捆捆一行行,一直铺陈到了天边去。近处,一帮男人正候在那里,岁数大些的抽烟、唠嗑儿,年轻点的抽烟、划拉手机,他们刚帮老孙杀完猪,灌完血肠,炖完杀猪菜,见拉羊车尘土飞扬地开来,赶忙整出一副列队欢迎的架势。都下了车,安达终于见面了,都以为两个爷们要拥抱拥抱呢,但是没有,两人你给我一拳,我给你一拳,老孙说:"三拜喏!"这是他跟特木尔学会的唯一一句蒙语,特木尔说:"三拜喏,三拜喏!"旁边的人说:"生分了,生分了,哥俩怎么刚见面就谈钱呢……"大家伙就一起笑,笑声把身后几排防风林上的雪都震落下来了。

"这是我儿子孙宝,"老孙介绍起两个随行的小伙子,"这位是儿子的同学——小舒总,也算我的儿子,温州人。小哥俩原来在上海的外企,三年前回咱讷河创业来了。"两个小伙子脸上洒着阳光,牙齿上也是,热情地与特木尔握手,说:"铁叔叔好!""特叔叔!咋整成铁叔叔了?"老孙瞪眼睛,两个年轻人就嘿嘿乐。又介绍那帮男人,一一握手,仪式毕,老孙这才吼一嗓子:"大家伙还愣着干啥,赶紧帮老铁卸羊!"男人们这才呼啦一下围抄过来,嘴里说着:"卸羊!卸羊!卸完羊好喝酒吃肉!"

当中有两人却袖着手,原地没动——一个矮墩墩的车轴汉子半眯着眼睛望天,一个黑脸瘦子一边望天一边给他递烟。"啥年代了,还抽不带嘴的烟?"车轴汉子乜斜着眼睛瞅瞅烟卷。"带、带嘴的没劲,"黑脸瘦子龇龇牙,"我、我就不爱抽、抽带嘴的烟。""你就说你没钱得了,二黑,哥不笑话你。"车轴汉子话这么说,烟可抽得狠,几口就将一根烟吸尽,即将烧到嘴唇,又猛抽一口,这才用舌尖弹掉,弹出两米多远,随之一口痰将烟头熄灭。货车上,特木尔正从最上层往下递羊,老鹰抓小鸡似的,一俯身就是一对,都上百斤重,一手拎一只,嗖嗖地递给接应者。二黑见了,啧啧连声:"瞅、瞅瞅人家草地爷们,那手劲。""那算啥,"车轴汉子撇撇嘴,"上次我在邻村卸牛犊子,一手一头。""你那、那不是卸牛,你那是吹、吹牛!""我可不吹牛,论手劲,我可在哈尔滨浴池搓了十几年的澡……不,我是当了十几年的领导……""锤子哥,那咱、咱上车和他比试比试?""滚犊子,要去你去,我还要晒会儿太阳呢。"

羊群白得像饺子,稀里哗啦地卸下来也像下饺子,饺子不会叫,羊会叫,饺子煮坏了会成粥,羊群不用煮,一落地就叫成一锅粥了,这一叫不要紧,引来了村庄不小的震动,鸡鸭鹅狗们好久没听到这么多叫声,忍不住要呼应呼应,于是村庄内外的叫声连成了一片,此起彼伏的,比过年还热闹。一群本地羊原来在旁边的甜菜地里啃吃,这会儿也闻讯赶来,它们听出了那一锅粥似的咩咩声不像本地口音,断定村里来了新羊,都来看个究竟。锤子见本地羊跑过来,忙上去拦截,于是,他与羊群也玩起老鹰抓小鸡,两拨羊左冲右突,一派相见恨晚的劲头,二黑手持秸秆上前帮忙,也无济于事,羊群最终还是聚集到了一处,你嗅嗅我,我嗅嗅你,互致亲切问候。其实即便混群,不用看耳记也一眼能瞅出哪只是草地羊,哪只是本地羊。讷河的本地羊都是澳洲白绵羊与萨福克羊的杂交品种,体格比呼伦贝尔来的羊高大,尾巴三角形,却极其短小。草地羊呢,个头小尾巴大,羊尾跟棉门帘子似的,又宽又肥。人说呼伦贝尔的羊肉好吃,其实就是因为这种草地羊个头小身体健,它们的脂肪都储存到大尾巴上了,吃再多牧草只胖尾巴不胖身子,就和小笨鸡一样,肉质瓷实,好吃不膻,有嚼劲。

这边说着题外话,那边锤子仍不死心,还在分离羊群,对草地羊又踢又踹。老孙正拎彩条布搭羊圈呢,抬眼见了,喊他:"我说锤子,你挺分得清里外呀,咋不踹咱屯的羊呢?""老孙大哥,你、你有所不知,那、那可是锤子自家的羊群。"二黑嘻嘻笑。"滚犊子,哪儿都有你!"锤子说。

"那我就说不出啥了,锤子来这儿是为看自家的羊,二黑,你来这儿是为啥呀,看热闹来啦?"二黑眨巴眨巴眼睛,说:"老孙大哥,你、你也没说,卸、卸一只羊给、给多少钱哪?""乡里乡亲的,出把力气要啥钱?你给兄弟家卸羊要钱哪?""可、可有句话讲、讲得好,亲、亲兄弟明算账,再说了,这、这年头,力气才、才值钱呢。""那行,二黑,你就一直陪锤子看羊吧,喝酒时你也别去。""那不行,我还没、没吃杀猪菜呢,我要吃、吃猪蹄子,吃俩!"

杀猪菜当然得吃,男人们卸完羊出一身透汗更能吃能喝了。洗手擦脸,两张桌,东屋一张,西屋一张,纷纷落座。女人们负责倒酒端菜,五花肉炖酸菜、煎血肠、蒜泥拆骨肉、手掰猪肝、熬皮冻、冻白菜大葱青萝卜蘸酱,总之浩浩荡荡,摆满圆桌。安达手拉手坐在主座,酒杯里倒的却不是北大荒酒,而是红莹莹的果酒,老孙举起酒杯说:"大伙先尝尝这杯'甜蜜蜜',这是我俩儿子——孙宝和小舒总用咱当地甜菜根自酿的酒,贼啦甜,一点生青味都没有,还申请专利了呢。现在大城市的年轻人喝酒都讲口感,甜菜根这东西补中气,盈血亏,利肝胆,常喝身强体健。这酒北京、上海、广东、深圳的订单还不少呢。"

在一旁点烟倒水的孙宝和小舒总听了就乐,孙宝说:"我爸走到哪儿都不忘替我们做广告,可这是在家里呀,爸,你这是把广告做到家了。"

老孙趁机又拎起一桶豆油,清亮亮黄澄澄,像金子化成的。"说我做广告,那我再做一个,这是我儿子他们试验田里种植的非转基因大豆榨出的豆油,纯绿色无污染,一点化肥农药都没上……"

放下豆油,老孙又提起一袋印有"粒粒香"字样的大米……

"爸,你快拉倒吧,大家伙都等着喝酒呢……"

老孙乐了:"喝酒,喝酒,我这是习惯了,到哪儿都显摆。"

特木尔又品了一口"甜蜜蜜",竖起大拇指,说:"嗯,我们的马奶酒,酸酸的,这个甜甜的,各有风味呀!"

"好喝就多喝点,这酒三十二度,就跟饮料似的,没劲,平时俺们就拿它漱口。"老孙带头,不一会儿就唰唰唰喝了好几杯,然后改喝六十度的酒,酒席这才正式开始。老孙站起来,他在西屋亮嗓子,不用扩音器东屋都震耳朵:"我说老少爷们,今天是个高兴日子,啥也不说了,我的蒙古族大兄弟,我的老铁来啦,感谢大家给我老孙捧场,帮忙杀猪卸羊!"满满一杯酒一仰脖就整了,这是欢迎的酒,当然得整,两个屋子的爷们都不差事,都跟着整了,特木尔也必须得整啊,大家伙都是为自己来的,忙活大半天了,怎么也不能再喝到月亮门儿。这当中有人没整,就是刚才袖手望天那两位,他俩坐东屋,本来二黑按捺不住要整来着,锤子拉了拉他衣袖,夹一个大猪蹄子放他碗里,两人又眯下了。

没觉得咋了呢,已酒过三巡了。老孙来了兴致,要给大家唱首歌助助酒兴，这歌特木尔每次来他都唱，说白了，就这首歌他能唱完整，歌名叫《两只蝴蝶》，他非说是"两只扑棱蛾子"。老孙唱歌粗声大气，在屯子里号称跑调歌手，这主要是他小时候学过二人转，唱啥歌都能跑到二人转上去——"亲爱的，你张张嘴，风中花香会让你沉醉，亲爱的，你跟我飞，穿过丛林去看小溪水……"一个大老爷们，摇头晃脑地翻着大厚嘴唇子唱"张张嘴""小溪水"，而且满嘴都是东北大糙子味，旁边的人就夸他，说："哥呀，你这二人转唱得挺好哇。""我哪唱二人转了？耳朵聋了咋的？我唱的是流行歌好吧！"旁边的又说了："听完老孙大哥唱的歌，我都想喝大糙子粥了。""想喝大糙子粥哇？煮！让你嫂子现在就煮！"

老孙唱罢，掌声稀稀拉拉的，等他提议让老铁唱一首蒙古族歌曲时，里外屋的掌声这才热烈起来，落差如此之大，老孙也不妒忌，只呵呵笑，自我解嘲道："我这是抛砖引玉，主要想让蒙古族大兄弟唱，人家的草原歌才好听呢。"

特木尔唱的是《蒙古人》，别看他汉语说得笨，唱起歌来舌头就伸直了。他的歌声刚起，厨房里的女人们就都放下家什挤进屋来，都想一睹蒙古族大兄弟的风采。就像老孙说的，蒙古族歌确实好听，"洁白的毡房炊烟升起，我出生在牧人家里，辽阔无边的草原，是哺育我成长的摇篮……"女人歪着脑袋听，男人支棱耳朵听，这歌里的画面感太强了，好像呼伦贝尔大草原就在眼前，蒙古包冒着炊烟，牛、马、羊都撒了欢，勒勒车轱辘转着圈……村民有没去过呼伦贝尔的，其实想想离得也不远，也就千八百里地，就隔着个大兴安岭，轿车开得快的话，大半天的时间就到了，于是下定决心，明年夏天说啥也要去那边旅旅游,骑骑马,在无边无际的大草原上打打滚,保准心情舒畅,再找特木尔兄弟喝顿酒啥的,多美呀!

其中听得最神往的,是个叫李大美的女人,她扎着花围裙给各桌的杀猪菜里添酸菜汤,那会儿就倚在门口,看特木尔的眼神跟酸菜汤似的,黏稠稠又清汪汪,等特木尔唱完,她就扭着腰肢凑上前,专门给他的碗里加了勺汤,说:"哎,大兄弟,我咋看你像电视里的一个人呢,也是你们蒙古族唱歌的,叫腾啥来着?""腾……腾格尔。"有人提示。"对,就是他,不过你可比他长得帅多啦。哎,大兄弟,你要是不走哪天上俺家,俺做好吃的招待你!""上你家吃饭?你让大兄弟吃热豆腐咋的?"老孙说完,大伙笑了。"大兄弟想吃啥我就给做啥!咋了?人家大兄弟可是正经人,哪像你们这些骚爷们。"李大美随后屁股一拱,大伙又一阵笑。

特木尔虽听得一知半解,但还是臊得满脸通红,这会儿就端起酒杯,转移话题,和大伙说:"夏天呼伦贝尔得去啊!去了咱住蒙古包,宰羊,手把肉得吃,马奶酒得喝,歌得唱!"嚯,刚想着去草原就接到了主人的邀请,屋里屋外的气氛一时间沸腾了。

锤子和二黑今天是铁了心穿一条裤子,哥俩在酒桌上,一个在盘子里里挑外撅,一个在碗里挑肥拣瘦。特别是锤子,好像存心找别扭,别人鼓掌,他盘手;别人敬酒,他屁股都不欠,瞅也不瞅;别人哈哈笑,他倒也笑,只是皮笑肉不笑。邻里拍拍他的后腰,低声问他:"锤子,你咋了?""我?没咋呀!"锤子一副无辜的样子,"正常,正常。"他说正常,老孙是明眼人,早觉察他不正常了,来东屋敬酒时用话点他:"锤子这是在城里当大老板当惯了,做派都不一样了啊!"二黑接过话："那是！锤、锤子在哈、哈尔滨浴池当搓澡领导,当了十、十几年呢。"锤子用一块猪蹄堵住了二黑的嘴,回头说："老孙,现在在咱屯子里你才是大老板,孙宝有出息,你当爹的也硬气,嘴大说啥话都好使。""我老孙的嘴确实大,但说话讲理,有话咱唠到桌面上,别卡在嗓子眼里。""我说锤、锤子,老孙大哥话都说到这份儿上,有话你、你就竹筒子里放屁——照、照直崩吧,你要不说,我、我替你说得了！"二黑梗着脖子站起来,"锤子他是想……""我想和特木尔掰腕子！"锤子把话抢过来,一边又塞二黑嘴里一块肥肉,"都说蒙古族兄弟劲大,我就想和他比试比试……""锤子你、你喝迷糊了吧,你不、不是要、要……"二黑一着急,磕巴得更厉害了。

"早说呀,掰腕子没毛病,要不你和老铁比摔跤,那才能比出谁劲大呢。"老孙说。

"不了,我就和他掰腕子！"锤子斩钉截铁。

说掰腕子就掰腕子,特木尔应战,一边憨憨地笑着,一边和锤子说："手下留情啊,我不喝多的话行,喝多的话不行。"

酒桌立马腾出一块空地。锤子这种车轴汉子,脖子脑袋一般粗,四肢结实得确实像铁锤子,这源于他从小和他爹打铁,在拉哈镇开过铁匠铺,后来铁匠铺不时兴了,他农闲的时候就到浴池给人搓澡,搓澡这活计凭的就是手腕的劲。城里男人有的皮糙肉厚,有的藏污纳垢,给他们搓澡不能浮皮潦草,不能像小猫挠痒痒,而是要像犁田一样,搓澡巾所过之处,必是一片黑泥漫卷,一片泥沙俱下,三两下必露出一块或青白或紫红的皮来,这样才能保证出活。别的师傅搓个澡要二十分钟,他不用,七八分钟就搞定,既快又干净,干计件不能磨洋工，每天耍手腕，为的就是赚钱。因此，锤子可以说身怀绝技，在哈尔滨那么大的林子里，他掰手腕还没遇到过对手。而特木尔呢，刚刚卸羊时大家伙也都领教过了，他那是一双常年握套马杆的手。一匹烈马在大草原狂奔，骑手拿着长长的套马杆在后面追赶，这时要尽显手上的功夫，眼见着目标接近，套马杆要稳准狠地抛出去，刚好套住马的头脸或者耳际，随后铆足力气，将烈马一个跟头放倒在地，凭借的当然也是手和胳膊的力量……所以，今天两人的较量可以说势均力敌，大家伙都觉得有好戏看了，里三层外三层地围着，都要一睹为快。

说着话，两人的手已握在一处，就像两座山顶起了牛，老孙在旁做裁判，说好一把定输赢，输了的罚酒三碗！好事者早已找来三个空碗，将酒满得不能再满，酒水甚至高出了碗沿。随着老孙一声："开整！"那顶牛的两座山却是一片风平浪静，纹丝未动，大家伙以为哥俩相互客气没用力气呢，可眼瞅着汗水从两人的额头、鼻尖露珠似的冒出来，且越滚越大，大到黄豆粒一般，这才落下来，滴在桌面上啪啪作响。接着，仿佛劲风拂过似的，酒桌开始微微颤动，两座山也随之嗡嗡摇晃，不知情的还以为地震了呢，此时，车轴汉子的脸皮就像灌了猪血，青筋也跟着一根根暴起，再猛地一嗓子狮吼，山势便开始向他这边倾斜，一点点、一寸寸，再看特木尔，他的阵脚始终未乱，始终在寸土必争，在积蓄着全部的力量做最后的抵抗……不过到现在为止，局势已很明显，胜负仿佛已成定局……忽然，一股不知从哪儿冒出来的强大而无形的力，像硬生生的铁，将特木尔这边即将坍塌的大厦慢慢支起，支到一个制高点，随后，火山爆发一般，顷刻间瓦解了一切、摧毁了一切……锤子一时间有点蒙,有点不敢相信,可他的手腕已被老铁牢牢压在桌面上了,压得死死的,这怎么可能? 明明自己稳操胜券,占了绝对上风,这个……

可围观的男人们已不管这个那个了,三碗酒端过来,在锤子的面前一字排开:"喝吧! 喝吧! 锤子,这回没啥说的啦!"看热闹的都不怕事大,锤子却把手一摆:"且慢,我还要和老铁再来两局,三局两胜才行!""哎哎,刚刚说好的,怎么输了就耍赖呢?"大家伙起哄。"不,就三局两胜,我就想看看他到底怎么赢的我!"锤子意气难平……是啊,老铁刚才是怎么赢的锤子? 一眨眼工夫就乾坤颠倒了,人们把目光重新投向特木尔,此时他正用那只赢得胜利的手挠着脑袋,眯着小眼睛乐呵呵的。"我们那达慕大会上,打敖勒骨(赤手砸牛骨)比赛,每年冠军都是我得,就是那一下子的力量,爆炸了一样……"嚯! 特木尔这么一说,大家伙都明白了,这可不得了,两人再比下去也没啥悬念了。二黑悄悄地拽拽锤子的衣角,说:"哥,要、要不行,你和他、他比打弹弓吧,小时候,你用弹弓打、打别人家玻璃,指哪儿打、打哪儿,可真准!""滚犊子,哪儿都有你!"锤子气鼓鼓地说。

老孙走过来,给锤子找个台阶下:"我说锤子,愿赌服输,又不是赢房子赢地的,你要不喝,我替你喝了!"

事已至此,锤子也不得不借坡下驴了:"不就是三碗酒嘛,我整。"刚刚锤子一直闹别扭来着,所以酒基本没喝,就这样,三碗酒咕咚咕咚进肚还是让锤子有点晕,酒劲立马上到了脸上,特别是最后一碗酒,锤子两只手都端不稳了,喝一半洒一半,大襟湿得透透的。

接下来，他就两眼发直发热了，许是借题发挥，又或者心里憋着事，锤子瘫坐在凳子上，竟噼里啪啦掉起了眼泪疙瘩，他咧开大嘴，一时呜呜咽咽，委屈得像个娘们。这情形让大家伙有点始料未及，老孙也整不明白他啥意思了，问他："锤子，你这整的是哪一出啊？家里出啥事了？""老孙你别装糊涂了，"锤子擤了一把鼻涕抹在凳子腿上，"本来当着特木尔大兄弟的面，我不想说你，说了好像我这个人咋回事似的，可是老孙，你欺负人没有这么欺负的，你这是断了我锤子的活路了……"

这话说得更让老孙摸不着头脑了："哎，我说锤子，此话怎讲啊？你这可得给我说清楚了，我老孙活了大半辈子，不说光明磊落，那也是放屁能崩出个坑的爷们！"

"是，我是得把话讲清楚了。"接下来，锤子就一把鼻涕一把泪地讲起事情的缘由。原来，前些年锤子在哈尔滨浴池搓澡挣了些钱，就想兑下个澡堂子自己当小老板，哪承想赶上了疫情，澡堂子干不了了，这才琢磨回老家讷河，买了一群羊准备发展养殖业……"这听起来不挺好吗？也没我老孙啥事啊？""有你的事！"锤子说，"本来我那两百只羊养得好好的，冬天随便撒到田里去，它们撒欢吃玉米秸秆，吃甜菜叶子，吃大豆秧，我一分草料都不用添，现在可倒好，老孙你把老铁招来了，把咱屯子的田地都租给了他，听说呼伦贝尔老乡还要运来一万头牛，你就说说，以后我的羊往哪儿放？你老孙是不是断了我的活路？"

"闹了半天，锤子这是要他的羊群在咱们地里白吃白喝呀！"看热闹的人们这才恍然大悟，"是呀，田地是俺们的，俺们租出去他还不乐意了,这是吃白食吃惯嘴了!"男人们你整一句我整一句。老孙在旁边皱着眉头,锤子针对的毕竟是自己,他琢磨琢磨,觉得锤子这话说的也没毛病,不过,正所谓"集体的利益高于一切",总不能……

大家正议论纷纷呢,特木尔又笑呵呵地站起来,挥了挥他那两只牧人的大手,说:"锤子说的呀,都听明白了我……"

老孙拉他坐下:"没你事,老铁,有事我兜着……"

"米尼阿哈,你听我说,锤子刚说了,我放羊来了,他就没地方放,他有地方放,我就没地方放,可是,有句话说得好,一只羊也是赶,两只羊也是放。锤子呀,你的羊我放了,都搁在一个群里,完事了不是吗?"

特木尔说完这话,有那么一刻,酒场忽然肃静了,大家伙都蒙圈了,是啊,刚才还堰塞死的水渠,好像忽然就漾开了。锤子听了,也愣眉愣眼了,说:"大兄弟你刚才说啥,把我的羊放你的羊群里?""对,是这么说的,放心,我放羊,工钱我不要,你们帮助我的多了,我还要感谢呢!这样吧,锤子,我另外送你两只羊爬子(种羊),我们草地的羊爬子,等你的羊生下了羊羔,在讷河的家里,你们就能吃到呼伦贝尔羊肉了。"

一个意外接着一个意外。此刻锤子有点不会了,他呆呆地坐在那儿,不由得垂下脑袋,又掉了几颗泪水,这回滴下的不再是委屈不平,不再是憋闷不已,而是感动的、羞愧的眼泪,他踉跄地走上前抱住特木尔,像个娘们那样,把头俯在大兄弟的肩膀上,这时酒精也发挥了一定作用,他哇哇地哭起来,哭得就像个孩子。

一旁的二黑见了,吧嗒吧嗒嘴,有点不是滋味:"两、两只羊爬子!啧啧啧,还、还是会哭的孩子有、有奶吃啊!要这么说,老、老孙大哥,我对你还有、有意见呢!"

真是摁下葫芦起了瓢。"你这儿又有啥意见了?"老孙问。

"要、要不人家锤子说你嘴巴大呢,"二黑拧巴着脸说,"前些年你大、大包大揽,十五块一亩的地,你、你给让到十块,可是疫情过去了,你还、还十块钱一亩,我二、二黑就指着这二三十亩地过日子呢,我上、上有八十多岁老母,下有老婆孩子,你、你这是从俺、俺们碗里往外扒拉饭哪……"

那天的酒一直喝到日落西山,喝得都没啥说的了,说啥都不喝了,李大美与特木尔也互加了微信,酒席才渐渐散去。老铁和米尼阿哈也喝得只剩下了感情,两人搂脖抱腰,在院外边对着夕阳撒了一泡经久不息的尿。旁边,小轿车打着火候着,孙宝和小舒总把老哥俩搀扶着上了车,老孙说:"老铁,房间我都给你安排好了,这回你来,不用再租民房住了,咱住俩儿子开的民宿,都是落地窗,乡村风景房。"

"乡村民宿?那好啊!"老铁竖起大拇指,"现在都时兴民宿呢,我们草原上,也有蒙古包民宿呢,从套脑上就能看着星星。""都不缺星星,我们这屯子也有的是星星,"老孙说,"要不我拉你到屯子外面看星星去?"

米尼阿哈说话就是好使,他说星星,星星就来了,旁边还有半块月亮,聚得满天都是,有的挂在黑黝黝的远山上,有的挂在遍野的玉米秸秆田上,有的挂在近处的羊群背上。那矮半头的羊是特木尔的,高出半头的羊是锤子的,两拨羊无论高矮,都一团和气,就像米尼阿哈和老铁一样,亲如兄弟。老哥俩站在满天的星星之下,站在羊群中间。"米尼阿哈,你真是好人哪,你就和我的亲哥哥一样!"特木尔说,"这个屯子的人,都是好人哪,都是我的亲兄弟,可有句话说,亲兄弟明算账,那个地呀,我还是按十五块钱给,我们蒙古族人,不占便宜。"

"大兄弟,这个不用你管,都说好的事,我老孙吐口唾沫就是钉!"

"哎呀,米尼阿哈,不是丁的事,也不是卯的事,是钱的事。"

"亏了乡亲的,我给补偿!"老孙拍着特木尔的肩膀,"我早就和两个儿子说过,咱们发展乡村经济,靠的就是乡亲们,可不能让乡亲们吃亏,刚才我就让两个儿子给大家伙儿表态了,从今年起,每家两桶非转基因大豆油、两袋子粒粒香大米……"

"还有呢,外加两箱'甜蜜蜜'!"孙宝和小舒总说。

"'甜蜜蜜'好,这酒补中气,盈血亏,利肝胆,常喝身强体健……"老孙认真补充。

几个人就笑,羊群听见了,也跟着咩咩叫,星星和月亮也听见了,它们没叫,却笑了,笑声荡漾着乡村夜色……

"你们这儿真暖和,"特木尔抬头望天,"暖和得我呀,心里就像吃了热豆腐。"

"热豆腐?俺们屯李大美不说了嘛,你想吃就给做!"

"米尼阿哈,滚犊子……"

几个人又笑。

"来年冬天哪，我还到东北来放羊，我还要叫更多的草地老乡一起来……"

"来年俺们还去呼伦贝尔旅游呢,到时喝完酒,咱就一起躺在大草原上看星星……"